FABRICE GAIGNAULT

LA VIE
LA PLUS DOUCE

roman

BERNARD GRASSET
PARIS

Photo de la bande : Collection privée.

ISBN 978-2-246-85918-5

Aux disparus du Bout du Monde, et d'ailleurs.

« Il y a trop de choses inventées pour que ce soit une confession, et trop de choses vraies pour que ce soit un conte fait à plaisir. »

ALFRED de MUSSET

« De l'impie Babylone, que la honte
A désertée, et que le bien ignore,
Demeure la douleur, mère d'erreurs,
Je me suis enfui pour sauver ma peau. »

Pétrarque, Chant 114,
traduction de RENÉ de CECCATTY

Le jour n'est qu'un mauvais moment à passer, se disait souvent Adrien. Mais ce jour-là ? L'aube le surprit. Il sortit du lit et s'allongea sur la moquette. Pourquoi ? Il n'en savait rien. Au loin, un avion passait. Il ferma les yeux. Depuis quand ne s'était-il pas retrouvé sur une moquette comme au temps de Babylone ? (Signes distinctifs d'Adrien : grand, mince, cheveux châtains, yeux bleus, sourire fréquent, à la fois immense et parfois inquiétant, comme une étreinte qui cacherait une lame de couteau.) Ses pensées s'agitaient, heurtées, fragiles comme du verre, pendant que Candice dormait dans le lit. Allongé sur le ventre, Adrien contemplait avec intérêt ce qui lui semblait, de si près, un champ sur le point d'être moissonné. La moquette…

Plus jeune, il avait compris quelque chose à propos de l'affaissement de la dignité morale et physique : cela tenait au passage du fauteuil à la moquette. Il avait connu le fauteuil Louis XVI des grands-parents dans lequel on se posait avec majesté, retenue et distinction puis le canapé mou pour cadre, dans lequel on trinquait au progrès et à la libération sexuelle, avant que sa mère ne s'en désintéresse pour des poufs indiens inconfortables dont le seul mérite était de s'accorder avec certains albums de musique hallucinogène qui tournaient en boucle sur la platine.

Un soir, Adrien retrouva sa mère en tailleur sur l'épaisse moquette sombre et chacun fut prié d'adopter cette façon de vivre. Certains trouvèrent que ce n'était pas assez : ils s'allongèrent, la tête appuyée sur un pouf ou sur le bas du canapé blanc. Adrien avait alors pensé : impossible de descendre plus bas. Le sang n'irrigue pas le cerveau d'une façon convenable. Les synapses cherchent, en vain, à prendre de la hauteur. Une hauteur de vue. Passant du lit nocturne à la moquette diurne, l'homme se mue en roseau affaissé à l'esprit vide. La position horizontale, du lever au coucher, était peut-être une manière de s'acclimater à l'idée du bon vieux cercueil qui patientait dans quelque officine de pompes funèbres. C'était le fond de l'abîme avant la chute finale, ce qui, en pure logique, pouvait paraître absurde puisque la chute finale était là, sous ses yeux, mais c'était la vérité.

Terminus ? Du sol, on pouvait encore faire son trou, y boire, y chier, y moisir et y pourrir. Cependant, les plus *bourges*, dont Adrien, contrevenaient au nouveau mode de vie en continuant de s'asseoir dans le canapé blanc. La résistance tentait de relever la tête, envers et contre tous. Mais peut-être qu'au fond, en adoptant la position horizontale nuit et jour, ses proches et leurs amis agissaient-ils en éclaireurs ? En cobayes ? Peut-être possédaient-ils un côté visionnaire que les scientifiques étudieraient un jour car la rue de Babylone, là où ils vivraient longtemps, était le modèle réduit – et *in vitro*, de la course à l'abîme.

La famille d'Adrien refaisait à l'envers le chemin de l'hominidé tel qu'il fut révélé par Darwin, du singe au bipède dressé sur ses pattes. D'autres tribus que le jeune homme côtoyait emboîteraient le pas, avec une jubilation fébrile, sans mauvaise conscience. Le goût de la chute est un virus contagieux. Et excitant : se laisser glisser dans les profondeurs de l'abjection, pensait Adrien, peut parfois donner une hypothétique hauteur de vue. Peu certain d'apprécier tout à fait la *Babylone Attitude*, Adrien pressentait pourtant la singularité que cachait cette déchéance. Il nota un contraste intéressant : s'enfoncer c'est aussi prendre appui pour s'élever. Tout cela le troublait. Il avait entrepris d'écrire un essai appelé *Explication d'un phénomène extraordinaire : le passage du fauteuil à la moquette.* Cela en resta au titre, ou à peu près.

Depuis ce temps, ce garçon pensant enfin avoir atteint l'âge d'homme raisonnable se posait souvent des questions sur la dégringolade familiale à travers ces modes d'assise successifs. Mais pour cela, il lui fallait tout reprendre à zéro. Et voici que…

1.

Il était né en dansant
(twist, cha-cha-cha et breuvages corsés).

Par où commencer ? Peut-être ceci… les peaux, les lèvres, l'humeur des corps, l'attraction sans frein. Il ne sait que peu de choses de sa vie, mais va tenter de ne pas oublier ce qu'il pourrait en dire avec le maximum d'exactitude. Cela est en soi impossible, il le sait bien. Qui peut affirmer le contraire ? L'existence est un nuage qui file entre des mots à la consistance de vaisselle ébréchée. La vérité, une fiction. Cette fuite en avant. Où sont ses pensées qui marqueraient un temps d'arrêt sur images ? Ses souvenirs ? Ses rêves ? Tout cela doit cesser maintenant. Par quoi commencer ? Les peaux, les lèvres, l'humeur des corps, l'attraction sans frein…

Il y eut un petit éclat dans l'air velouté de la nuit, comme un clin d'œil métallique, un troisième œil voletant une infraseconde avant de heurter le paquet dans de brefs bruits mats successifs. Et plus rien. Galopades de doigts éraflant le bois, bruits de respiration suspendus dans un silence plein d'inquiétudes, seulement troublé par le son du saphir sur le disque en fin de course et qui rythmait d'un craquement aussi répétitif que lugubre la baise improvisée. Et puis, en plan éloigné, un homme et une femme dans un corps à corps à la fois chaotique et résolu. Deux mimes de leurs propres jeux sérieux et enfantins. Ils sont là et roulent, s'agrippant comme ils peuvent à leur extrême jeunesse et leurs incertitudes. Ils avaient décidé de tirer au sort son existence, maintenant qu'ils savent. Allaient-ils le garder ou le faire passer, comme on disait alors ? Pile, il serait. Face, il ne serait jamais. Et il fut.

On lui raconta plus tard qu'il était né par une très froide nuit d'hiver, quand les rues de Paris ressemblent à des allées de cimetière. Sa mère, Caroline, dansait pour accélérer les choses, son père, Bertrand, buvait un scotch en fumant une Lucky Strike ou peut-être dansait-il aussi, on ne saurait le dire avec une certitude absolue. Le twist avait posé un ultimatum : le bébé devait maintenant cesser de patienter au chaud en se roulant dans une houle bienheureuse. Il était né en dansant et depuis, il lui semblait que cela ne s'était jamais arrêté. Sa mère perdait les eaux et il trouva, tout seul, la sortie. Il était temps. Et soudain un cri qui n'était pas le sien. L'une des sœurs de sa mère, sa tante proustienne et magicienne, c'est ainsi qu'on la nommait car elle était tombée dans *La Recherche* pour ne plus trouver la sortie et dans la magie qu'elle pratiquait avec passion – sa tante joueuse de cartes, voyante autoproclamée et merveilleuse comédienne, s'évanouit. Elle cherchait toujours une façon ou une autre d'attirer l'attention, mais ce soir-là, elle fut giflée, aspergée d'eau et jetée sur le canapé de velours vert par son mari, partagé entre la commisération et l'exaspération. Un homme accompagna les parents à la clinique. Ami d'enfance du père, aux gros buissons sourcilleux, il serait nommé parrain du petit Adrien. La femme blonde qui les avait invités à cette surprise-partie sans bien les connaître deviendrait sa marraine. De son côté, la tante proustienne et magicienne se redressa, toute titubante, remit ses escarpins, enfila son manteau, saisit son sac à main et ordonna à son mari de la conduire à la clinique.

Au volant de sa voiture gris métallisé, le parrain s'obligeait à des contorsions de vitesse prenant en compte, dans une équation impossible à tenir, la lenteur précautionneuse due à l'imminente apparition du bébé et la vitesse qu'imposait l'urgence de la situation. À la clinique, un monsieur en blouse blanche décida que tout cela avait assez duré. Mais alors qu'il allait trancher le cordon, un cri retentit du couloir donnant sur la salle de travail qui fut aussitôt désertée de son personnel. Un cri familier aux oreilles du bébé, comme un premier signe de reconnaissance en territoire connu. Sa tante proustienne et magicienne s'était à nouveau évanouie, le laissant avec sa mère, suspendu à son rétablissement, dans l'incertitude quant à la perspective d'être enfin séparés. Tout baignait dans une odeur de merde, d'urine, de sang, de placenta et d'éther, ce cocktail olfactif habituel qui signe l'heureux événement. Du carrelage blanc et de cette odeur de pince-nez, la mémoire le faisait passer au bleu du ciel algérien, à ses senteurs de citronniers et d'orangers, de jasmin et de bougainvilliers.

Adrien revoit une plage, où la mer lui apparaît pour la première fois, sa mince avancée d'écume comme le nacre ourlé d'un coquillage, le sable blond d'où s'échappaient des fumerolles aspirées par l'air brûlant. Un jour, un de ces jours à la tête couverte de bleus, il y eut une agitation, quelque chose qu'il ne pouvait pas comprendre de son tricycle, dans le jardin mangé de plantes qui lui semblaient hostiles avec leurs épines, leurs troncs aux verts menaçants l'empêchant d'aller plus loin. Une charge d'explosif, qu'un fil tendu rendait prête à l'emploi, fut découverte. Il fallait sauver les enfants à défaut des meubles. Il y eut beaucoup de discussions. Les adultes qu'il avait trouvés jusque-là semblables à lui-même, avec leurs grands rires, leurs séances de grimaces, leurs rituels de gamins, étaient devenus une variété humaine qu'il ne connaissait pas, des enfants rendus à leurs grandes tailles, sombres et muets. Il fallait partir, vite. Il se souvenait de la valise posée au pied du lit, le soir de la dernière nuit avant que l'avion ne l'emporte de l'autre côté de la mer, par-dessus des montagnes, des vallées, des collines et d'immenses étendues vertes et noires, là où poussent les blés et les arbres des forêts maléfiques, comme lui avaient enseigné les livres qu'on lui lisait le soir avant de s'endormir. Partir et tout abandonner, peut-être déjà comme une écorce fine à la texture d'opaline sable rose, une enfance dans l'enfance ballottée et qui s'effacera pour lui donner la suite, comme un passage de témoin.

Paris, la grande ville noircie par les années et l'usage du charbon qui barbouillait les façades. L'avenue d'Eylau, chez ses grands-parents, avec les nuages comme des peluches de grands cotons sales passant au-dessus de sa tête lorsqu'on l'emmenait se promener au bois tout proche. Les pluies comme des frontières de perles. Il y avait aussi une cuisine jaune, comme celle d'Alger où il aimait aller se réfugier car ce jaune des murs et des meubles en Formica lui rappelait une sorte de pot ovale aperçu chez son autre grand-mère, un pot recouvert d'une poule blanche qui semblait couver, laquelle poule, au niveau de la séparation avec le pot proprement dit, présentait une ligne baveuse de jaune sur le blanc. Et cette déclinaison de blanc et de jaune d'œufs à la neige avait longtemps été pour lui une source de fixation sans qu'il s'en explique davantage la raison.

Paris sentait mauvais, aucune lune brillante pour lui faire oublier la saveur enfuie, les ciels effacés d'un coup d'ailes. Il lui fallait apprendre à vivre sur terre, ce qu'auparavant il avait ignoré, perdu dans une espèce de cocon bienheureux où n'entrait jamais aucune inquiétude, aucune appréhension de ce que pouvait signifier être au monde. Il y eut une réaction, une fièvre typhoïde. On l'avait plongé dans un bain d'eau glacée pour faire baisser la température, en s'interrogeant gravement : soit il va mourir, soit il survivra et deviendra idiot.

2.

Où Adrien fait tomber les avions en les montrant du doigt.

Et puis, il y eut cet avion qui rencontra un autre avion et auquel il pensait tout à l'heure lorsqu'il leva les yeux vers le ciel rouge et noir. Ce petit avion, un Stampe, heurta à quelques minutes de l'atterrissage la Caravelle dans laquelle avaient pris place ses parents. Parce qu'ils étaient grands, en pénétrant dans l'avion posé sur le tarmac brûlant de l'aéroport d'Alger, son père et sa mère avaient demandé à deux connaissances s'ils pouvaient échanger leurs sièges afin de bénéficier de la place située près des issues de secours, celles où il est si bon d'allonger les jambes. Les voici dans les airs, discutant avec leurs relations, fumant des blondes américaines, buvant quelques scotchs servis avec des glaçons dont le tintement cristallin évoque le bonheur serein et rassurant de l'apéritif de fin de journée. Les voici dans les airs, par temps clair et stable, aucune perturbation annoncée, se baladant dans la Caravelle enfumée qui ressemblait à l'arrière-salle d'un café, plaisantant avec les hôtesses bruissant dans les allées comme de diaphanes branches d'arbustes. Les conversations sur l'air de « Mon vieux », « C'est épatant ». Il fallait maintenant regagner les sièges, attacher ses ceintures, éteindre les cigarettes, avaler la dernière gorgée d'alcool, attendre en silence l'atterrissage qui suscite toujours chez les passagers une légère appréhension. Ne dit-on pas qu'avec le décollage, l'atterrissage est le moment le plus dangereux ? Ils n'y pensaient pas, laissant leurs pensées voler au-dessus de l'infinie plaine sans âme et sans grâce où poussaient des villes-champignons en ordre dispersé.

Il y eut soudain un grand fracas, un bruit énorme comme une explosion qui fit vaciller l'appareil, des cris, des pleurs, des râles, une fumée qui envahissait tout, une mauvaise odeur de caoutchouc brûlé. Le toit ouvert en deux par un gigantesque scalpel invisible, qui n'aurait pas fait dans le détail, laissait passer le ciel bleu barbouillé de fumée maculé de débris suspendus au-dessus du couloir comme un grotesque enchevêtrement de tubulures, de câbles, de fils électriques, de morceaux de carlingue, de pièces de moteur du petit avion, formant une variété de sculpture contemporaine très intrigante pour peu qu'un passager amateur pût en faire le rapprochement, mais ce n'est pas quelque chose qui vient forcément à l'esprit en ces moments-là. L'avion continuait de flotter dans les airs, moteur éteint, ne piquant curieusement pas du nez, mais descendant peu à peu dans un silence effrayant. Jusqu'à quand ? La Caravelle, ils l'ignoraient, pouvait planer.

Ses parents s'étaient blottis l'un contre l'autre, leurs mains unies à en faire exploser les jointures. Leurs cœurs battaient si fort que leurs respirations s'emballaient au point de croire que tout allait s'arrêter dans une déflagration de veines pulvérisées. Il lui avait dit : « À quoi penses-tu ? » Elle avait répondu : « À ce que vont devenir les enfants. Ils vont être séparés, c'est horrible. Ils sont si petits… Et toi, dis-moi ? — À une chose, une… ne le prends pas mal mais ça me travaille, je ne peux imaginer mourir sans avoir ta réponse : m'as-tu trompé depuis que nous sommes mariés ? » Elle avait tourné la tête, un effort qui, dans ces circonstances, lui avait paru surhumain, l'avait longuement fixé de ses yeux embués de larmes, et avait répété ces mots qui semblaient aussi s'adresser à la scène qu'elle vivait, là au milieu de l'avion éventré qui laissait passer derrière elle des râles d'agonie : « Tu plaisantes, tu plaisantes ! »

Mais il n'y avait pas de plaisanterie alors que l'avion continuait son vol, et cela durait des siècles, des millions d'années à attendre la fin, là, sans qu'elle veuille rien répondre, si proche si loin de son mari, fossé béant dans le ventre de ce poisson géant ouvert en deux par des pêcheurs sur la grève et laissant apparaître les proies avalées, c'est du moins l'image qui lui avait traversé l'esprit. Car derrière eux, l'une des connaissances avec lesquelles ils avaient changé de place avait eu l'œil droit catapulté de son orbite, continuant de pendouiller au bout d'un nerf, cependant que son voisin, moins chanceux si l'on peut dire, avait perdu sa tête, tranchée par l'hélice du Stampe. Sa mère et son père continuaient de se tenir par la main, mais fermaient maintenant les yeux, dans l'attente du châtiment suprême qu'une obscure divinité avait décidé de leur appliquer sans qu'ils en comprennent la raison, victimes tirées au sort par ce grand Moloch nommé destin. À moins que… leur fils, Adrien, qui avait tendu un doigt vers un avion qui était tombé comme une pierre dans la mer, devant eux, peu de temps auparavant. Là-bas, en Algérie. Lui qui attendait avec la tante proustienne et magicienne sur le tarmac d'Orly avait-il tendu le bras et ce doigt maléfique ? Ça n'était pas possible… non… pas possible mais enfin pourquoi pas… Ils étaient maintenant à 200 mètres… 150 mètres… 100 mètres… les toitures des maisons soudain si proches, et puis… la piste, tombeau ou renaissance, l'atterrissage inconcevable sinon inconvenant car ils s'étaient préparés au pire et ne comprenaient plus pourquoi la grâce leur était soudain accordée. Les sirènes des voitures de pompiers, les toboggans pour évacuer la Caravelle, les ambulances.

Son chemisier rose taché de sang, elle tremblait tant qu'elle donnait l'impression d'être prise dans une transe incontrôlable, lui saignait beaucoup de la tête, au point qu'il était impossible de savoir si sa blessure était profonde ou non. Les photographes, sur place car Nikita Khrouchtchev s'était envolé quelques minutes auparavant, avaient accouru autour des passagers hagards, immobiles sur le tarmac comme une armée de zombies pétrifiés. Celui de *Paris Match*, un ami, avait immortalisé le père, le front ceint d'un bandage, l'œil morne, pris dans la glace de l'épouvante visitée à l'infini en flash-back. Emma, la tante proustienne et magicienne, était là, devant la Caravelle éventrée, accompagnée de ce fils, cet Adrien qui avait lancé, l'index tendu, comme une imprécation maléfique : *Navion ! Boum ! Navion ! Boum !* devant la tante chancelante, alors que l'avion scalpé se posait comme il pouvait. Ce n'était pas le premier exploit de ce petit garçon au sourire facile au point qu'on le surnommait Facilard. Là-bas, déjà, de l'autre côté de la Méditerranée, il avait montré du doigt un avion au-dessus de la mer bleue. *Navion ! Boum ! Navion ! Boum !* avait-il répété, vers l'appareil chutant comme une pierre, alors que son grand frère composait un château de sable. Plus tard, la malédiction se reproduirait plusieurs fois. Le bras grandissait, le doigt poussait, l'avion tombait. Plus âgé, à l'orée de l'adolescence, une Caravelle avait disparu de la même façon alors qu'il la pointait du doigt, du belvédère-refuge de la maison des grands-parents. Puis un Tupolev s'était écrasé au Salon du Bourget pendant que le doigt suivait la trajectoire de l'oiseau soviétique. C'était un fait admis dans la famille, Adrien avait hérité de dons surnaturels mais pas dans le sens où on l'aurait espéré. On éviterait longtemps d'embarquer avec ce tueur candide, privé d'avion, même si le bon sens eût voulu que le témoin et qui sait, le coupable, fût exempté du statut de victime. Navion Boum ! Navion Boum ! Navion Boum !

À la suite de l'accident miraculeux, Caroline appelle une voyante recommandée par Emma. Elle ne prendra plus jamais l'avion, mais pour le reste, que se passera-t-il ? Caroline n'est plus du tout certaine d'une harmonieuse traversée des années, ce chromo promis à toute jeune mariée. Elle veut savoir ce qui l'attend. Maïa Noël la reçoit dans un appartement sombre au premier étage d'un immeuble en fond de cour désolé de la rive Gauche où s'entassent des objets hétéroclites. C'est une dame brune au visage chaussé de lunettes en forme de papillon dans une quarantaine discrète et surannée. Elle l'a fait pénétrer dans l'appartement débarrassé, dit-elle, de ses mauvaises ondes grâce à ses pouvoirs singuliers. Un vieil homme paralysé et sans descendance y avait été cloîtré de force et maltraité par sa jeune maîtresse qui avait masqué les vitres de la vue des indiscrets. L'homme était mort et, suspicieuse, la justice avait ordonné une enquête. Son bourreau n'avait pas touché l'héritage escompté. Procès. Prison pour empoisonnement. C'était un scandale qui avait furtivement fait les gros titres avant de finir dans les cheminées de l'oubli.

Maïa Noël entraîne maintenant sa cliente dans un petit office jouxtant la cuisine et lui demande de placer l'une après l'autre ses mains à plat dans un bac contenant une substance charbonneuse, puis d'appuyer méticuleusement celles-ci sur deux feuilles de papier vierge. Elles apparaissent, noirs spectres à la paume et aux doigts constellés de sillons tels des fleuves dans une Amazonie imaginaire. Caroline a un geste de recul : les os de l'annulaire droit apparaissent. Y lit-elle un présage sur l'ombre menaçante ? La mort en marche ? Le destin funèbre ? Ce n'est pas l'annulaire de l'anneau marital mais quand même, il apparaît bien à gauche sur l'empreinte… Caroline se ressaisit et demande à la voyante pourquoi celle-ci ne se contente pas plutôt de ses mains, ses vraies de chair et d'os, pour y lire les lignes. Non, répond la femme de sa voix douce et intrigante car un peu forcée dans le registre paranormal, cette façon de faire est la meilleure manière de scruter au plus près ces mystérieuses « rayures de l'âme », comme elle les nomme pompeusement. Elle la fait pénétrer dans ce qui semble être le salon et lui demande de s'asseoir en face d'elle devant une table de bridge au feutrage vert si doux au contact de la peau. Maïa Noël la fixe intensément un moment qui paraît angoissant et déroutant à Caroline, elle qui est venue chercher l'acquiescement de la paix. Puis la femme aux lunettes en forme de papillon se penche sur les deux feuilles de papier qu'elle examine au plus près dans un silence absolu.

« Vous avez une forte personnalité, c'est indéniable, à la fois active et passive. Les deux faces luttent sans cesse. Il vous faudra prendre le dessus sur une passivité menaçante. Votre moment de chance privilégié, crucial pour prendre les bonnes décisions, est le lundi soir. Je vois trois chiffres revenir dans votre vie et dans cet ordre : 2, 3, 1. À quoi correspondent-ils, je ne saurais le dire, mais pensez-y et vous trouverez. Le mois le plus formidable chez vous est celui d'octobre. Vous vivrez entre vingt-huit et trente ans des choses très importantes où la chance jouera son rôle. Voilà… c'est fini. Je suis épuisée. Restons maintenant quelques instants les yeux fermés. Votre esprit dédoublé est encore en moi. Je lui demande maintenant de rejoindre votre entité corporelle afin de retrouver l'harmonie des matières. »

Silence. Verre d'eau. Chèque. Au revoir. Elle pense dans la rue : 2, 3, 1. Elle a deux enfants. En aura-t-elle trois ? Mais ce 1 solitaire ? Que signifie-t-il ?

3.

Achtung ! Schnell !
et autres douceurs inconnues.

Chassée de l'Éden (et de ses atrocités), anges en chute libre, la famille vivait maintenant en banlieue, dans une grande barre pour cadres. C'était l'époque de ces constructions ambitieuses où l'on lisait, dans ces élévations vers le ciel, ces assomptions architecturales, symbole du progrès social en marche. Ils logeaient tout en haut de l'une des tours qui dominaient l'ouest de Paris, comme un château embrasse ses possessions, loin, loin, loin, jusqu'aux horizons inquiétants parce que inconnus. La barre était à la mode chez les enfants de la bourgeoisie qui s'en désintéresseraient plus tard, lorsque le goût du gigantisme avec conduit de poubelle intégré dans le mur aurait cédé la place à la nostalgie feutrée, avec l'acquisition d'appartements à poutres apparentes, chers, exigus, sombres, inconfortables, du centre de Paris. Bien de ces flamboyantes forteresses des années 60 abandonnées à des populations pauvres, satisfaites d'avoir un toit et peu concernées par la mythologie liée au passé, seraient bientôt renommées *« zones sensibles »* avec, à l'image des vieilles ruines féodales, l'avertissement au flâneur qui s'en approchait témérairement : « Attention chutes de pierres et de projectiles ! »

Caroline, la mère d'Adrien, aimait les déménagements et si elle regrettait l'Algérie et ses soleils qui ne semblaient jamais s'éteindre, elle voyait dans chaque recommencement la promesse d'un bonheur après lequel elle semblait courir depuis l'enfance, depuis qu'elle avait entendu son père au travers d'une porte confier à sa mère qu'il l'aimait moins que ses autres enfants. Il en était ainsi de ces quelques mots volés : une existence précocement abîmée par cette vérité murmurée, cette abomination qui ne parvenait pas à réfréner l'amour qu'elle portait à son géniteur. Caroline avait hérité de ses ancêtres nordiques maternels une morphologie de fille des polders, fine, sportive, jambes infinies, longs cheveux blonds aussi raides que son allure. Ses yeux bleus intenses avaient d'abord souri à la vie avant de subir, par la succession de tragédies, une métamorphose d'abord imperceptible puis évidente avec l'âge : la couleur si lavée de larmes avait fini par tourner au bleuté céruléen où Adrien, plus tard, ne distinguera rien d'autre qu'un mur d'eau infranchissable. Elle était belle mais s'en fichait. Elle contemplait la vie avec surprise et candeur comme si elle cherchait toujours sa place, égarée au milieu d'un monde dont elle découvrait chaque jour un peu plus la dureté, les faux nez de gentillesse, les pièges, les coups de poignard des *copines*. Elle croyait toujours aux contes de fées de son enfance, et, quoique intelligente et subtile, paraissait s'effondrer sous le coup des crasses que lui réservait le monde des adultes. C'était une rêveuse qui se réfugiait dans la peinture, cet art qu'on lui avait enseigné à la Grande Chaumière et qu'elle pratiquait avec talent. Mais l'époque n'était pas encore aux femmes indépendantes, menant la vie d'artiste. Bien peu y parvenaient. Elle faisait partie d'un monde, la bourgeoisie, où la peinture, abstraite, puisque c'était son style, était synonyme de types dégénérés aux vêtements crasseux parfumés à la térébenthine, passant leurs nuits à laper de mauvais alcools dans des bars où tanguait une bohème en duffle-coat. Non, ce n'était pas possible. Ni le père ni ses propres parents ne voulaient de ce plan de carrière et, bien que possédant un caractère entêté, cette mère qui faisait rêver Adrien se laissa peu à peu sombrer dans une vie aimable, loin de celle de Paul Klee. Le grand chevalet trônait dans le salon comme un objet de décoration encombrant et un peu bête, dans son inutilité de vieil infirme. Mais cette femme-là jouait aussi de la guitare. Elle reprenait des vieux airs de Josh White et ceux du jeune Brassens. Sa voix, douce et pas toujours très assurée, berçait les enfants à l'heure du coucher lorsqu'elle passait de chambre en chambre tel le marchand de sable de la télévision pour les endormir avec ses petites chansons simples et belles, ou celles des autres, plus complexes mais tout aussi belles. Cette mère était une âme d'artiste indolente qui hibernait les hivers à Paris pour renaître l'été sous le soleil du Sud. En attendant, elle se figurait couler des jours heureux auprès de son mari et il était écrit que la tante proustienne et magicienne ne les quitterait plus.

Emma était une rousse masquant un regard à la fois timide et curieux des autres, derrière une frange légèrement bombée couvrant un front plat et s'arrêtant à l'aplomb des cils comme un rideau protecteur doublé d'une fonction d'espionnage, car rien ne l'intéressait davantage que de connaître les petits et grands secrets des uns et des autres. D'une taille moyenne et d'une silhouette un peu ronde, l'opposée en somme de la mère d'Adrien, elle possédait une forte poitrine, si forte que l'observateur pouvait croire que celle-ci risquait à tout instant de la déséquilibrer vers l'avant, lorsqu'elle s'avançait. La tante proustienne et magicienne était ce qu'appelaient les hommes une femme sexy. Toujours prête à conter une histoire mirifique qui lui était arrivée la veille, elle possédait le don, envié, de captiver n'importe quel auditoire par les anecdotes les plus banales qui, chez elle, prenaient leur envol, tels des oiseaux majestueux. Les souris accouchaient de cygnes et chacun écoutait, fasciné, l'oracle aux manières de diseuse de bonne aventure déverser à flot continu ses aventures extraordinaires où entraient en scène des coïncidences qui n'étaient qu'arrangements romanesques avec le hasard. Le mystère et ses ramifications infinies habillaient le commun du manteau du rêve. Bien avant la découverte de la lecture, Adrien avait emprunté la voie de l'imagination qui était la voix, chaude et gaie, hypnotique et pour tout dire merveilleuse, de cette joueuse de cartes frénétique. Pour l'heure, elle vivait avec son mari industriel et leurs deux enfants, au-dessus d'eux, dans un vaste appartement-duplex avec terrasse fleurie qui démontrait la supériorité des revenus de l'oncle par rapport à ceux du père d'Adrien. Mais ni l'un ni l'autre ne semblait entretenir une rivalité à ce niveau-là, ils s'entendaient bien et formaient avec leurs femmes une bande comme on en voyait alors beaucoup dans les films français de cette époque. Beaux, fringants, amusants, enthousiastes, pas toujours fidèles, fêtards le soir et les week-ends.

Frau Raguenau, une jeune Allemande, grande, sèche, d'aspect banal, une femme qui révélerait une intrigante double personnalité, veillait sur les enfants. La gouvernante d'outre-Rhin était alors considérée comme plus fiable que la Suédoise couchant trop facilement avec le chef de famille ou le fils aîné ; l'Anglaise, quant à elle, était soupçonnée d'avoir des mœurs de beatnik dépravée à la Guinness et qui sait, peut-être, à la marijuana. Les Beatles entamaient sur les ondes leur œuvre de destruction démoniaque. Frau Raguenau avait hérité de ses origines le sens appuyé de la discipline et de l'ordre, raisons pour lesquelles cette étudiante en français avait atterri chez Adrien et ses frères. La vingtaine bien entamée, les épaules larges, les cheveux blonds coiffés d'un côté d'une barrette, l'œil d'un bleu d'acier qui ne laissait transparaître aucune émotion, des mains de lutteuse, des jambes poilues de yeti de la Forêt-Noire, leur surveillante à domicile contrastait avec le caractère rive Gauche, doux et enjoué de leurs parents. Ils n'auraient pour rien au monde voulu être élevés par un tel adjudant germanique mais, c'était un trait schizophrène de leurs personnalités qui se vérifierait plus tard avec l'envoi des garçons en pension, leur jeunesse insouciante et fêtarde était à ce prix : discipline de fer pour leur progéniture afin de vivre entre eux l'indiscipline moelleuse qui les empêchait de parfaire leur éducation. Adrien connut cela un peu plus tard lorsqu'il se retrouva enfermé avec des enfants d'acteurs aux mœurs relâchés qui voyaient rarement ceux-ci.

La première phrase qu'Adrien apprit de l'Allemande est celle-ci : « *Schnell.* » Il aimait la répéter en boucle à l'image de ces mélodies qui s'impriment comme des ritournelles de boîte à musique. Pas plus qu'à six ans il ne connaissait l'Histoire et ses récentes abominations, il ne comprenait le sens et la symbolique du *Arbeit macht frei* qui suivait le bref *Achtung ! Schnell !* car, perverse mais prudente, Frau Raguenau se gardait de traduire cet *arbaïtemarthefraye*, qu'elle répétait d'un ton enjoué et ferme, au moment des devoirs et des leçons. Les claques et les fessées étaient rares car l'autorité naturelle de Frau Raguenau suffisait à leur faire entrevoir ce qui les attendait au moindre écart de conduite. Et, bien sûr, les parents n'auraient pas admis la schlague sur leurs *nains aux constitutions d'untermenschen*. C'était une terreur muette.

Si, en été, le jardin suspendu de la tante proustienne et magicienne était bien pratique, pour Adrien et son frère, enfants emmurés dans du béton après avoir vécu les premières années pieds nus en Algérie, l'automne et l'hiver imposaient de descendre au pied de la barre pour « prendre l'air ». Chaque jeudi, jour de repos pour les enfants scolarisés de leur génération, Frau Raguenau les embarquait pour la promenade rituelle. Le bon air de la banlieue forme sans doute une association de mots quelque peu téméraire, ce n'était tout de même pas la Bretagne et ses vents iodés vivifiants, mais quand même. Leurs parents, à juste titre, y tenaient. Marcher jusqu'à une petite île posée au milieu de la Seine, ou pousser en bus jusqu'au bois en respirant l'air glacial ne pouvaient pas faire de mal. Le grand parc où elle les menait chaque semaine leur apparaissait pourtant très minéral. Où étaient les arbres parmi lesquels jouer à cache-cache, les grandes pelouses pour se rouler dans l'herbe et jouer au foot ? Où étaient les autres enfants ? Pourquoi tout était si silencieux et triste (même si Adrien ne comprenait pas bien le sens de ce dernier adjectif) ? Les allées rectilignes qu'ils empruntaient chaque jeudi étaient agrémentées de toutes petites maisons surmontées de croix et de rectangles de pierre sur lesquels figuraient des noms et des dates qu'ils tentaient de déchiffrer. C'était amusant. Mais il fallait se presser pour arriver là où Frau Raguenau les entraînait à chaque fois. C'étaient des tombes identiques taillées dans une massive pierre sombre. Il fallait rester là, immobiles et sans un mot, dans un semblant de garde-à-vous. Aussi silencieux que Frau Raguenau. Ils avaient froid en dépit de leurs bottines fourrées, de leurs gants en laine, de leurs cagoules bleu marine et de leurs manteaux écossais épais. Ils en avaient assez mais celui qui aurait pris l'initiative de se plaindre savait ce qui l'attendait, en douce. Frau Raguenau rendait hommage à des compatriotes casqués tués une quinzaine d'années plus tôt lors des combats de la Libération. Ou de la défaite, si l'on se plaçait quelque instant à l'intérieur de son pardessus vert en laine rêche. C'étaient de sournoises batailles de signes, aux valeurs inversées, et dont bien sûr les deux frères n'avaient pas conscience.

Adrien rapportait de leurs marches des bouts de couronnes mortuaires en céramique, des fleurs en plastique, d'autres fanées aux senteurs de putréfaction, des graviers ternes, qu'il disposait comme des trophées sur une étagère de sa chambre. Les balades du jeudi prenaient des airs de *Jeux interdits*, le film qu'ils étaient allés voir en famille un samedi après-midi et qui les avait fait pleurer. Un jour, il ne sait plus comment, ses parents finirent par découvrir ses acquisitions et de fil en aiguille, les macabres rituels hebdomadaires de Frau Raguenau. Convoquée dans le salon meublé « contemporain », celle-ci ne perdit pas son sang-froid, expliquant que son père officier, son père bien-aimé et regretté, avait payé de sa vie en Normandie la superbe tentative de tenir une position. Elle en était très fière, si fière qu'elle parut soudain lâcher la bride à son véritable surmoi. Elle se mit à pleurer devant les enfants stupéfaits et terrorisés pour finir par vociférer des incantations aux accents ténébreux et menaçants dans sa langue inconnue. Elle gagna sa chambre, dégueula ce qui leur semblait être des injures, renversa et cassa des objets, fit ses valises, revint dans le salon, pour administrer à la volée quelques sentences menaçantes et disparut dans le soir tombant.

Ils avaient gagné au change, la paisible terrasse de la

tante proustienne et magicienne devint leur nouvelle aire de jeux. Au loin, le cimetière semblait avoir renoncé à ses divisions ethniques et guerrières. Tout restait invisible dans le grand silence nocturne qui enveloppait maintenant Adrien. Qu'il était joli de laisser ses yeux se perdre ainsi, de flâner par-delà les habitations, vers les petits monts verdoyants qui ceinturaient Paris à l'ouest ! Dans le salon bien chauffé, après un petit séjour sur la terrasse, leur bonne tante leur servait un chocolat chaud dans des bols jaunes, puis faisait disparaître une carte d'une boîte noire ou apparaître un foulard rouge d'un chapeau vert. Ses histoires, merveilleuses, leur réchauffaient le cœur. Mais peut-être plus que les autres, frère et cousins, Adrien prenait très au sérieux les illusions de cartomancienne et les récits mystérieux de sa tante proustienne et magicienne. Il était en route pour l'imagination. Il vécut là-bas, dans cette tour de guet, ses dernières années de liberté, insouciantes et apaisées. D'autres Frau Raguenau, bien plus terribles, allaient le priver de la mère si tendre qui le berçait de ballades à la guitare et de sa sœur, la tante, qui lui avait appris que le monde n'était qu'illusion derrière laquelle se cachait le vrai. Il voulait y courir, s'y blottir et fermer les yeux pour voir ce qui devrait être vu. Le reste ne comptait pas.

4.

Où il fait la connaissance de frères jumeaux, Paradis et Enfer.

Les grands-parents maternels d'Adrien possédaient une maison au bord de l'eau dans le Sud. C'était une bastide aux allures de palais construite par un industriel dans la seconde moitié du XIXe siècle, ceinte d'un parc en restanques divisé en deux parties égales. Un petit bassin avait été érigé au croisement de l'allée centrale et d'une autre, moins large, qui la coupait, à mi-chemin. Deux statues abritées dans des niches, l'une de Vénus et l'autre de Narcisse, montaient la garde à chaque extrémité du mur de pierre situé au bout du jardin. De la maison, la vue offrait, côté parc, un mélange de cyprès, de figuiers, de cactus, de pins parasols, de palmiers, d'oliviers, d'orangers amers, et autres merveilles odorantes. Toutes sortes de fleurs agrémentaient le jardin que sa grand-mère et le jardinier s'appliquaient à embellir année après année. L'intérieur de la maison présentait la même sérénité imposante. Passé le péristyle flanqué de deux paires de colonnes jaune pâle de chaque côté de la porte d'entrée, on pénétrait dans un vestibule de marbre rose d'où s'échappait, au fond, un escalier majestueux. De grandes pièces à la hauteur de plafond remarquable se succédaient au rez-de-chaussée, dont le salon qui occupera plus tard dans la vie d'Adrien une place si importante, une place étrange, d'enchantements et de cauchemars. Son plafond figurait un ciel d'un bleu léger noyé de blanc où évoluaient des papillons qu'il apprit à connaître, à aimer et à distinguer avec leurs ailes mordorées, orangées, topaze, bleu iridescent, rose violacé, mauves, bicolores, tigrées, nervurées de noir... Il lui semblait voir, petit, lorsqu'il s'allongeait sur le grand tapis, s'entrouvrir les portes du paradis dont lui parlait le prêtre à la messe, et plus tard, bien plus tard, lorsqu'il levait la tête au milieu de l'assemblée de morts-vivants, cette nuée gracieuse lui était devenue insupportable, sans doute parce qu'elle s'était jouée de lui en n'offrant rien d'autre qu'un ciel sans fuite. Un jour d'été, la mère d'Adrien lui expliqua qu'un artiste du nom de Picabia, de passage dans la maison dans les années 20, avait repeint l'un des lépidoptères du coin du plafond qu'une fuite d'eau, dans une salle de bains du dessus, avait en partie effacé. Personne n'avait jamais su lequel. C'était resté longtemps un jeu pour chacun de lever la tête et de tenter de découvrir l'intrus. Et puis il y avait la pièce préférée d'Adrien, au troisième étage, le belvédère du grand-père qui y avait installé une longue-vue et y passait des heures à scruter les bateaux, et sans doute les filles dénudées sur les ponts. L'œil y embrassait une vue panoramique à 360°, sur la mer et la terre. C'était, à la tombée du soir, à la fois le refuge d'Adrien et plus tard, le lieu de jeux et de débauches lorsque le grand frère et les cousins avaient commencé à faire venir à la nuit tombée les filles et les cousines des garçons. C'était aussi là, tout en haut, caché de leurs parents et de la grand-mère qui n'y montait jamais qu'Adrien avait couché avec sa cousine Adèle qui l'avait choisi pour la dépuceler. Et vice versa. C'était là que des nuits entières, ils contemplaient les étoiles, allongés sur un matelas gonflable deux places monté en douce. Les adolescents étaient, entre ciel, terre et mer, au centre du monde. Rien ne pourrait les atteindre. Le Bout du Monde. C'était le nom de la maison.

Lorsque Adrien commença à passer des vacances, petit enfant, dans cette maison extraordinaire, Saint-Tropez n'était encore qu'un petit port de pêcheurs pentu agrippé de maisons, à l'extrémité d'une baie sous la protection d'une citadelle, une bourgade qui allait devenir bientôt aussi célèbre que Paris ou New York. Une actrice, Brigitte Bardot, y marchait pieds nus, ses longs cheveux blonds jetés au vent, changeait d'homme comme de chemise. L'époque ordonnait d'être allongé le jour et la nuit. La journée à la plage où *les copains* se retrouvaient pour jouer au backgammon et récupérer de leurs nuits blanches, sur des matelas de toiles rayées vert et blanc. Le club des allongés comme ils aimaient se nommer entre eux. Ces bienheureux se la coulaient douce, avant-garde d'une armée en marche aux vertus de plus en plus émollientes lorsque Saint-Tropez se révélerait soluble dans la Californie hippie. La nuit, après avoir fait dîner les enfants, laissés à la garde des grands-parents, ses parents et les autres oncles et tantes s'enfuyaient par les rues étroites, jusqu'à la petite cave où ils entamaient leurs marathons nocturnes. On dansait, on fumait, on buvait du Vat 69 jusqu'au petit matin qui s'achevait sur le port, où l'on avalait des cafés au lait en dégustant des croissants chauds achetés à la boulangerie d'à côté pendant que le soleil se levait sur les mâts tremblotants dans la brise tiède. Les hommes étaient affublés de surnoms américains, Robert devenait Bob, Jean-Michel, Jimmy, Daniel, Dan. Les filles se choisissaient des surnoms fleuris, Mimosa, Fleurette, Mijanou… Les copains traînaient ainsi, acteurs d'une effervescence candide, aux éclats de bonheur simples et naïfs. Les playboys italiens avaient peu à peu débarqué avec leurs Rivas en acajou au ronronnement de moteur si sensuel et sur lesquels venaient s'allonger les filles pêchées la nuit. Aquarama… Superaquarama… Brigitte Bardot en possédait un, elle aussi.

À Paris, lorsque les lumières chaudes de la Méditerranée du *twist and sun* cédaient la place à la rigueur froide du baron Haussmann, ses parents s'étaient pris de passion pour *Le Psychédélique*, une boîte de nuit créée par un champion de tennis reconverti dans la nuit après avoir assisté à l'explosion du mouvement hippie à Palm Springs en 1966. Le sportif en était revenu avec des stroboscopes, des *stroblights*, « comme on disait encore car personne ne savait ce que ça voulait dire, pas plus que tu ne trouvais cent personnes à Paris qui comprenaient le sens du mot psychédélique », lui avait appris plus tard son père. Au Psychédélique pour minets se trémoussant sur la minuscule piste de danse, avait succédé le Privé, destiné à une clientèle de trentenaires, puis Castel et Régine où ses parents avaient trouvé leurs bases solides. Au sommet de sa carrière, certains prétendaient que le tennisman possédait un carnet de 6 400 noms de femmes, dont 386 *TB (Très Belles*).

C'était le temps des fréquentations exotiques, des Italiens charmants et louches, les Vanini, les Pirroni, ou ce Vassalo qui se disait « entrepreneur ». Il l'était à sa façon puisqu'il se révéla être importateur en gros d'héroïne. Le professeur Barnard, le cardiologue-séducteur-twisteur, passait. La plus belle fête du Privé, lui avait raconté bien plus tard son père, eut lieu pour le dépucelage du fils d'un grand marchand d'art.

« Ce con fini va avoir dix-huit ans et n'a encore jamais tiré un coup ! avait grogné le vendeur de Tintoret. Tiens, voilà 50 000 francs, pour lui apprendre la vie ! Tu peux lui trouver une jolie fille ce soir ?

— Aucun problème », lui avait répondu un intermédiaire.

Une cinquantaine de filles, recrutées dans le club des 386, moins attirées par l'odeur du stupre que par celle beaucoup plus sensuelle du cash, avaient passé le concours de sélection. Une avait emporté le morceau. Ce soir-là, le « con fini » avait bien dû y passer. Puis la fête psychédélique cessa. La légende prétendait qu'un type avait débarqué une nuit avec une énorme valise de liquide pour racheter Le Privé. Comment refuser ?

Ses parents aimaient la nuit et n'avaient plus aucun problème de baby-sitting puisque Adrien et son grand frère furent mis en pension dès la petite enfance, en uniforme et en rangs par deux, sans trop bien comprendre ce qui leur arrivait mais obéissants comme les petits agneaux d'un cheptel résigné. C'était un bâtiment de la fin du XIXe siècle, à la sortie de la ville de M*. La porte principale du pensionnat ouvrait sur une cour avec, à sa gauche, un long préau menant aux salles de classe et à l'escalier des dortoirs. Le bureau de Monsieur Béranger, son directeur et, croyait se souvenir Adrien, également propriétaire des lieux, se trouvait à mi-parcours de la galerie couverte. Une sorte de tour de guet et de salle d'interrogatoire où, chacun des enfants l'apprendrait vite, le pire pouvait arriver – et il arrivait. Monsieur Béranger avait attrapé la polio tout jeune et boitait considérablement, ce qui ne l'empêchait pas de galoper vers les élèves au moindre prétexte car son handicap avait été surmonté par une grande célérité. On appelle cela, semble-t-il, la résilience. Il portait hiver comme été un blaser bleu marine, une chemise blanche en nylon sous laquelle se devinait un tricot de corps, une cravate aux armes du collège, un pantalon de flanelle et des gros godillots d'un noir brillant, dont l'un, plus phénoménal que l'autre effrayait les enfants qui débarquaient. Il les accueillait froidement, puis les faisait conduire au dortoir, qui leur paraissait si grand, avec ses petits lits auxquels étaient adjoints d'étroits placards-penderies individuels.

Monsieur Béranger, surnommé par les élèves « Béro le Piébot » ou « Patte Folle », possédait une tête énorme, en décalage avec son torse, comme si un malin génie créateur, maladroit ou peut-être bourré, en tout état de cause peu sensible aux proportions, s'était amusé à les assembler. Il y avait chez cet homme du Frankenstein créé par un docteur Mabuse inspiré. Son crâne chauve luisait comme une boule d'opaline d'un jaune cireux, son front plissé abritait sous lui deux énormes sourcils pour personnage de films muets comiques, mais ce n'était pas un effet recherché, comme les enfants l'apprenaient très vite à leurs dépens. Sous les haies de poils en bataille, deux yeux noirs aux comportements de jumelles de tour de contrôle scrutaient sans cesse chacun d'eux. À une énorme verrue posée sur son visage à la base de la narine gauche, répondait une non moins impressionnante chevalière en or qui n'était pas là pour poser la coquetterie singulière de cet homme mais pour exprimer d'une façon très visible son désir de laisser entendre à chacun qu'il descendait, lui aussi, de la cuisse de Jupiter, ou presque. Mais cette chevalière avait une tout autre fonction. C'était un instrument de punition, une arme de torture redoutable qui coûta à beaucoup d'entre eux des pleurs, des cris, des douleurs, des ecchymoses, des yeux endoloris. Monsieur Béranger avait une fille prénommée Marie, une petite blonde à kilt coiffée d'une barrette de côté, douce et aimable, le seul élément féminin de leurs classes. Et c'était bien la seule qualité que les pensionnaires reconnaissaient à son père sans bien comprendre comment ce monstre avait pu créer, en partie, cet ange dont beaucoup étaient amoureux.

Adrien n'avait pas aimé son enfance. Elle n'aurait pas dû être crevée de coups de cravache ou de baffes à la chevalière, de réveils martiaux, de révisions dans la nuit noire et froide, de laits tièdes recouverts de peaux avalés avec du mauvais pain à moitié sec. Il rêvait de Saint-Tropez qui correspondait si peu à ce lieu de souffrances et il ne comprenait pas. Pourquoi la nuit sans amour et ses ogres maléfiques devaient être l'antichambre des jours heureux ? Pourquoi le paradis était donc si précieux qu'il devait se mériter en subissant ce purgatoire sans âme, où les petits garçons qu'ils étaient étouffaient leurs larmes la nuit en appelant leurs mères ? C'est un des mystères qu'il chercherait toujours à résoudre. Peut-être, au fond, n'y avait-il aucune autre raison pour ceux qui les avaient enfermés là que d'avoir la conscience tranquille et la paix. Bien des années plus tard, il découvrit, le long d'un quai parisien, ces mots tracés à la craie : « Jouissez sans entraves ! » Ce n'était pas encore son cas. Un soir, après l'étude qui suivait le dîner, alors que les enfants étaient au dortoir en pyjama, le pas claudiquant de Monsieur Béranger, ce son lourd de patte folle qui les effrayait tellement, se rapprocha du lit d'Adrien. Ce crustacé géant s'immobilisa et lui ordonna de s'avancer vers lui. Les enfants qu'Adrien quémandait du regard restaient immobiles, pétrifiés sous leurs draps, dans l'attente du châtiment. Le garçon sortit du lit les jambes tremblantes, le regard baissé qui finit par s'arrêter sur la chevalière.

Monsieur Béranger ordonna aux pensionnaires de se lever et de se regrouper en silence autour du duo qu'il formait avec le condamné. Il s'assit sur le lit d'Adrien, le tira violemment par un bras, l'allongea sur lui, baissa son bas de pyjama et lui donna la fessée de sa main armée de la chevalière. L'enfant se mit à hurler, à pleurer, à implorer la pitié, à appeler maman, papa, et pissa d'effroi sur les cuisses de Béro le Piébot qui, de colère, redoubla de coups, laissant le garçon écrasé de douleur, de honte, de chagrin. Il voulait s'enfuir ou mourir. Le châtiment avait une explication : le surveillant avait fait son rapport. Accusation : est incapable de réciter sans faute la poésie à l'étude. Bute sur les mots. S'emmêle. Rêve en regardant le plafond. Qu'y cherchait Adrien ? Sans doute les papillons du Bout du Monde. Il n'avait alors pas bonne mémoire car son esprit s'envolait sans cesse vers de beaux soleils d'été, la mer tiède et bleue, les corps des femmes, ces amies seins nus de sa mère qui hantaient alors la plage de Pampelonne et qui possédaient toutes, sous leurs airs de fêtardes infusées au rosé et au pastis peu portées sur les jeux d'enfants, une merveilleuse chaleur féminine qui lui manquait tellement et qu'il désirait téter à leurs seins, comme un antidote, un contrepoison efficace et idéal contre la folie des hommes du pensionnat. Il rêvait du Bout du Monde.

Le lendemain, à la récréation de la matinée, des élèves l'avaient entouré et s'étaient mis à chanter « Au clair de la lune mon ami Piébot prête-moi ta main pour fesser ce sot », en s'amusant à lui taper le cul. Adrien a peur d'un nouvel ennemi, sa faiblesse qui pourrait le faire passer pour une fillette. Alors, dans un coin de la cour, à l'abri des regards, pendant que les enfants s'agitent comme des nuées de frelons, menaçant de replonger sur lui, il choisit une pierre effilée et s'entaille les genoux pour paraître plus viril. Il fera cela souvent. Les croûtes de sang pour en être. Un garçon pourtant s'est approché de lui ce jour-là et lui a tendu son mouchoir blanc. Christophe est toujours seul, silencieux, comme ailleurs. Il l'est d'une certaine façon, dans son monde, à contre-temps, perdu et rejeté des autres comme il semble l'être de sa propre existence. Il vit au ralenti et n'exprime jamais rien de lui-même. Les enfants l'ont surnommé l'idiot. Et personne ne l'appelle jamais Christophe. Pendant des années d'enfermement, l'idiot deviendra l'ombre muette d'Adrien, une ombre à laquelle il n'a rien à dire et à laquelle il ne se confie pas puisque l'idiot n'a pas l'âme d'un confident. Il est juste là.

Une autre fois… d'autres fois pendant le cours de Monsieur Bardoux, le professeur de mathématiques et de sciences naturelles… agenouillé sur une règle en fer cylindrique et rectangulaire, Adrien serrait les dents pour ne pas craquer car le châtiment serait alors beaucoup plus douloureux. Il tremblait des genoux et ses bras commençaient à lui faire très mal. La charge soutenue à l'horizontale, à bout de bras, accentuait la douleur en faisant ployer les avant-bras, affaissant peu à peu les épaules endolories. C'était un dictionnaire que Monsieur Bardoux avait placé dans le creux de ses mains, après lui avoir ordonné de s'agenouiller sur la règle posée sur le parquet de la classe. Il devait tenir ainsi une minute sous peine, en cas de chute de l'ouvrage, d'être soulevé par les oreilles et avoir les mains cinglées avec la règle en fer devant la classe muette d'effroi. Bien sûr, les muscles rapidement tétanisés de ses bras d'enfant ne pouvaient pas grand-chose contre l'inévitable. Agités de tremblements, ceux-ci cédèrent sous le poids du dictionnaire qui tomba dans un grand bruit sourd annonciateur de sa mise au supplice.

Il se mit à pleurer, ce qui contrevenait à l'ordre d'encaisser en silence, et hurla lorsque Monsieur Bardoux le souleva par les oreilles. Debout, pris de convulsions, les oreilles rouges sanglantes, il devait maintenant tendre ses mains aux doigts resserrés en offrandes. Les coups de règle pleuvaient à leurs extrémités mais il devait les maintenir ainsi, au risque d'en recevoir deux dizaines de plus, au moindre geste de faiblesse qui aurait été pris pour un acte de rébellion, ou de pleutrerie. Monsieur Bardoux était roux. Il possédait aussi des yeux d'un marron piqueté de sang, des joues rondes et roses et de grosses mains qui avaient l'air d'avoir été créées pour le malheur. Il sentait l'after-shave, ce que les enfants sentaient quand il se rapprochait d'eux en frôlant leurs visages implorants inondés de larmes, et agissait avec un grand savoir-faire de tortionnaire, en trouvant tous les prétextes imaginables. C'était un maître en supplices raffinés, un inquisiteur zélé qui, sans doute, regrettait de ne pas avoir de mort sur la conscience, peut-être en avait-il en rêve, *tourne ! tourne ! roue fatale et frappe !* Il tuait le temps, en vérité, en s'amusant de la douleur et de la peur. Ainsi se baissait-il parfois, faisant mine de refaire un lacet, se saisissait de l'une de ses chaussures et la balançait à toute volée sur une cible qui hurlait lorsque le projectile atteignait le nez ou l'arcade sourcilière. Adrien se souvient d'autres hurlements, encore, ceux qui s'échappaient souvent, à la tombée de la nuit, du bureau de Monsieur Béranger transformé en salle d'interrogatoire pour faire avouer des fautes, insignifiantes ou imaginaires.

C'était aussi cela, le lieu de son enfance. De leur enfance. Celle-ci, dans un cadre plus pimpant, fait régner en règle générale l'équanimité, une sorte de sagesse sereine où la balance est égale en toute chose, faisant aimer et délaisser chez l'enfant dans un même mouvement l'objet de son intérêt. C'est pourquoi la pension, l'arrachement à la contemplation sans enjeux brisa subitement chez Adrien, et de façon violente, l'enfance aux citrons jaunes et aux senteurs de jasmin où tout se valait dans leur beauté rendue à leur pure évidence. Désormais, tout n'était plus qu'une question d'eau, les larmes qui ruisselaient sur son visage, la pluie qui léchait si souvent les vitres de la salle de classe. Le jeudi était le jour de la confession. Chacun attendait son tour, en se demandant ce qu'il pourrait bien inventer de terrible car ne rien avouer était le plus grand des péchés et pouvait coûter une punition. Adrien n'avait pas d'imagination de ce côté-là, son immaturité le préservait des vices tels que les appelait son confesseur, le père Sansot. Il se pliait à l'exercice en inventant des fautes grotesques, parfois énormes, parfois insignifiantes. Il n'avait pas de demi-mesure pour inventer ce qui n'existait pas. Parce qu'il le prenait pour un insolent, le père Sansot l'accablait parfois de prières à apprendre par cœur et à réciter au réfectoire le soir.

Mais venait, l'après-midi, la promenade en forêt parmi les grandes fougères bleues et vertes, qui les cachaient des pions lorsqu'ils voulaient s'échapper un peu. En rentrant, les grands faisaient reprendre en chœur pour motiver les marcheurs à la traîne ce chant très en vogue auprès des écoliers :

Le curé de Camaret a les couilles qui pendent.
Le curé de Camaret a les couilles qui pendent
Et quand il s'assoit dessus
Elles lui rentrent dans le cul
Il bande !
Il bande !
Il bande !

Bander. Adrien ne comprenait pas trop le sens de ce verbe. Bander. Il ne bandait pas encore. Mais enfin, il chantait lui aussi. Cette chorale entraînante lui faisait oublier un peu les hauts murs qui l'attendaient et qui étouffaient les cris et les coups.

5.

Où le petit frère condamné à mort
pleure pour qu'on l'achève,
mais ne le sait pas.

Puis vint l'ombre qui emporte tout. Le troisième enfant n'est pas la fille souhaitée après les garçons, mais un autre garçon, aux grands yeux bleus et aux cheveux aussi fins que des fils d'or. Sa mère le promène dans les bois de la maison de campagne. Sébastien fixe les feuilles longuement, un peu trop pour un bébé. Il a quelque chose d'étrange dans le regard. Un regard d'adulte qui sait. Sa mère remarque cela et dit il aime regarder les feuilles, ça lui fait du bien. Comme un pressentiment que quelque chose ne va pas tout à fait. Un jour, ou une nuit, il a un an, il s'est mis à pleurer dans son lit, des pleurs qui n'ont rien à voir avec la faim ou la douleur qui passe. Elle a fini par l'emmener chez le médecin parce que les pleurs n'en finissent plus depuis des jours et des nuits. Et celui-ci lui a dit : « Ce n'est pas grave, ça va passer. » Elle lui a répondu : « Si, c'est grave et ça ne va pas passer. »

Il avait maintenant quinze mois et s'était retrouvé à Villejuif dans une grande salle commune avec des enfants alités de chaque côté. La mère avait beaucoup pleuré en le quittant le premier soir. Le lendemain, une responsable de l'hôpital l'avait prise à part : il ne faut absolument pas pleurer devant les autres enfants, ne recommencez pas s'il vous plaît. Allez pleurer ailleurs, mais pas ici. Les parents d'Adrien avaient appris. Leur fils était condamné à mort. Aucune sommité médicale n'était capable de leur donner une explication précise. L'enfant maigrissait et se mourait, c'était la seule évidence. Ils pensaient à diverses raisons, cancer abdominal, tumeur au ventre, leucémie. Ils songeaient à partir pour les États-Unis, le pays des avancées médicales, où le père se rendait souvent pour ses affaires, mais le professeur leur avait fait comprendre que cela ne changerait rien. Alors ils venaient tous les jours, et se relayaient avec le reste de la famille. La tante proustienne et magicienne faisait disparaître et réapparaître le foulard rouge du chapeau vert, ce qui faisait sourire un peu l'enfant aux yeux à la tristesse infinie, comme s'il pressentait, comme s'il essayait de comprendre ce qui lui arrivait et qu'il n'arrivait pas à exprimer puisque les mots arriveraient trop tard. Cette douleur chronique qui maintenant ne le quittait plus. Sa mère lui avait apporté un matin une petite boîte à musique qui jouait « Jeux interdits » et ça le calmait. Chaque fois qu'elle arrivait près du lit, il lui montrait la boîte et réclamait la ritournelle. On lui apportait des jouets, beaucoup de jouets offerts par des amis des parents, mais il les touchait à peine. Un adulte ne touche plus aux jouets, ses yeux semblaient avoir vécu mille ans. Alors son père et sa mère en distribuaient. Sa voisine de lit, une petite fille qui allait mourir avant lui, avait souri.

Un jour, ils avaient trouvé Sébastien sans son doudou, une couche qui était son seul réconfort lorsqu'il ne sentait pas l'odeur de sa mère et auquel il s'agrippait comme un bouclier contre la terreur que lui inspiraient les lieux. L'infirmière l'avait retiré et jeté car, leur avait-elle dit, l'hôpital avait autre chose à faire que de le lui laver chaque jour. La mère avait supplié, mais l'infirmière n'avait rien voulu savoir, le règlement interdisait le doudou qu'il cherchait avec ses petites mains, encore et encore.

La pension avait du bon. Au moins les deux garçons étaient-ils préservés de l'horreur quotidienne. À tout prendre… Là-bas, chaque soir, au réfectoire, après le dîner de langue de bœuf et de choux de Bruxelles bouillis, le père Sansot, ce curé dodu à la tête de ballon triste, à la coupe de porc-épic, un homme malheureux qui sentait le renfermé, et que les garçons avaient surnommé « la Sangsue », exigeait soudain le silence. Se dirigeant vers l'estrade qui se trouvait au fond de la grande pièce rectangulaire éclairée de néons brutaux, l'homme en noir appelait le Christ et la Vierge Marie au sauvetage de l'enfant en grand danger. Ses sermons qui mêlaient d'habitude le bâton du châtiment divin à la carotte du jardin d'Éden, la perdition à la salvation, les méchantes flammes aux délices éternelles, furent consacrés, pendant un certain temps, à la vie et au trépas de l'enfant. Adrien y vit une trêve bienvenue. La voix du père Sansot se faisait plus douce, le timbre était moins puissant. Le regard se perdait ailleurs, on ne sait où, vers des contrées invisibles à l'œil nu où sans doute il parlementait avec des émissaires divins. La rémission espérée du petit garçon passait par l'intercession auprès de puissances supérieures. Les yeux fermés, les bras tendus vers le haut, suppliant le Seigneur d'épargner cette innocente brebis qui n'avait fait de mal à personne. Adrien gardait la tête baissée dans son assiette vide, à la fois gêné que l'on parle de sa famille, et apaisé par la perspective qu'il ne lui arriverait rien pendant un certain temps. Il sentit toute la cruauté infâme d'un tel raisonnement. Son petit frère, il y songea, c'était horrible mais vrai, faisait don de sa vie en protégeant la sienne. Il eut alors cette pensée : puisse-t-il souffrir longtemps ! Il tentait de chasser ces mots qui l'horrifiaient, mais ils revenaient au galop, puisse-t-il souffrir longtemps ! La Sangsue avait fini. C'était le moment de la prière. Béro le Piébot intimait l'ordre de se lever d'un sec et claquant « Debout ! » et lançait de sa voix grave le « Notre Père » que certains pensionnaires s'amusaient à écorcher en « Notre père qui êtes odieux délivre-nous du bien »… Le « Je vous salue Marie » suivait qui n'échappait pas au sabotage – « pleine de graisse ».

Lorsqu'on leur annonça que leur enfant allait mourir et qu'ils pouvaient le reprendre chez eux, ils l'avaient enveloppé et allongé à l'arrière de la voiture, puis porté jusqu'à sa chambre aux jouets neufs qui, malgré les apparences, ne ressemblait plus à une chambre d'enfant. Les oursons le regardaient et savaient. La nuit, le petit appelait au secours avec ce mot, appris : bobo bobo, bobo bobo. Maman, papa… La mère allumait la chambre qu'elle ne voyait plus puisqu'elle y passait maintenant sa vie ou presque, se servait un whisky qu'elle avalait cul sec avant d'aller le retrouver, pleurant, hoquetant, pris de spasmes de douleur. Chaque cri était comme une décharge électrique qui l'affaiblissait un peu plus. Boire n'ôtait en rien sa propre douleur abominable contrairement à ce qu'on lui avait affirmé et qu'elle avait voulu croire, parce qu'elle aimait croire ce qu'on lui disait. On ne peut anesthésier l'enfer, lui répétait le père.

Elle serrait son petit corps enveloppé dans un châle blanc, le berçant dans le salon pendant des heures, pour tenter d'apaiser les douleurs. Elle regardait par la fenêtre et apercevait en contrebas un chat ; elle lui montrait et lui disait « oh regarde le chat », et il répétait « chat ! chat ! ». Et ajoutait « maman, maman ». Et ça l'amusait. Elle avait trouvé la méthode pour le prendre dans les bras sans que cela lui fasse mal. Elle glissait ses mains sous son ventre et le basculait tout doucement sur l'épaule. Mais si quelqu'un d'autre le prenait, il se mettait à hurler. Le petit se souvenait des infirmières qui lui avaient fait tant de mal avec des piqûres. Il pensait : on va encore me faire du mal.

Dans les derniers jours, la mère ne voulait plus voir personne parce que l'enfant était maigre à faire peur. Elle empêchait désormais sa propre mère d'entrer dans l'appartement. Elle disait : « Tu viens assister à l'agonie ? Eh bien non, je ne te laisserai pas rentrer ! Foutez-le camp, toi et les autres ! » Puis elle avait fini par accepter, par lassitude et par faiblesse extrême, qu'ils viennent tous, en silence, dans l'appartement pour dire au revoir à l'enfant. Son aspect les épouvantait tant qu'ils ne s'attardaient pas devant les grands yeux creusés jusqu'à l'os qui les fixaient avec avidité.

La morphine ne lui faisait plus rien. Sa souffrance était au-delà de la souffrance. Il ne s'arrêtait plus de sangloter.

Une nuit, alors que Sébastien hurlait à la mort en laissant s'échapper des gémissements de torturé, le père avait appelé le médecin de famille. L'homme avait accouru en pyjama sous son manteau et lui avait dit ça ne sert plus à rien, voilà ce que vous allez faire : allez-y sur la morphine et son cœur va s'arrêter de battre. Et il l'avait fait, sans rien dire à la mère étendue sur le lit, comme morte. Ce fut soudain le silence et la mère avait pensé : il a dû s'endormir ! Enfin ! Peut-être va-t-il un peu mieux ? Le père était revenu dans la chambre où veillait une lumière adoucie par un tissu posé sur l'abat-jour, et lui avait dit : c'est fini, il ne souffrira plus. Elle avait si mal qu'aucun cri ne sortit de sa gorge. Elle courut dans la chambre, se jeta sur son fils encore tiède qu'elle serra contre sa poitrine en invoquant son nom comme une incantation délirante. Cela dura des heures et des heures. Elle préférait mourir que de s'en séparer. Personne, ni le père, ni les membres de la famille accourus, ni les employés des pompes funèbres, ne parvenait à le lui enlever des bras. Son enfant venait d'elle, il était à elle et le resterait. *Dans ses bras l'enfant était mort.* Elle demanda à l'homme qu'elle aimait de l'aider à en finir afin qu'il l'enterre avec le petit. Cette nuit-là, le malheur était entré par effraction chez eux, s'échappant du petit lit tel un voile noir pour les recouvrir sans qu'il puisse rien faire pour s'en débarrasser, au point de ne plus jamais respirer comme avant, ajoutant de la claustrophobie à la peine.

Elle s'était jetée dans les bras de l'une de ses sœurs et lui avait dit : je suis morte au moment où il est mort. Et c'était vrai. Elle se laissa mourir pendant vingt ans.

6.

Où la mère d'Adrien découvre les bienfaits du cocktail Valium chablis.

Adrien se souvient du cimetière d'octobre. Le petit cercueil blanc se détache d'un ciel lourd. À l'église le prêtre a évoqué quelque chose qui l'a troublé : il absout le Seigneur de toute responsabilité dans cette tragédie et justifie la mort de l'enfant, comme si celle-ci répondait à une stratégie obscure échappant à la raison. Un bouc émissaire sacrifié sur l'autel du mystère divin, en somme, mais Adrien ne comprend pas bien, il a entendu ces paroles comme l'étrange justification d'un dessein échappant aux hommes : son frère est puni en expiation de crimes qu'il a commis dans une autre vie, à moins que ce ne soit ceux qu'il aurait commis plus tard. Un ami de ses parents, croyant réconforter les affligés, cite Marc Aurèle · « Non seulement ce n'est pas un malheur de perdre un enfant mais c'est un bonheur de supporter la perte avec courage. » C'est beau mais un peu brutal en ces circonstances et la mère gavée de Valium, hagarde, en pleurs, bavant, se mouchant sans cesse, soutenue par le père qui l'empêche de tomber, ne voit pas les choses comme cela.

À la sortie de l'église, Béro le Piébot est là, avec quelques professeurs et la classe d'Adrien, en uniforme. L'enfant baisse la tête, ne sait comment se comporter, accepte les mains tendues et les paroles de réconfort. Il voit la grosse chevalière s'avancer vers lui et d'instinct recule un peu, par peur des coups, ce qui décontenance Béro le Piébot, puis accepte cette main qui, demain, le frappera.

Le cercueil sur lequel viennent maintenant s'écraser de grosses gouttes de pluie attend sur deux tréteaux de descendre dans le trou. Adrien pense à son frère, la dernière fois qu'il l'a vu, corps décharné, la peau et les os. Le sourire éteint. Que serait-il bientôt ? Un amas de chair visqueux et putride, masse graisseuse informe, écoulement de matières. Une giclée de foutre dans un spasme de plaisir avait donné vie à la mort. Où était-il maintenant ? Là où l'église et la pension voulaient le persuader qu'il était, sur un nuage, entouré de bardes dansants et de fleurs grandes comme des cathédrales ? Ou, plus sûrement, nulle part. Il n'était plus rien. Ce mot, rien, lui fit une drôle d'impression, comme si c'était déjà quelque chose, rien. Rien était une réalité contre laquelle il ne cessait de se cogner ensuite, dans les cours de religion et aux prières imposées en pension. Rien, c'était quelque chose, une certaine réalité, puisque ce mot de quatre lettres, bien réel, renvoyait à une existence tangible. Mais un cousin de son père, un provincial à la coupe en brosse, qu'il a vu une fois à la chasse chez son grand-père paternel, s'avance au bord du trou au fond duquel repose maintenant le cercueil, tendant au-dessus de l'obscurité un petit garçon de l'âge du défunt qui se met à hurler alors que retentissent ses mots scandés d'une voix forte et menaçante : « Souviens-toi, Enguerrand, souviens-toi qu'un jour, toi aussi tu reposeras là parmi les ténèbres de la terre ! N'oublie jamais cela : "Tu es poussière, et tu retourneras en poussière !" » Une pensée réconfortante traverse Adrien : « Je préférerais que cet horrible avorton soit à la place de mon frère, ah s'ils pouvaient se passer le relais ! » La déclamation a figé l'assistance dans une rigidité où se lit la stupeur. Le clan bronzé des Tropéziens, qu'Adrien observe parce qu'il a soudain envie de se raccrocher à eux, échange des regards contrariés. Cela le rassure un peu, oui, il existe sur cette Terre des humains qui ne ressemblent pas à Béro le Piébot ou à cet illuminé. Il se sent un peu moins seul. L'abominable tandem s'éloigne enfin dans les cris du petit singe agrippé au col du loden. Il y a ainsi des êtres qui parviennent à ajouter de l'horreur à la douleur.

Et puis tout s'évanouit. Rien ne fut plus jamais pareil. Sa mère tira les rideaux de l'appartement qui restèrent longtemps aussi clos qu'une muraille de velours funèbre. Le jour et son insolente clarté, le jour et la vie remuante, le jour et ce scandale de renaissance perpétuelle n'avait plus le droit de pénétrer dans ce vaste tombeau parfumé de blanc sec et d'odeurs de blondes grillées à une vitesse vertigineuse. Cloîtrée comme la relapse dans son cachot, elle se remémorait sans cesse ce que lui avait dit quelques années plus tôt Maïa Noël, la voyante : « Octobre est le mois le plus formidable pour vous » et cela la faisait rire et pleurer… Formidable, formidable ! « Oui c'est effectivement formidable de perdre son fils, espèce d'escroc ! Stupide conne ! » Mais elle se souvenait aussi de la mystérieuse suite de chiffres 2,3,1 que Maïa Noël lui avait enjoint de retenir par cœur, parce qu'ils renfermaient, avait-elle assuré, la clé de vie. À force de se le répéter en boucle, Caroline croyait en avoir décrypté le sens caché : deux enfants, puis trois comme trois enfants, un comme un enfant mort, mais aussi comme elle-même désormais seule au monde. Elle s'était mise à écouter en boucle « Ballade en novembre » d'Anne Vanderlove. Une chanson d'une tristesse accablante qui apportait du désespoir au désespoir et donnait envie au père d'aller se saouler dehors avec ses amis twisteurs. Caroline était fragile, elle aimait la vie, elle était artiste et peignait de belles choses abstraites qui allaient virer avec le temps au miroir d'une souffrance épuisée, à bout de souffle. Elle souffrait aussi de ce secret, l'évidence que son propre père l'aimait moins que ses sœurs. La destruction progressive de son troisième fils avait initié la sienne.

Elle mélangeait maintenant chaque jour du whisky avec son Valium et d'autres pilules qu'elle avalait avec un respect de plus en plus aléatoire de la posologie. Elle se sentait bien lorsque le sol se dérobait sous ses pieds, légère secousse sismique si agréable. Cocon ouaté, bouche pâteuse, paroles en vol libre, rires emmitouflés de larmes. Pendant l'agonie de son petit garçon, elle était si mal qu'elle avait demandé un nouveau traitement à son médecin. Il l'avait regardée longuement, hésitant à lui délivrer son sentiment, si étrange qu'il l'avait fait comme on livre un oracle : il n'existe aucun médicament qui pourra vous guérir. Sauf un : un enfant, et surtout pas un garçon sinon vous ferez un transfert. Il vous faut une fille très vite, c'est votre seule chance. Trois mois après ce rendez-vous, elle était enceinte. Clara, la petite fille, fut l'enfant du deuil.

Elle se crut sauvée mais sa douleur était trop forte, il y avait en elle quelque chose de cassé. Il était difficile de trouver quelqu'un d'aussi pur, d'aussi naïf, d'aussi candide. Cette façon d'être au monde en le survolant et sans jamais s'appesantir sur ses fientes lui donnait un charme fou. Elle était l'antithèse de ce que sa beauté aurait dû dégager, comme quelque chose d'entendu, d'évident. La beauté qui semble trop souvent faite pour façonner les âmes, et parfois les salir, était chez elle un joli vêtement qu'elle portait sans y prêter attention. Sur la Côte un type avait mis sa fortune à ses pieds. Elle avait dit à ses amies : « Je ne l'aime pas, c'est aussi simple que cela. » Il était arrivé un jour à la plage en déposant devant son assiette une montre d'un prix extraordinaire, mais elle n'en avait pas voulu. Plus tard, Adrien se demandait pourquoi sa mère l'emmenait sur son bateau, lorsqu'il la conviait à passer la journée en mer. Il ne comprenait pas, mais il sentait. Et ce fut ainsi avec d'autres hommes. Ce type, lassé, avait fini par épouser la fille d'un acteur, plus accommodante, et qui aimait sans doute les montres aux prix extraordinaires. Sa mère refusait tout ce que Saint-Tropez avait érigé chez ses semblables en règle de vie : une prostitution camouflée en pseudo-amourette estivale. Elle dégageait quelque chose de différent des autres filles, elle n'était pas intéressée.

7.

Où Adrien fait la très douloureuse expérience que Paris n'est pas une fête pour tout le monde.

Peu de temps après l'enterrement, pour leur changer les idées, leur père emmène ses garçons voir *Vingt Mille Lieues sous les mers*. C'est la première fois qu'Adrien pénètre dans un cinéma des Champs-Élysées. Il contemple la salle d'une hauteur vertigineuse et ses lustres énormes. Dans quel palais ont-ils échoué ? Ils sont maintenant plongés dans l'obscurité et il lui semble que celle-ci est l'antichambre du *Nautilus*. Il ne voit rien de méprisable en la personnalité du capitaine Nemo, ce double mélancolique du capitaine Haddock, barbu vêtu d'un col roulé de marin qui a choisi la solitude des fonds pour fuir les hommes. Si le combat avec la pieuvre géante le terrifie, il ne conserve en sortant que les images de l'immense bibliothèque du capitaine Nemo. Il ne demande rien d'autre que de se plonger dedans. Le *Nautilus* est un salon de lecture gardé par des requins. Il s'imagine le rejoindre. Adrien ne vit que par ses propres rêves, comme si la seule réalité possible ne pouvait être qu'inventée. Il se tiendra à cette vérité et à la solitude du capitaine. Il aimera toujours cette petite lumière dans la nuit qui lui parle même si personne d'autre ne l'entend. C'est elle et elle seule qui lui semble depuis peuplée d'une multitude de voix qui lui conviennent. Pas un jour sans l'écart du silence.

Il avait connu un certain répit en pension pendant l'agonie de son frère. C'était bon, ce calme et ce soutien *apparent.*

Cependant, dans son petit lit, blotti dans ses draps, Adrien pleurait, par réflexe, en silence car bien sûr les sanglots attireraient le surveillant qui, lampe de poche à la main, effectuait ses rondes comme un maraudeur en quête de proies, même si en la circonstance Adrien se doutait qu'il l'épargnerait de ses coups. Là, sous la couverture, se mettant en boule pour tenter de se tenir chaud et, par réflexe, se protéger, il avait eu cette révélation stupéfiante, venue d'une autre voix que la sienne, une voix qu'il n'avait jusqu'alors jamais entendue et qui était son double soudain apparu, d'une maturité qui l'effrayait et qui lui murmurait à l'oreille : toi aussi tu es mortel et personne, parents, Dieu, personne, ne pourra t'épargner quand viendra ton heure. La mort de Sébastien avait tué son enfance en lui révélant une vérité que les livres d'histoire, les romans d'aventure et les westerns avaient rendue factice et improbable car les coups de feu, les volées de flèches, les pendaisons, les décapitations, les écartèlements avaient été jusqu'à présent des événements extérieurs très abstraits. Si la pension lui avait fait perdre l'innocence de la vie dont il s'était persuadé tout petit qu'elle était un joli rêve infini à enfourcher comme on enfourche une licorne, la disparition de l'un des siens lui avait soufflé ceci : désormais la mort rôdait à chaque instant et s'il avait peur de l'existence, celle qu'il appréhendait chaque jour au réveil dans le grand dortoir gelé, il avait désormais tout autant peur face à son autre versant, mystérieux et comme habillé d'un noir qu'il ne parvenait pas à imaginer autrement. Tout s'effondrait en lui telle une muraille de sable devant la vague qui emportait rêves et illusions. Adrien n'avait plus d'abri. Le cauchemar n'était pas une image précise mais bien le cauchemar même, comme s'il tombait dans l'un pour tomber dans un autre et ainsi de suite, jusqu'à la fin de son temps. Plus il tentait d'y voir clair, plus il voyait noir.

Mais tout reprend comme avant. Les coups pleuvent, sans raison. L'agonie du petit frère n'est plus là pour le protéger. La seule fois où il aime la pension est en fin de 3e, lorsque le professeur de français, un grand jeune homme mélancolique à la mèche brune, à la voix monocorde, et incapable de frapper une mouche, ce qui changeait, l'appelle au tableau pour le féliciter de sa dissertation. Une histoire de fugue avec son ami Cédric Chanu. Les compliments avec des mots choisis le gênent. C'est un temps où il meurt de timidité. À la fin du cours, le professeur de français le prend à part et lui conseille d'écrire. Adrien n'ose pas lui avouer qu'il écrit. De très mauvais poèmes qu'il ne juge pas : il les écrit et il les aime. Le cahier dans lequel ils reposent page après page est enfermé dans une mallette en cuir noir que lui a offerte son père. Son grand frère, dont il a de plus en plus peur et qu'il surnomme le Démon, s'est moqué de lui un jour en les lisant à table, après avoir trouvé le cahier sur son lit. Il s'est enfui et a couru, honteux et misérable, dans la forêt toute proche. Cette histoire de fugue, reliée aux poèmes de Rimbaud qu'il découvre, trouve sa source dans le souvenir de la plage d'Alger, des avions qui ne s'écrasaient pas toujours lorsqu'il les montrait du doigt, des bateaux qu'il observait du belvédère de sa grand-mère tracer une ligne à l'horizon, et qu'il peut observer des heures filer de l'autre côté de la Terre. Un jour lui aussi ils l'emporteraient là-bas, *« N'importe où ! n'importe où ! pourvu que ce soit hors de ce monde ! »*, pourvu que ce ne fût plus chez Béro le Piébot.

Un hiver, dans sa chambre humide de la maison de campagne, Adrien a punaisé au mur une grande carte du monde et a tracé une ligne droite de New York à Los Angeles. Il s'enfuira en voiture avec sa mère qui rêve de ce voyage, à moins que son rêve ne soit qu'illusion, une de plus. Mais la dissertation de la fugue est aussi reliée à des vacances passées dans le Sud. Une fin de journée, sa mère l'a entraîné parmi un groupe de musiciens et de filles qui fument, boivent et rient beaucoup sur la grande plage de Pampelonne. Il ne comprend pas leur langue, il s'ennuie et veut rentrer, mais soudain l'un des garçons aux cheveux très longs prend une guitare et se met à chanter d'une voix douce, féminine, *heavy hung the canopy of blue…* Sa mère lui murmure à l'oreille, « c'est un groupe anglais ». Il n'en a jamais entendu parler, mais cela ne lui importe pas vraiment. *Green is the colour…* Il comprend à l'intonation de la voix de Caroline, où perce une admiration respectueuse, que ce sont des musiciens importants. Adrien se souvient des rires, des guitares et des tambourins sur le sable. Il resterait cela : un grouillement d'insectes à demi nus brûlés d'un soleil mauve qui maintenant s'éclipse, cependant que les accords se mêlent au léger ressac épuisé.

Adrien avait coutume de répéter qu'il était né trop tard pour ne rien faire. En attendant, il lisait, la seule occupation physique qui lui plaisait vraiment. Être allongé sur son lit et lire. Des livres pour masquer l'évasion… C'était comme s'il avait trouvé le pays inconnu qu'il cherchait en vain en fixant l'horizon, du haut du belvédère. Un voyage vers un au-delà enveloppé de félicité. Là, les mots et leurs couleurs, leurs sonorités, leurs goûts, leurs séductions aussi, l'enveloppaient de leur chaleur bienheureuse, et peu au fond importe l'histoire, Hannibal, le chevalier Bayard, le capitaine Fracasse, Lord Jim, Arthur Gordon Pym, Robur Le Conquérant, tous apparaissaient subitement et disparaissaient de son esprit pour former une ronde sans fin qu'il gardait auprès de lui, au fond de lui, comme le plus précieux des trésors. Plus que la science, les livres l'avaient convaincu de l'existence d'une réalité parallèle, qui était la preuve de l'existence de l'immortalité. Il avait appareillé pour ne plus jamais revenir. La bibliothèque de ses parents contenait toutes sortes de livres, beaucoup de romans qui ne diraient plus rien à personne mais qui, à l'époque, disaient beaucoup à quelques-uns. Il était heureux. L'esprit volait. Il lui semblait que tout ce qu'il était devenu provenait en grande partie de ces histoires avalées les unes à la suite des autres, sans aucune logique. Son père lui disait : sers-toi ! Lis ce que tu veux. Des hauteurs de Saint-Tropez aux bas-fonds de Paris, tout était possible. Le monde n'était après tout qu'un infini ruban de papier sur lequel s'agitaient des sarabandes de mots. Mais il y avait la pension qui, les lundis matin, interrompait le bonheur. Il dormait mal ces dimanches soir cafardeux qui lui donnaient la nausée. Il lui fallait préparer la petite valise avec les affaires aux étiquettes cousues à son nom, enfiler son uniforme et serrer sa cravate, comme la corde autour du cou du pendu, ce qui accentuait sa nausée, il tentait d'avaler quelque chose, des flocons d'avoine tièdes, mais cela ne passait pas.

La voiture, la route qui traversait la forêt, les chevreuils effrayés exhibant leurs culs blancs en faisant des sauts, la maison dans la forêt qu'il apercevait vaguement entre les arbres, celle de Kostia, le voisin de dortoir qui allait se tirer une balle dans la bouche au cours d'une scène d'ivrognerie de ses parents. Il se souvenait surtout de l'hiver, l'hiver aux arbres enveloppés d'un linceul de brouillard, comme des spectres lugubres saluant son passage.

Un jour, il a pris *Paris est une fête* dans la bibliothèque de la maison de campagne et le glisse dans sa petite valise écossaise. Il connaît si mal la grande ville où les parents ne les emmènent, ses frères et lui, qu'en de rares occasions. Il rêve de Paris parce que la pension est à la campagne comme la maison et qu'entre ces deux points, il n'y a rien où porter son regard en rêve, hormis les étés de Saint-Tropez. Il a emporté une lampe de poche et se met à lire sous les draps, au dortoir. Ainsi, c'est aussi cela la vie, Paris et sa bohème, les cafés et les livres, l'écriture et les parlottes, les rêves et les bagarres, la joie et la peine mais libres, sans séances de torture, sans confinements obligatoires et détresse inconsolée. Le voici arrivé à ces mots : « J'avais pris la douce habitude de faire halte au 27, rue de Fleurus, vers la fin de l'après-midi, attiré par la chaleur ambiante, les œuvres d'art et la conversation »... Ces mots... douce habitude... chaleur ambiante... conversation... et cette mystérieuse rue de Fleurus...

Nosferatu apparaît dans l'obscurité du dortoir. Monsieur Bardoux confisque le livre, la lampe de poche et sans un mot, regagne sa chambre. Adrien ne ferme pas l'œil car il sait que le silence du maître ne s'explique que par son impossibilité de le tabasser sans réveiller ses camarades. Le lendemain matin, Monsieur Bardoux se poste devant son lit et lui ordonne de le suivre. Arrivé devant les douches, il lui demande de se déshabiller et de se mettre sous le pommeau. L'eau jaillit, glacée. L'enfant hurle et tente de fuir. Le maître le repousse en lui assenant des coups de poing et des gifles à la volée. Il tombe sur le carrelage et perd connaissance. Pour le réveiller, Monsieur Bardoux le soulève par les cheveux, le gifle à nouveau hors de la douche et lui ordonne de se lever, ce qu'il fait en tremblant et en perdant l'équilibre, une faiblesse, une maladresse, un épuisement qui décuplent la colère du bourreau. Il lui assène d'autres claques, d'autres coups. Encore. Le sang de son nez tombe en grosses gouttes sur le carrelage blanc et dessine près de la bonde des traînées pourpres, semblables à des filaments de méduse. « Paris est une fête, crois-tu mais ici, non, espèce de salopard, ce n'est vraiment pas une fête ! Ah ! tu vas voir, tu vas le payer cher ! Je vais te dresser ! » Adrien est consigné tout le week-end suivant pour expier sa faute, mais plus sûrement pour laisser les ecchymoses s'estomper. Il recopie cent fois : « Paris est une fête pour les ânes. » Le collège est silencieux. Il a le droit d'errer dans la cour déserte et croit apercevoir Marie derrière une vitre. Il a soif et faim. On l'a oublié ou cela fait partie de la punition, il ne sait pas trop. Puis vient le premier soir. On vient le chercher. Il dîne d'une soupe claire et d'un morceau de pain dans le réfectoire à un coin de la grande table où Monsieur Bardoux et le père Sansot, déjà installés sous le crucifix, lui ont ordonné de s'asseoir. Béro le Piébot est en famille dans ses appartements. Puis Monsieur Bardoux l'emmène se coucher. Il a peur de lui, tandis qu'ils empruntent en silence les couloirs à peine éclairés et la cour accablée de noir pour gagner le dortoir de sa classe. Il a peur mais rien ne lui arrive dans la nuit, ni dans la suivante. Le dimanche après-midi, libéré une heure avant le dîner pour se détendre dans la grande cour, il regarde un avion passer et fait mine de lui tirer dessus. Ses parents ont été informés de sa privation de sortie. Sans doute sont-ils un peu choqués de la raison invoquée : lecture d'un livre obscène interdit aux pensionnaires. Le samedi suivant, Adrien ne leur parle pas de ce qu'il a subi. D'une façon générale, on ne l'écoute pas. On ne veut pas en entendre parler.

8.

Où Adrien prend la route
par une matinée d'hiver,
heureux évadé du bagne, heureux…

Le dimanche suivant, il décide de ne jamais retourner au pensionnat. Pour provoquer la fièvre, il a bien glissé pendant la nuit les deux morceaux de savon sous ses aisselles comme son ami Cédric le lui a appris mais il dort, maintenant, et les morceaux de savon ont disparu dans les draps. Le lundi matin, alors que son père vient de le déposer avec son grand frère devant le porche d'entrée du collège, il abandonne sa valise sous le préau et court à travers les rues de la ville. L'aube est encore noircie de nuit. Il passe devant la maison de Maurice Ravel, guettant la silhouette de Céleste Albaret, la gardienne des lieux que lui a présentée un samedi sa tante. Mais Céleste la gouvernante de Proust n'est pas là pour l'accueillir près du feu de cheminée comme une bonne grand-mère réconfortante de conte de fées. Il poursuit son chemin, inquiet. Cette route, qu'il a si souvent empruntée dans la voiture de son père, lui paraît différente sinon inconnue lorsqu'il avance maintenant à pied. Il passe devant le château d'un couple de comédiens dont la haute grille marque l'entrée d'un domaine rempli d'animaux sauvages, ce qui lui fait hâter le pas car il en a peur. Il avance ainsi à la sortie de la ville, croisant des voitures mais aucune ne s'arrête pour demander à ce jeune garçon en uniforme ce qu'il fiche seul sur une route de campagne. Fixant les yeux sur le sol, il tombe sur une pièce qu'il conservera longtemps. Il traverse maintenant une grande forêt à laquelle il n'a jamais fait attention en voiture et il sait que là, sur la droite, au bout de ce chemin de sable flotte l'ombre de la maison de Kostia. Tout lui apparaît soudain ennemi, les branches des arbres menaçantes comme des doigts noueux, les chuchotements dans l'obscurité des sous-bois si proches, il ne doit pas penser mais avancer sur le bord de ce long ruban de goudron qui est comme une ligne de crête où il est sauf. Il ne se retourne pas, occupé à observer sa légère ombre de côté, à peine visible, légèrement de biais, qui le suit comme un écuyer muet ou un ange protecteur, il aime cette ombre, ils sont deux pour avancer en se tenant près l'un de l'autre.

Il est bien, sur cette route, avec ce ciel qui l'accompagne. Pour la première fois, Adrien a choisi de refaire que ce qu'il veut. Il découvre la marche et a cette révélation : il se rencontre. Les grands arbres immobiles qu'il interroge du regard lui disent « va, suis ton chemin, nous sommes là ! ». Il lit en eux et c'est son esprit qui lui parle. Quelque chose lui vient qu'il n'a jamais senti : une attirance entre les arbres, les oiseaux, les animaux invisibles et lui. Il se méfie de Dieu et s'en éloigne au pensionnat, les prières, les messes, les confessions ont fini par l'en dégoûter, mais il voit soudain autre chose derrière la nature qui l'entoure. Un signe, peut-être divin, étrangement accordé à lui-même, à son âme en mouvement. Un frisson tiède, un frisson d'amour l'envahit, qui vient d'autre part. Comme une mystérieuse transmutation de fluides. Il s'arrête un moment dans une clairière et fixe le ciel couleur d'étain. Il va neiger. Le bruit d'un avion lui rappelle les pouvoirs dont il se croit encore investi et qui l'effraient. Il évite de lever les yeux. C'est devenu une plaisanterie de famille qui ne l'amuse plus. De temps à autre une voiture passe à vive allure. Elle semble plus seule que lui. Il se figure que, peut-être, quelqu'un surgira des arbres et lui proposera de le suivre. Quelqu'un de bon qui le contraindrait quand même. Peut-être une maison au fond des bois. Il vivrait là pour toujours, oublié de tous après quelques battues, quelques recherches. L'homme lui lirait des histoires le soir et lui apprendrait à distinguer les arbres et les plantes, les chants d'oiseaux et les cris des bêtes. Il lui ferait à manger et lui enseignerait ce qu'il y a dans les livres. Se taire et écouter aussi. Mais il ne parlerait pas beaucoup, ce serait facile. Il croise alors un homme, un forestier ou un vagabond qui lui fait un peu peur parce qu'il vient de penser à cette histoire. L'inconnu le fixe du regard d'un air qu'il juge hostile, mais rien ne se passe comme il l'imagine. L'homme poursuit son chemin.

Il se met à neiger, d'abord doucement puis avec violence. La peur de se perdre étreint Adrien mais il se rassure, enveloppé dans cette neige douce, soyeuse qui lui caresse le visage comme des plumes. Il baisse la tête et avance, les mains dans les poches, pour les réchauffer un peu. À la même heure, Monsieur Bardoux donne son cours de sciences naturelles et distribue ses premières baffes. La fatigue commence à se faire sentir. Il a froid et soif. Ses pieds emprisonnés dans des chaussures en cuir le font souffrir. Ses mains sont gelées. À l'entrée du village, il aperçoit le cimetière. Il avance encore et pénètre dans l'enclos de pierres. Il s'assied sur une tombe recouverte de neige et imagine les racines des arbres et les os enlacés et il aime, déjà, cette image. Les chairs, aussi, mélangées à la boue. Qu'avaient été autrefois tous ces gens ? Il essaie d'imaginer des visages, des vies. Il se lève et va se recueillir devant la croix de son frère avec, en lettres dorées sur la pierre blanche, ses prénoms, nom et dates d'existence, qu'effleurent des grappes de flocons. La neige s'est arrêtée de tomber. Un soleil froid et métallique apparaît et fige les arbres aux troncs nus et noirs semblables à des balafres. Seuls quelques oiseaux chantent, âmes légères balancées par le frémissement de l'air qui, il en est persuadé, tiennent compagnie et bercent les dormeurs. Béro le Piébot, à cette heure, a averti ses parents. Adrien pense à la correction qui l'attend. Il pleure doucement sur la tombe de son petit frère qui, lui au moins, n'a pas à subir cette vie-là. Il dépose sur la neige une fleur arrachée d'un pot voisin. Un corbeau se met à croasser. À peine sorti du cimetière, il tombe sur sa mère qui le fait monter. Sans un mot, ils gagnent Paris.

Cloîtré dans sa chambre, il reçoit à la nuit tombée la visite de son père qui lui promet pire encore s'il ne retourne pas le lendemain matin au collège. Le pensionnat militaire de Corrèze dont il le menace ressemble plus à une prison de haute sécurité qu'à un internat. L'explication est longue et détaillée, faite de détails précis sur les châtiments, les douches glacées à 5 heures du matin, les travaux forcés. La porte de sa chambre se referme en claquant. Il reste là, sur son lit, prostré. Il abdique et préfère les horreurs déjà éprouvées à l'inconnu lointain où nul ne semble pouvoir s'échapper et où les larmes se paient en plaies de sang. « Vivre, c'est survivre à un enfant mort », lui confiera bien plus tard un ami.

Il retourna au collège. Les jours, les semaines, les mois passaient, sinistres et sans fin. Un mois de mai, Béro le Piébot annonça qu'ils seraient tous privés de week-ends pendant un certain temps. Une révolution avait éclaté. L'essence manquait. Les parents attendaient que ça passe. Chaque soir, au réfectoire, le père Sansot leur ordonnait de prier avec lui pour le salut de la France et du général de Gaulle. Adrien maudissait cette révolution qui l'obligeait à se mettre à genoux et le privait de liberté. Il ne priait pas, se contentait de faire du bruit avec sa voix, et songeait à cette devinette que lui avait posée Cédric Chanu : « Quelle est la plus grosse poule du monde ? C'est de Gaulle parce qu'il Pompidou et Couve de Murville. »

9.

Où il est bon de rappeler au lecteur
qu'il existait une autre espèce
d'enfermement, plus pimpant.

La révolution grondait mais les souterrains de la nuit continuaient d'être les bases de loisirs attitrées de ses parents. Ils s'y enfermaient, à deux, ou en bandes après avoir dîné avec des *copains*, mot dans lequel entrait une conception vague et très élastique de l'amitié. Avoir du bon temps, sourire à la vie qui vous le rendait bien pendant ces années insolentes de bonne santé, tel était au fond le seul mot d'ordre. Un emploi succédait à un autre. Adrien se souvenait que son père lui avait dit : « Rends-toi compte qu'il n'y avait que 50 000 chômeurs en France quand j'ai commencé à travailler, et ceux-ci étaient des irrécupérables, des fainéants ou des diminués physiques ou mentaux ! Il n'y avait qu'à se baisser pour trouver du travail. Il faut dire que peu de femmes gagnaient alors leur vie. » La nuit était souvent le lieu rêvé pour les entretiens d'embauche. Une fois franchi le sas gardé par un cerbère au cerveau irrigué de tous les patronymes figurant dans le *Who's Who* et le Bottin mondain, un monde *différent* s'ouvrait devant eux. La nuit déshabillait les âmes et les comportements de tout ce qui les habitait le jour comme si on leur avait retourné la peau et rendu leurs fonctions originelles de membres d'une tribu nocturne. Ils ne faisaient au fond que reprendre des traditions millénaires de transe, d'invocation médiumnique et spirituelle. L'offrande aux dieux s'effectuait sur la petite piste de danse métallique aux rythmes empruntés à la cathartique Grèce antique, aux rythmes zoulous, aux grands prêtres du lâcher prise, aux cérémonies vaudoues. Là, sur ces quelques mètres carrés de piste noyée de stroboscopes, les esprits rationnels rendaient les armes devant les corps ensorcelés, gouroutisés, dans la grande messe électrique. Les minijupes Courrège côtoyaient les costumes Cardin à col Mao dans un grand bain de sueur appliquée. L'odeur âcre des cigarettes à laquelle se mêlait la capiteuse senteur des parfums transformait les sous-sols en cryptes sectaires où la parole noyée sous le déluge sonique se transformait en langage des signes.

Les noctambules chantaient la libération sans fin de Paris et l'avènement des temps messianiques où le progrès était le nouveau Dieu qu'il fallait adorer sans état d'âme. Mais le peuple accablé de sommeil dort, l'heureux peuple, source de toutes les convoitises idéologiques, n'a jamais entendu parler de Castel. Il est 5 heures, ce Paris-là dort. Dehors les fêtards font parfois la soudure avec les révolutionnaires quand ils rentrent à pied. En Ferrari, la fraternisation est plus risquée. Ses parents s'amusent. Caroline, en particulier, trouve dans cette ambiance bon enfant de lanceurs de pavés et de leveurs de coude, un pansement – provisoire – à ses envies d'en finir. Les garçons sont bien gardés au collège. Cela la rassure un peu. Quant aux parents de sa mère, ceux-ci sont confinés dans leur appartement de l'avenue Mozart, sans essence pour descendre au Bout du Monde et privés un temps de gigot dominical.

10.

Il était une fois une petite fille
amoureuse de l'amant de sa mère
et qui finit par l'épouser.

Si la grand-mère maternelle d'Adrien vivait une existence *normale* de grande bourgeoise, son enfance et sa jeunesse avaient été très différentes. Petite fille modèle à robe à smocks et col Claudine, chaussée de Start Rite blanches ou bleu marine, c'était une enfant unique que la Première guerre avait privée de son père et d'hypothétiques frères et sœurs. Sa mère, une jolie femme à chapeau cloche et cheveux courts, aimait le jazz, le Bœuf sur le Toit et les aviateurs galonnés. L'ombre du mari tombé à Verdun s'éloignait ainsi, peu à peu, recouverte par les confettis multicolores et les robustes trombones des « nuits nègres » du Paris de ces folles années. Le héros n'était plus qu'un point lointain, s'éloignant vers le néant définitif, avant de se contenter d'être un nom et une date sur une tombe et quelques photos encadrées dans la chambre à coucher qu'il fallait songer à épousseter de temps à autre pour ne pas lui manquer tout à fait de respect. Peut-être après tout, songeait-elle, l'ennemi avait bien fait de la débarrasser de ce jeune homme de bonne famille aussi ennuyeux que sa moustache cirée et sa façon idiote de lui faire l'amour. Cet emmerdant n'avait pas su la baiser. Trop jeune. Trop fougueux. Trop pressé. Trop égoïste.

Cette pensée de justice *boche* la traversait parfois et l'horrifiait dans un même mouvement. Elle avait beau la chasser, celle-ci revenait, tenace, tentatrice et narquoise. Elle finit par céder à cette parodie de justification en ouvrant toutes grandes les vannes du plaisir. Les hommes d'une nuit se succédaient dans l'ivresse du champagne et l'excitation euphorique de la « coco ». Pour se rassurer et s'acheter une bonne conscience, peut-être se disait-elle que c'était un message du défunt héroïque : amuse-toi et oublie-moi. Elle s'amusa et l'oublia. La petite fille solitaire était confiée à la garde d'une gouvernante bretonne gentille et douce au visage aplati parsemé de taches de rousseur. Le menton, lui, était agrémenté de quelques longs poils blonds qui ne semblaient pas gêner sa propriétaire. Ni la mère ni la fille n'auraient eu le courage ou l'indélicatesse de lui signaler cette anomalie pileuse. La nounou « poils au menton » devint la mère de substitution de l'enfant perdue. L'autre, la vraie, passait en coup de vent, l'embrassait comme une poupée inerte, s'adressant à elle sans vraiment l'écouter, la serrant dans ses bras d'une façon mécanique, filant à la nuit tombée dans des effluves capiteux de Joy de Patou, la laissant seule dans l'immense appartement avec sa dînette, sa nounou bretonne et ses sanglots d'orpheline sans amour. Un jour, un homme apparut et tout changea.

C'était un beau garçon, grand, fort et brun, aux sourcils épais, à la peau légèrement mate, aux lèvres à la fois sensuelles et sévères. Il possédait pour particularité, assez rare à l'époque, d'avoir le visage entièrement rasé. Aucune moustache ennuyeuse et démodée comme le disparu de Verdun. Le visage glabre venait d'Amérique, le pays moderne qui commençait d'exporter son mode de vie. André était un ancien aviateur de l'escadrille Guynemer qui avait son rond de serviette chez Maxim's et ses entrées dans les loges des danseuses nues qu'il aimait les unes après les autres. La guerre et ses atrocités accordaient le pardon à ces valeureux rescapés qui, en d'autres temps, auraient été taxés de baiseurs fêtards sans morale. Et puis les aviateurs constituaient une certaine élite, celle d'une classe de militaires *chic et dans le coup.* Ils attiraient davantage les femmes que le malheureux poilu sans-grade qui se réconfortait chez les putes. André, devenu un banquier important, avait salué la petite fille d'un solennel « Bonjour mademoiselle ! ». Celle-ci avait répondu d'une petite révérence muette. Cet échange d'une froideur intense qui sentait son cérémonial congelé fut le début d'une histoire d'amour. Bientôt le visiteur du soir eut sa penderie et sa brosse à dents à domicile. Il prenait l'enfant sur ses genoux et lui faisait réciter ses leçons. Il l'emmenait à ses cours d'équitation et déjeuner au Pam Pam sur les Champs-Élysées pendant que la mère était occupée chez le coiffeur ou ailleurs. La petite était fière de ce nouveau père qui s'occupait d'elle bien plus que sa mère. Ce nouveau père, si beau et si charmant.

Charmeur n'était pas encore de son vocabulaire bien qu'elle sentît assez vite autre chose, mais quoi ? Frisson, frissonnante, petit oiseau au cartilage nacré, et au visage mutin de fillette Cadum lovée dans les bras du grand homme. Que se passait-il ? Il lui enseignait l'histoire, les batailles, les mathématiques, la géographie en lui montrant dans un atlas des pays aux noms étranges qu'ils survoleraient un jour tous les trois dans son avion. Elle devait avoir dix ans lorsqu'il l'emmena faire un tour dans son Morane avec l'accord de sa mère qui détestait les avions et ne se souciait pas du danger. Ils survolèrent Paris en inclinant l'appareil de façon à ce que l'enfant puisse bien voir la tour Eiffel, l'Arc de triomphe, les Invalides, la basilique de Montmartre… Mais elle regardait sa nuque, virile. Ils rentrèrent à la tombée du jour, accueillis par un simple et bref « alors ? » où se lisait l'indifférence à l'extraordinaire. La petite aux airs de Shirley Temple en fut blessée. En fixant d'un regard dur et décidé l'homme immense, ce dieu qui lui avait mis la tête à l'envers dans son avion, elle prononça ces mots : « Un jour, je vous épouserai, Monsieur ! » Sa mère la gifla. Lui resta sans voix.

Quelque chose s'illumina ce soir-là dans la chambre d'enfant et s'éteignit dans la pénombre de la chambre maternelle. Ils ne reparlèrent jamais de l'incident. Mais sans que la mère s'en doute, une passion était née. Elle se développa dans le secret comme une fleur immense recouvrant l'appartement de son parfum entêtant. Il coucha avec elle lors de vacances sur la Côte pendant que la mère était restée sur la plage. Elle avait seize ans. Ce fut bon et doux, avait-elle par la suite confié à sa fille aînée, la mère d'Adrien, qui n'en demandait pas tant dans le détail quasi incestueux. Il l'avait guidée, comme autrefois il l'avait éblouie par ses manières agiles et rassurantes aux commandes du Morane céleste. Il avait trente-deux ans et de l'expérience. Une expérience que la mère de l'adolescente avait coutume de vanter avec un brin de perfidie sadique auprès de ses amies frustrées de ce côté-là. Deux années plus tard, le beau-père et sa belle-fille se marièrent. Elle avait dix-huit ans, était enceinte de Caroline et heureuse. L'ancienne maîtresse était au premier rang dans l'église Saint-Honoré d'Eylau, mariant son amant à sa fille, stoïque dans sa honte d'être ainsi livrée à cette comédie devant un parterre de proches *au courant* qui savouraient la scène, mais ravagée d'une douleur maintenue, comme à une messe d'enterrement. En un sens, c'en était une.

11.

Où un miroir lui fait prendre conscience de son âme et de son sexe et une rencontre, du danger d'aimer les Beatles.

Un jour devant sa glace, Adrien doit avoir treize, quatorze ans, il a la révélation de quelque chose qui va modifier sa façon de voir l'existence. Il s'observe de près, longuement, longuement, et a soudain l'impression d'inspecter un corps étranger. Celui qu'il regarde et qui le regarde n'est pas la même personne. Il en connaît un grand vertige, de l'effroi puis une certaine fatalité heureuse. Il peut ainsi se dupliquer à l'envie. *Drôle de Je*. De plus, ce visage qui, jusqu'à présent, semble avoir été le centre de l'univers, ou tout du moins, le sien, n'est rien d'autre qu'un ridicule conglomérat de chair. Ses yeux qui embrassent le ciel ne sont que de la gelée. Il a regardé devant lui, il lui faut apprendre à regarder au-dedans.

Adrien ne s'intéresse alors pas à sa queue, ou seulement pour constater que la nuit et surtout, au petit matin, au réveil, elle change désormais de physionomie en durcissant pour une raison inconnue. Il bande dur et éjacule sans s'en rendre compte, en dormant, d'un truc poisseux. Ses copains appellent ça *juter*. Un jour, il observe de son lit un pensionnaire attendre devant les toilettes, la queue dressée dans son slip, il va se branler, la sève au bord du gland. Il en conclut qu'il n'est pas le seul à posséder un serpent à la fois mou et dur entre les jambes mais il ne voit pas trop à quoi ça peut servir. Naïf, il croit que les veaux sont élevés sous la mer dans de grandes étables spacieuses que des agriculteurs hommes-grenouilles alimentent en algues ; il entend un jour l'expression « perdre les eaux » : il se figure des petits os aussi fins que des cartilages d'oiseaux s'écoulant, là aussi pour une raison inconnue, du sexe féminin. Ce sexe qui ne ressemble pas du tout à son serpent mou et dur, il l'a entraperçu, sous un nid de broussailles, dans la chambre qu'il lui arrive de partager l'été avec sa mère chez sa grand-mère. Il aime dormir dans le même grand lit. Qu'il est doux de remplacer son père et de sentir son odeur si particulière de blonde bronzée, tout contre lui.

Il ne sait rien du désir, de la sexualité et s'en moque, jusqu'au jour où, l'année de ses treize ans, un samedi soir à Paris, alors qu'il vient d'acheter *Abbey Road*, un homme l'arrête devant une porte cochère entrouverte et lui demande s'il peut lui poser quelques questions pour un sondage. Il accepte, plus par timidité que par envie, car il est impatient de rentrer écouter le nouvel album des Beatles. Aussitôt celui-ci l'attire dans un couloir d'immeuble qui donne sur une courette où patiente un grand container poubelle, sans doute pour l'accueillir, le comprendra-t-il ensuite, car ce genre de sondeur d'une espèce particulière fait des repérages précis afin d'accomplir d'une façon sereine, efficace et harmonieuse sa tâche.

L'homme en imperméable gris qui sent la sueur sale et l'urine tiède se colle contre lui, veut connaître la taille de son sexe au repos et en érection, Adrien n'en a aucune idée, mais en ce cas, peut-il le lui montrer, ce sexe au repos et en érection, afin qu'il puisse mesurer le nombre de centimètres. Il obéit, à la fois tétanisé par cette curieuse exigence et indifférent à son libre arbitre, se persuadant qu'après tout, ces enquêtes publiques avec vérifications de la taille des sexes adolescents sont peut-être normales et même recommandées.

Tout occupés à traverser le passage clouté, les Beatles heureusement, ne voient rien car cela aurait gêné Adrien. Ils se contentent de patienter dans le sac plastique du magasin de disques. Mais au moment où cet homme qui lui semble si vieux et qui, à la réflexion aujourd'hui, ne devait pas l'être tant que ça, se saisit de sa petite queue pour essayer de la durcir dans un va-et-vient brutal qui lui fait mal, en essayant de l'embrasser, rapprochant d'une main appliquée d'aspirant-bourreau son visage du sien, Adrien décide de s'enfuir dans la rue noire en tenant l'album des Beatles devant son sexe qui se balance hors de son jean comme un sixième doigt égaré et farceur. Il a envie de dire au groupe : hey les gars, attendez-moi !... ne traversez pas si vite ! ne vous barrez pas !... tournez la tête de mon côté, venez à mon secours !... attendez-moi !... Sauvez-moi !...

Dans l'appartement de la rue Erlanger, tout était normal. Rien à signaler. Sa mère allongée sur le tapis, un verre à la main, en communication avec les esprits du soir ou qui sait ? avec l'Ange disparu ; son grand frère, le

Démon, défoncé dans le canapé avec deux de ses amis, un maigrelet à la toute petite tête de fouine coiffée d'une grosse boule de poils pubiens et un grand garçon costaud et maussade en shetland vert qui allait bientôt étrangler sa petite amie. Adrien se garde bien de parler de cette histoire insolite dont tout le monde, sous l'effet conjugué du vin blanc, du haschich et de l'héroïne, aurait certainement ri. C'était l'époque de la relativité en toute chose. Rien, au fond, n'était très grave. Et puis, après tout, n'auraient-ils pas manqué de lui faire remarquer en passant vite à un autre sujet de plaisanterie, l'incident ne s'était pas mal terminé. *Cool, man !* On ne l'avait pas retrouvé dans le grand container poubelle, l'album des Beatles serré entre ses petites mains, c'était le principal. Mais il lui était arrivé de penser, en se remémorant souvent cette histoire marquante, qu'il n'en voulait pas tellement à cet inconnu. Peut-être était-il venu terminer le travail et abréger ses souffrances, cet ange exterminateur bienfaisant ! Peut-être, s'il n'avait pas eu l'inconscience de s'enfuir, ce bon samaritain à l'haleine fétide et aux senteurs de pisse aurait-il eu la bonté de lui régler son compte, lui qui n'en avait pas le courage, en le supprimant de ce monde où, de la pension à la maison, il ne trouvait nul réconfort et nulle raison de vivre.

(Il gagne sa chambre. Ferme la porte à clé. Sort avec précaution le vinyle, place la face A sur la platine. Actionne le bras et fait très doucement descendre la tête sur le sillon noir. Il s'allonge sur son lit. Éteint la lumière. *Come together.*)

Peu après l'incident, un samedi soir, son père l'emmena,

sans lui dire où ils allaient, dans un petit théâtre aux allures de bonbonnière garnie de velours rouge, près de l'avenue de l'Opéra. Une toute petite scène au rideau de velours cramoisi, quelques fauteuils rouges eux aussi. Les costumes sombres des hommes et les petites robes noires des femmes semblaient là uniquement pour faire ressortir l'atmosphère incandescente du lieu. Une apparence de clandé, où ne manquaient que des entraîneuses mais Adrien n'eut pas le temps de se poser la question sur la mystérieuse surprise de son père : la tenture carminée s'ouvrit et une femme brune vêtue d'une robe noire, tenant une rose rouge entre ses doigts, tendue comme une hostie en offrande, se mit à chanter. La femme était si proche qu'Adrien distinguait les légers tremblements aux commissures des lèvres, rouges, ces tremblements comme des oscillations microsismiques auxquelles il n'avait jamais prêté attention chez les autres, lorsqu'ils ouvraient la bouche. Elle possédait des yeux d'une intensité de nuit que la peau du visage, une peau très pâle de Pierrot lunaire, faisait ressortir d'une façon extraordinaire. On ne voyait que les lèvres incarnates et les yeux noirs, comme si cela suffisait au fond à cette apparition, la bouche d'ombre d'où s'échappait une vapeur de mots et les yeux charbonnés pour hypnotiser les membres de la petite assemblée. Adrien se fit la réflexion que son visage possédait quelque chose d'une tulipe noire sans qu'il sache pourquoi cette impression lui venait à cet instant. La forme de la coiffure peut-être. Sa voix qui évoquait le frisson du velours enrobait l'assistance muette, sa façon de chanter, à la fois chaude et distante, claire et inquiétante par endroits, possédait quelque chose de prude et de rude. Ce fantôme de soie ténébreuse s'avançait maintenant vers lui, et lui offrit la rose. Adrien la prit, sa main tremblait car il se savait observé. La timidité pétrifiait son corps bloqué dans une rigidité douloureuse. Une rose au garçon qui grandissait : il pressentait autre chose qui montait en lui comme une sensation nouvelle. Le désir d'aimer, d'être aimé. *Les feuilles mortes* et *les fillettes qui imaginent* glissaient sur de lourdes ombres pensives, ces femmes et ces hommes, accablés de beauté, tristes et heureux. Puis cette bouche de la nuit, cette silhouette funèbre aux harmonies douces, se rapprocha à nouveau du garçon à la rose et murmura à son oreille « Déshabillez-moi »… Belphégor, le fantôme du Louvre qui l'avait tant effrayé à la télévision, les samedis soir, avait repris place derrière son micro et poursuivit en le fixant de ses yeux sombres : « Déshabillez-moi, Déshabillez-moi, Oui, mais pas tout de suite, pas trop vite, Sachez me convoiter, me désirer, me captiver, Déshabillez-moi, Déshabillez-moi, Mais ne soyez pas comme tous les hommes, trop pressés »…

C'était la fin. Le rideau se referma sur l'apparition, ne laissant que le grand disque blanc de lumière comme si ce passage se refermait sur une énigme indéchiffrable. Son père l'emmena dans les loges. Adrien se trouvait idiot avec sa rose. La chanteuse lui tapota le menton. Déshabillez-moi… déshabillez-moi. Il était heureux, là, dans cette nuit, avec ces gens, frôlements de voix et d'étoffes, cigarettes et champagne, glaçons et rires. Il était loin de la pension et soudain son cœur se pinçait aux heures qui le rapprochaient du retour à la schlague. Il aurait voulu arrêter le temps et rester là, pour toujours, avec ces fleurs de la nuit, jusqu'aux heures bleutées de l'aube. Peut-être cette soirée-là décida de toutes les autres, celles qu'il aimera plus tard. Mais la voiture du père gagne maintenant la maison de campagne.

Adrien aimait regarder les arbres, les teintes des feuilles changer et mourir, à l'automne, verdures d'ossements ; il aimait rêver et s'évader ainsi, un cahier et un crayon à la main, contempler le vol des oiseaux, leurs plumages et leurs chants, et écrire. Il manquait d'énergie pour le sport, on le lui reprochait et il finissait donc par se le reprocher, comme s'il était anormal, c'est en tout cas ce qu'il ressentait au plus profond de lui-même. Il était dans la lune, comme on ne cessait de le lui répéter. Il acceptait la position géographique lointaine qui lui était attribuée avec, parfois, du dégoût pour ce que les autres renvoyaient de lui, car leur insistance à le voir comme un rêveur indolent finissait par le culpabiliser. Leur façon humiliante de le considérer comme un animal bizarre, à moitié fini, bancal et manchot et un peu débile ou tout comme, le blessait, même si son grand sourire faisait efficacement barrage à toute révélation sur son véritable état. Mais leur joyeuse assurance d'être dans le vrai, leur amour de l'action, l'horrifiait tout autant. Ils étaient stupides dans leur certitude d'avoir toujours raison contre lui. Ce n'était qu'une meute dégoûtante d'assurance et de là viendrait avec l'âge son mépris des opinions tranchantes et son silence en société.

Parfois il s'énervait parce qu'il s'ennuyait trop et parce

qu'il voulait se prouver qu'il pouvait, lui aussi, être à la hauteur de Monsieur Bardoux et de Béro le Piébot. Un jour de printemps, le Démon le chargea de surveiller la maison de la vieille sorcière, comme ils surnommaient la masure d'une pauvre femme en bordure de la forêt qu'ils s'amusaient parfois à bombarder de cailloux. Mais cette fois, le Démon avait décidé de l'incendier. Adrien faisait le guet pendant que son frère ramassait des brindilles et du petit bois qu'il entassait devant la porte avant de mettre le feu avec un journal. Les flammes crépitaient et s'élevaient dans le ciel bleu, léchaient la petite maison en torchis, couvrant les hurlements de la vieille femme épouvantée. Les frères étaient déjà loin. Adrien était heureux car il avait senti l'admiration complice de son frère. Et puis la cruauté dont il avait fait preuve prouvait qu'il existait un peu, même si cette cruauté avait ses limites : la maison de la vieille dame n'avait pas brûlé.

Adrien allait aussi dans une vaste propriété perdue au milieu des champs comme une île verte. Son grand-père paternel et pétainiste, grand, gros, fort, affublé d'une belle moustache blanche qui le piquait comme un porc-épic lorsqu'il l'embrassait, ce grand-père engagé volontaire à dix-sept ans, blessé à Verdun et resté fidèle à son chef, le Maréchal, ce grand-père aimait répéter, lorsqu'on l'interrogeait sur l'avant-guerre : « La France allait très mal, un peu comme aujourd'hui. » Aimant *tabuler* pendant des heures en ne privant pas les petits-enfants de vin, ce grand-père propriétaire terrien, sévère mais bon, que chacun craignait, exigeait une seule chose de la jeune génération :

le permis de chasse, passeport exigé pour l'accompagner, en automne et en hiver, dans ces étendues sans fin où le regard se perd jusqu'à l'horizon qui lui appartient aussi. C'est le Kansas, l'Ukraine, sous le vent d'été chaud qui caresse les blés blonds, c'est l'infiniment nu, l'hiver, avec la platitude révélée mais qui permettent d'embrasser du regard des ciels immenses comme Adrien n'en a jamais vu, écrasant les vies minuscules de leur dimension extraordinaire. Il a treize ans et le voici avec un fusil, lourd et inquiétant, au canon cassé en deux, les deux cartouches en place. Son grand-père avance devant lui avec ses chiens dans un champ de maïs et soudain, lui fait signe de s'arrêter et de refermer son fusil. Un couple de faisans s'élance, lourdement. Adrien tire en visant comme il peut. L'un des deux oiseaux chute comme une pierre. La détente, brutale, violente, lui fait mal à l'épaule mais il a passé l'épreuve. C'est tout. Il a son permis de chasse. Les battues avec grand-père moustache font désormais partie du rituel de la saison froide. Un jour, il tire en l'air pour ne pas tuer un lièvre, c'est un faisan qui tombe raide mort. Lors d'une chasse à courre, l'équipage familial rend les honneurs à la bête vaincue. Les piqueux éventrent le cerf et l'un d'eux tend vers Adrien un bout de foie fumant planté au bout d'une dague. Une offrande qu'il ne peut refuser sous peine d'être convaincu de haute trahison familiale. Il s'exécute et mâchonne le morceau et se fait l'effet d'être un cannibale en forêt de Tronçais. Les traditions le rappellent à l'ordre : on n'échappe jamais tout à fait à ses origines.

12.

Où le grand-père quitte le Bout du Monde, par les airs mais bel et bien mort.

C'était l'été. L'été 69 et, dehors, la clarté aveuglante ne se souciait pas de cette nuit qui s'était abattue sur le Bout du Monde, comme un vilain nuage : la mort du grand-père hâtée par un incident familial dont les enfants avaient été tenus à l'écart, ce qui provoqua bien sûr l'effet inverse. Ils surent. Le plus jeune fils de leurs grands-parents, leur oncle célibataire, un beau gosse amateur de voitures de sport, de filles au pair nordiques et de sorties en boîte, amoureux fou de Jean Seberg depuis qu'il l'avait découverte dans « À bout de souffle », avait vidé le coffre de la banque paternelle. Pistonné en qualité d'employé aux écritures, il s'était enfui avec une somme impressionnante en laissant sur le comptoir un mot, amusant, à la sécheresse de télégramme insolent : *Vie trop dure. Argent trop facile. Adieu.*

Le braquage de l'oncle Édouard avait humilié le grand-père gaulliste dont les principes de grand bourgeois en avaient pris un sérieux coup. La honte et le déshonneur s'étaient abattus sur lui car les journaux s'étaient régalés de ce fait divers hors norme. La nouvelle du hold-up intrafamilial avait cependant divisé les générations, au sein du clan. « Pas gêné ! » s'exclamaient les anciens, scandalisés. « Bien joué ! » répondait l'écho des petits-enfants en admiration devant l'oncle Robin des Bois. Anéanti, le grand-père banquier passa son dernier été au Bout du Monde dans son transat, le regard perdu vers les flots et cette lointaine Afrique où se cachait l'escroc filial, d'après ce qu'il avait appris de personnalités « haut placées dans le renseignement ». Le vieil homme maigrissait car il ne se nourrissait presque plus. La raison était plus cruelle : il ne se nourrissait plus parce qu'un cancer foudroyant le rongeait. Sa tête osseuse laissait déjà apparaître le crâne que les enfants appellent « tête de mort », ce qui effrayait Adrien lorsqu'il le contemplait à la dérobée. De tous ses petits-enfants, c'était celui avec lequel il éprouvait la plus grande complicité parce que ce garçon solitaire s'intéressait à lui, posait des questions sur ses guerres valeureuses, sa Résistance certifiée, lisait ce qu'il lui demandait de lire, surtout des auteurs latins, sa passion, une langue latine avec laquelle le grand-père avait décidé de s'exprimer à table et ailleurs. Il lui arrivait aussi, lorsqu'il était un peu plus fringant, de se vêtir d'un drap blanc qu'il nouait comme une toge, de donner rendez-vous aux enfants au bord de la piscine et, à son signal, de leur demander de se jeter à l'eau pour récupérer les pièces miroitantes qu'il lançait par poignées. Pensait-il à Tibère et ses petits poissons humains ? Les turpitudes s'arrêtaient là.

Le vieil homme et l'enfant passaient ainsi des heures muettes, l'un à côté de l'autre, sans beaucoup se parler, lisant ou rêvassant. Son dernier été, le grand-père ne quittait pas un livre à la couverture ceinte d'un liseré vert et dont le titre, énigmatique aux yeux d'Adrien, se détachait : *Le Guépard*. Était-ce une histoire à la Kipling ? demanda Adrien au lecteur qui laissa échapper un rire furtif mais bienveillant. « En un sens, oui, Adrien, c'est un peu le livre de la jungle mais de la jungle familiale. Une famille, ce sont des forces qui s'opposent. Des chiens qui se dévorent. Généralement, le fils tue le père. C'est dans l'ordre des choses. Un jour, tu comprendras ce que je te dis. Au bout du compte, il ne reste rien. Juste la contemplation. Regarde le soleil qui commence à décliner. Il est majestueux et donne l'impression de s'incliner mais c'est une illusion. Le soleil règne partout et nous dit ceci : surtout, ne pensez à rien, là est la vie la plus douce car ne pas penser est un mal vraiment indolore. Tu trouveras ça chez Sophocle si tu te mets aux auteurs grecs ou chez Montaigne si tu as la flemme de remonter si loin dans le temps. » La vie la plus douce… Adrien pressentait quelque chose de vrai dans ces paroles parce qu'elles étaient faites pour lui, comme si Sophocle les avait postées il y a quelques millénaires et que celles-ci lui arrivaient en cette fin d'après-midi, par la bouche aux lèvres blanches de son messager. Morituri te salutant ! fanfaronna tristement le malade en tapotant l'épaule de son petit-fils. Il devait se préparer pour accueillir à dîner « ces raseurs de du Boïce qui ne veulent rien rater du spectacle », avait maugréé l'agonisant à l'oreille de son petit-fils.

Les du Boïce étaient un couple de parvenus dont le mari avait fait fortune dans la métallurgie. Sous l'Occupation, soupçonnait le grand-père résistant. Mais le bridge et le golf avaient uni les deux couples qui avaient entrepris une amitié solide bien qu'empreinte de méfiance et d'un mépris certain de la part du grand-père. Les du Boïce étaient comme le sont souvent les nouveaux riches des contrefaçons de snobs qui tombaient à côté de la plaque lorsqu'ils s'aventuraient sur le terrain glissant de l'humour et de l'entre-soi mondain. Ils cachaient surtout une réalité honteuse comme une plaie menaçant de se rouvrir à tout moment si des petits curieux s'amusaient à creuser un peu sur leurs origines nobiliaires : ils s'appelaient Dubois et avaient modifié leur nom en du Boïce. Beaucoup plus « chic », étaient-ils persuadés. Mais c'était raté : les grands-parents et leurs enfants savaient et se gaussaient souvent de ces Verdurin de pacotille honteux de leur patronyme d'origine. Pendant le dîner, rôti de veau et petits pois, alors que Madame du Boïce pérorait sur « La Recherche » qu'elle n'avait « jamais eu le temps de lire » et dont elle affirmait fréquenter certains antiques modèles encore en vie, la tante proustienne et magicienne, très agacée par cette mythomane suffisante, lui avait lancé, en lui tendant le plat : « Vous reprendrez bien un peu de petits poïces, madame du Boïce ? » Le silence se fit, bientôt dévoré par les fous rires des uns et des autres. Grand-père, qui ne s'était exprimé qu'en latin pendant le repas à l'étonnement agacé de ses invités, cligna un œil en signe de victoire à l'adresse de sa fille. Ce fut son ultime moment de bonheur terrestre.

« Alea jacta est ! » furent, paraît-il, ses dernières paroles quelques jours plus tard. Paroles auxquelles la légende familiale avait accroché un « Tu quoque mi fili ! » de circonstance qui avait peut-être traversé la Méditerranée, le Sahara et atterri sous les tropiques, en Afrique noire, là où l'amoureux de Jean Seberg menait sûrement la belle vie.

Les aînés avaient fait pénétrer la jeune génération au premier étage, dans le bureau transformé en salon funéraire. Les rideaux de chintz bleu nuit avaient été tirés, une lampe, solitaire, dans un coin, donnait au jour qui se devinait derrière les tentures une atmosphère à la fois paisible et lugubre.

Adrien s'avança au pied du petit lit de repos sur lequel son grand-père était exposé, en costume sombre, cravaté, bras tendus et mains jointes. Ce qui le frappa d'abord, ce fut ses chaussures, des chaussures de banquier, noires, étincelantes, si étincelantes qu'en se rapprochant, il distinguait les formes tremblantes de son visage. Elles avaient été tellement cirées qu'il lui vint une pensée : sa grand-mère souhaitait que le défunt soit prêt à affronter le long voyage qui l'attendait. Mais ces chaussures évoquaient plutôt une salle de conseil ou de bal qu'un trek en direction de l'au-delà. Il était arrivé à un âge où Adrien se figurait les trois routes, le paradis, le purgatoire et l'enfer, comme les trois branches minérales d'un arbre se dressant dans le ciel de l'infini. Un douanier était sans doute en train de décider de l'entrée de son grand-père dans l'un de ces trois pays. Ce mort était différent de ce à quoi il s'était attendu. La vision de son petit frère dans son cercueil lui avait été épargnée, *Dieu merci.* Les seuls morts qu'il avait vus étaient ceux de *Major Dundee*, éclaboussés de sang dans d'intenses échanges de tirs. Mais le cinéma, même le plus réaliste, n'approche en rien la vérité de la chair et de son odeur. Il leva la tête, affrontant le visage de son grand-père, qu'à chaque instant il s'attendait à voir se réveiller et se lever pour s'enfuir, ou se jeter sur lui car il avait lu des histoires de vampires. Il ignorait que la mort provoque, chez certains disparus, un relâchement des mâchoires impossible à refermer autrement qu'en les bloquant à l'aide d'un morceau de tissu. La tête de son grand-père ressemblait ainsi à un œuf de Pâques, un œuf de cire jaune, à la fois hiératique et pathétique. La mort, c'était cela, aucun ne le comprenait, l'allure du grotesque.

Personne n'avait pu retrouver la clé permettant d'ouvrir le second battant de la porte du bureau. Et si le cercueil vide avait pu être introduit sur pied, il ne passait pas, refermé, à l'horizontale. Les croque-morts durent se résoudre à le faire passer par la fenêtre, au moyen d'un système complexe de cordages. Son grand-père quittait ce monde, par les airs, hommage aussi inattendu que sublime à ses belles années d'aviateur héroïque. Sous les pleurs, les fous rires donnaient du piquant à la beauté triste et solennelle. Adrien regagna la chambre mortuaire où le lit défait conservait l'empreinte du disparu. Il s'avança près du bureau sur lequel chevauchait, immobile, une Jeanne d'Arc en plomb. Un morceau de papier blanc glissé sous le socle attira son regard. Il le retira et le déplia. Il lut : *il faut que tout change pour que rien ne change.* Cela lui parut mystérieux, comme abstrait. Que voulait dire ces quelques mots laissés par le grand-père comme un testament ? Il remit le papier à sa place. Mais un événement chassait l'autre. Quelques jours plus tard, tous les regards du Bout du Monde se tournèrent à nouveau vers le ciel. Les journaux l'ont annoncé : cette nuit de juillet 1969 la Lune ne sera plus qu'un bout de Terre. La grand-mère a prévu de veiller avec les adultes. Les petits-enfants sont allés se coucher tôt. Adrien n'a pas dormi. Il est plongé dans un grand dilemme : observer la Lune et ses deux intrépides envahisseurs, c'était risquer de les voir mourir, aspirés par le néant et Apollo 11 exploser dans un magnifique feu d'artifice intersidéral. Mais renoncer à assister à cet événement historique, c'est rater quelque chose qu'il regrettera peut-être. Adrien se retourne dans son lit. Non, il ne peut pas, vraiment, ce serait trop cruel. Ou alors bien penser à ne pas lever son doigt dans un excès d'admiration mal contenu vers les héros américains. Mais enfin, sa mère vient le chercher et lui murmure ces mots qu'il aurait tellement voulu entendre les lundis matin : « Viens, mon chéri c'est l'heure ! » Que cette main qui le tire tendrement du lit est douce ! Il se lève, met ses chaussons et sa robe de chambre et file dans le petit salon du Bout du Monde où la grand-mère, les parents, les oncles et tantes, les cousins et les cousines, son grand frère attendent sur des chaises devant l'imposant poste de télévision. Sur l'écran en noir et blanc, tombe une neige continuelle. Est-ce celle qui tombe aussi sur la Lune ? Un homme puis deux allaient marcher là-haut. Celle qu'Adrien distingue par une grande porte-fenêtre ouverte était rousse. Le garçon la préférait ainsi, qui n'avait rien demandé à personne et qui, de là où il était, se moquait des envahisseurs, en les rendant aussi peu visibles à l'œil nu que des nanoparticules. Soudain, il est 2 h 56, l'heure a son importance pour lui, comme un signe évident, et voici un petit scaphandrier flou et fou, puis un second, bondissant comme des gamins, se poser sur cet œil qui semble regarder, menaçant l'enfant. Attention, petit humain, ne joue pas avec ton doigt ! Adrien se lève et se dirige vers la terrasse. La Lune lui apparaît beaucoup plus belle comme ça. Aimer de loin, c'est se dispenser de la déception inévitable. Laissons cette Lune à ses envahisseurs et retournons à nos rêves bien plus grands. Et puis ne lui répète-t-on pas, depuis son plus jeune âge, qu'il est dans la lune ? Pourquoi s'extasier devant son terrain de jeux familier ? Non, vraiment, non. Il regagne sa chambre sur la pointe des pieds et ferme doucement la porte pour que la nuit l'étreigne et l'enveloppe comme un manteau bienfaisant.

Adrien grandissait ainsi, entre les imprécations taillées au silex, les châtiments à huis clos et les plages estivales à la langueur émolliente. Parfois passait un rêve réconfortant comme un refuge douillet, ces deux femmes, un peu pompettes comme on disait alors, courant seins nus, vers la mer en se tenant par la main comme des adolescentes, s'éclaboussant et riant, riant, riant encore. La vie là-bas était l'envers de l'enfer, l'exact opposé de ce qu'il vivait le reste de l'année, ainsi on pouvait rire, se pousser dans l'eau, hurler de joie sans être condamnées à je-ne-sais quel supplice. Sa mère lui avait dit : « Romy Schneider et Charlotte Rampling. » Et comme il ne comprenait pas, elle ajouta, « deux comédiennes connues. Romy, la petite aux yeux clairs, celle à droite qui se marre tout le temps, a tourné avec Alain Delon dans *La Piscine*, tout près d'ici. » Il ne voyait pas qui étaient ces comédiennes et cet Alain Delon, mais il les aimait, ces deux femmes, qui jouaient et s'amusaient, et barbotaient dans l'eau tiède, les pieds caressés par les algues aussi brunes que les chattes des nudistes d'à côté, sans se soucier de rien. Libres comme l'air, épuisées de soleil, vivantes, oh, si vivantes.

Adrien se souvient très bien de ce jour où il vit s'avancer vers ses parents le sergent Gomez du *Major Dundee*, ce film tellement lié à l'agonie du petit frère. À l'attente, en forme d'entracte, avant la fin. Un oncle les avait emmenés voir le film *pour tuer le temps*. L'ami de ses parents y campait une brute mexicaine taciturne. Il possédait le physique de l'emploi, massif, le large visage viril au menton proéminent, l'ensemble lui donnant un air de Dalton, en plus épais, ou plus vraisemblablement d'un musicien mexicain en tournée avec un groupe de mariachi. À l'instant même où le comédien se baissait pour l'embrasser, Adrien perdait pied, là, entre le sable brûlant aux heures sans souci, le souvenir du film où se mêlaient les heures froides de l'hiver, l'angoisse alors inexprimée qui lui tordait le ventre, et maintenant ce sergent Gomez, une célébrité d'origine suisse-allemande accompagnée de sa femme, une jolie blonde volubile qui, un temps, avait été mannequin. L'homme était de taille moyenne, extrêmement trapu et gentil. Il portait un slip de bain moulant et un bandana dans ses longs cheveux qui lui donnait l'air d'un Indien d'Amérique, impression rehaussée par le fait qu'il était très brun et avait la peau mate. Adrien se souvient qu'il ressemblait alors d'une façon troublante à Mussolini, personnage qu'il interpréta d'ailleurs, et qu'il était mort à l'écran après avoir avalé accidentellement son insigne nazi dans *Le Tambour*. Les amis comédiens de ses parents avaient toujours été convaincants en uniformes de brutes. Ainsi cet autre, Français installé à Rome, officier très sadique dans *Portier de nuit*. Était-ce un signe de l'au-delà ? Le sergent Gomez était-il le messager venu leur souffler quelques paroles invisibles de l'enfant enfui ?

Mais l'entracte était terminé, il retrouva le chemin de la pension et rentrait le week-end à Paris rue Erlanger depuis que la maison de campagne avait été vendue. Il ne songeait qu'à une chose : partir... Un magazine portant ce nom l'attira par son message simple et clair qui appelait tous les départs vers les mers lointaines, lui qui découvrait maintenant Segalen, Rimbaud, et Monfreid, ce très vieil homme mince comme un clou cuivré qui habitait en dessous de chez eux, et qu'il voyait le matin, par la porte ouverte, pratiquer ses exercices de yoga.

Rue Erlanger... Un jour d'avril où il se trouvait à Paris

parce que souffrant, sa mère se réveilla avec un drôle de rêve dont elle n'arrivait pas à se débarrasser : un grand oiseau passait devant sa fenêtre. « "Laisse-moi t'aimer !" n'arrêtait pas de m'implorer cette espèce de toucan de taille humaine ! Et puis pof ! il disparaissait de ma vue comme s'il chutait. Ça m'a réveillée. » Adrien regarda sa mère avec l'indulgence filiale de celui qui pardonne. Le sommeil *chablissant* avait encore fait des siennes, mais alors qu'il allait chez le médecin, il vit un attroupement sur le trottoir d'en face, au numéro 6. Le chanteur Mike Brant, l'interprète de « C'est ma prière », s'était jeté dans le vide après avoir accroché un lampadaire dans sa chute. Des traces brunes sur le macadam témoignaient du choc sanglant. Il ne pouvait que confirmer : si lui possédait le talent bizarre de faire tomber les avions, sa mère comme sa sœur, la tante magicienne et proustienne, étaient dotées d'un certain pouvoir médiumnique. Elle croisait parfois un petit Asiatique, au regard jugé « flippant ». Tout cela était porteur de « bad vibes » comme on disait alors. Elle décida de fuir Erlanger la maudite, comme elle l'avait surnommée, pour gagner l'autre rive. Elle avait trouvé un appartement, vaste et clair, rue de Babylone où rien d'anormal ne semblait s'être produit. Enfin jusqu'à présent.

13.

Où le Démon plane au-dessus d'eux comme une goule assoiffée de vengeance.

Arrêtons-nous un instant pour nous pencher sur le cas intéressant de l'aîné. Étienne. Le Démon. Il était apparu lorsque les parents n'étaient que des enfants grandis trop vite. Il était, d'une certaine façon, le troisième, celui auquel on passait tout parce qu'il était le premier à naître parmi les enfants de leurs couples d'amis. L'enfant était leur enfant mais ils étaient aussi les enfants de leur enfant. L'homme et la femme, ou devrait-on dire le garçon et la fille, conservaient par moments une part d'immaturité ludique, à la manière d'une vague qui monte et reflue, que l'on observe chez les jeunes gens au sortir de l'adolescence et qui est si troublante. Comme si l'enfant et l'adulte luttaient pour conquérir la place. Le Démon, le plus jeune des trois, partait seul acheter les cigarettes à quatre ans dans la rue Lauriston, là où ils habitaient avant l'Algérie. Il pouvait tout aussi bien rapporter une bouteille de vin, comme le gosse de la photo de Doisneau. Rue Lauriston, on avait torturé beaucoup de résistants quelques années avant la naissance du Démon, mais ce monde de cris et de sang s'était tu. Était venue l'envie de passer à autre chose même si les habitants de la rue qui avaient tout vu et tout entendu évitaient l'immeuble de la mort, par superstition, par dégoût, ou par honte, allez savoir.

L'enfant, lui, faisait le clown, épatait la galerie, comme on disait alors. Il était mignon, vif, roué, intelligent, drôle. C'était la mascotte, un petit garçon potelé, insolent, comme un animal de compagnie rêvé. Il était heureux de cet état, au centre de leur univers, trimballé partout, dans les surprises-parties, dans les raouts, dans les virées à Saint-Tropez, à Houlgate, ou au Touquet. Cela avait duré une éternité à ses yeux, quatre années de règne de petit prince solaire, admiré, choyé, vénéré. Et puis Adrien était arrivé, et cela avait été un cataclysme, une bombe à fragmentation tombée sur sa petite tête effarée, qui avait envoyé valdinguer l'harmonie heureuse du trio. Le centre de l'univers s'était déplacé sans qu'on lui ait demandé son avis. Le Démon était furieux, l'insolent rigolo, le cabotin amusant, se mua en furie, en insupportable *petit monstre*. Il voulut faire passer l'envie de vivre à son petit frère. Adrien devait avoir trois ans lorsqu'il le poussa à sauter sur son lit comme sur un trampoline. De plus en plus en fort, de plus en plus haut. Il riait. Il tomba sur le carrelage et s'ouvrit la tête. Il se souvient du sang sur le sol blanc, s'écoulant comme un coulis de fruits noirs, avec une lenteur majestueuse. Il pleurait, bien sûr. Et vit, à sa stupéfaction, le grand frère sourire. Le petit monstre était orphelin de la genèse enchanteresse des années Lauriston. Il ne s'y résolut pas et s'employa à piétiner avec une ardeur croissante l'harmonie ou ce qui en tenait lieu car les riantes façades en trompe l'œil sont les paravents plus ou moins crédibles des destinées familiales. Plus tard, dans le château d'un oncle, le Démon enferma Adrien dans la chambre plongée dans l'obscurité où Jeanne d'Arc avait, dit-on, passé quelques nuits. Des oriflammes à ses armes étaient accrochées sur l'un des murs, son prie-Dieu d'un noir d'ébène trônait au pied de ce qui lui semblait être une tente. C'était la première fois qu'il voyait un lit à baldaquin. Son frère le mit en garde contre le fantôme de la sainte et poussa un cri diabolique de film d'horreur en carton-pâte, se saisit de la lourde clé en bronze, sortit, et l'enferma à double tour. Là, hurlant de terreur, blotti dans un coin, Adrien crut voir passer une ombre froide derrière l'épaisse tenture du lit. Qu'aurait-il pu attendre de cette âme fière si d'aventure elle s'était réellement manifestée ? Un geste de tendresse et de réconfort, peut-être l'éblouissante révélation d'autre chose, mais il était trop jeune pour comprendre. Il ne voyait que le spectre édenté et croque-mitaine des contes d'enfants.

Ce frère, aimé, détesté, haï, amusant et terrifiant, connut une existence flamboyante et pathétique de blouson doré, volant sa première moto à quinze ans, âge où il s'échappait du domicile familial pour aller sautiller sur les barricades de mai 68. Il fut passeur de cargaison de haschich sur son voilier, entre les côtes marocaines et françaises, trafiquant de drogue en Thaïlande, ce qui lui valut la terrible prison locale où la promiscuité obligeait les uns à rester debout pendant que les autres dormaient. Une nuit, de retour d'une boîte de Saint-Tropez, il percuta ivre, au volant de sa DS, un troupeau de transhumance et tua une quarantaine de moutons. Les bergers, qui étaient indemnes, voulurent le lyncher lorsqu'il leur affirma, pour détendre l'atmosphère, que son carnage ferait un excellent méchoui. Il fit les titres de la presse régionale et naturellement, de la prison. Il fut aussi, d'une façon beaucoup plus honnête, un styliste à succès en lançant à Saint-Tropez la mode du vêtement en peau de daim qui habillait alors les néo-hippies californiens. Brigitte Bardot, Anja Lopez, Anita Pallenberg et d'autres s'arrachaient ces bouts de peau cousus artisanalement, parfois à même le corps afin que le modèle épouse le corps de la cliente, ce qui parfois présentait des risques esthétiques. La Cabane Bambou, les Jumeaux, la Voile Rouge, le Club 55, l'Épi Plage virent débarquer ces Pocahontas qui n'oubliaient pas le réglementaire bandeau dans les cheveux et les bracelets de chevilles en coquillages. Il ne manquait que la plume sur le bandeau. Le Démon ne se contentait pas de travailler un peu, quand ça lui chantait, il aimait flamber la nuit et par-dessus tout, la drogue et les femmes qui le lui rendaient bien. Il alignait, été après été, les conquêtes plus âgées avec une facilité déconcertante. Saint-Tropez était rempli de trentenaires satisfaites d'une solitude imposée pendant la semaine, les maris dans les affaires ne revenant qu'en fin de semaine. Ce frère débarqua un jour avec une blonde triste qui piquait du nez sans que le petit Adrien comprenne pourquoi. Il était jeune bien sûr mais sérieux, trop sans doute, et en retard sur la question des drogues.

L'héroïne ne signifiait rien d'autre à ses yeux que le terme employé pour désigner Emma Bovary ou Eugénie Grandet. La blonde triste ne semblait avoir qu'un prénom. Il apprit qu'elle était la chanteuse d'un groupe, aujourd'hui oublié, connaissait alors le succès avec une succession de titres entraînants. La jeune femme devait succomber à une overdose quelques années plus tard, misérable, et seule. Mais le frère d'Adrien eut bien d'autres femmes, des actrices connues, parfois beaucoup plus âgées, qui aimaient la chair fraîche, la drogue et le sexe et qui se l'échangeaient comme un véloce pur-sang sur lequel parier un galop gagnant à tous les coups. Il était une fois, il était deux fois, il était cent fois, il était mille fois.

14

*Où il découvre l'amour à quinze ans
avec Candice, la fille
du producteur porno vendeur d'armes.*

Il avait six ans et avait embrassé une fille derrière la paillote où ses parents se rendaient chaque jour. Catherine – ou était-ce Christine ? – s'approcha de lui et l'embrassa légèrement sur les lèvres, comme si elle les tamponnait. La mère de la petite fille les surprit, les gifla et les sépara. Le baiser avait été doux, pourquoi être punis ? Qu'avaient-ils fait d'horrible ? Sans doute suffisamment pour leur faire mal aux joues. Il pensa que rien ne serait facile de ce côté-là. Il se trompait. Plus tard, bien plus tard, il avait treize ans, sur cette même plage, une Américaine de son âge, si blonde que ses cheveux faisaient l'effet de coulures d'or, une fille splendide qui devait mourir d'overdose, l'embrassa, elle aussi sur les lèvres, baisers volés qui firent en lui battre la chamade. Il n'entendait plus que les coups violents de son cœur, cognant à lui faire perdre l'équilibre. Il l'aimait, ils s'aimaient. Mais un jour, il eut la triste révélation que la vénération dont elle était l'objet de sa part était aussi fragile que du cristal. Sa pure princesse adorée fut soudain empoignée par deux garçons de la bande, jetée à l'eau comme le corps d'un marin emporté par le scorbut. Balancé comme un sac de patates. Tout s'écroula à la vue de sa princesse se débattant comme une écrevisse obscène, agitant ses membres nus dans tous les sens, laissant deviner les lèvres dans son bikini tiré en tous sens par ses gestes de défense. Le grotesque dans sa trivialité extrême. Adrien ne l'aimait plus. Elle pleura, lui demanda des explications mais il ne trouvait pas les mots.

L'été suivant, il croisa une fille sur le sable. Avec ses grands cheveux bouclés d'un noir d'encre et des seins fermes et bronzés, Candice ressemblait à la fois à Maria Schneider et à Clio Goldschmidt, une actrice aujourd'hui oubliée. Adrien ne connut jamais l'accélération cardiaque que subit l'adolescent la première fois qu'il aperçoit une poitrine dénudée. Non, hélas, ce bonheur ne lui arriverait jamais. Sur cette plage, le haut de maillot était aussi incongru qu'un lama dans une pissotière. Leur mère n'en portait pas, pas plus que les amies de leurs parents ou que les inconnues autour d'eux. Le sein était royalement en évidence, partout autour d'eux et cela ne faisait ni chaud ni froid aux enfants qui vivaient comme les Yanomani, habitués à cet état de fait. Les Pampelonniens formaient une tribu brûlée au soleil, se traînant entre sable et mer comme une colonie de crabes hédonistes, une tribu où les filles et les femmes pratiquaient ce que l'on pourrait appeler un demi-naturisme, puisque leurs bas de bikinis étaient minuscules. Ils ne faisaient que retourner aux origines lorsque leurs très lointains ancêtres n'étaient que de micro-organismes émergeant peu à peu de l'eau pour s'installer sur la terre ferme et grandir jusqu'à devenir ces animaux doués de raison pour leur plus grand malheur. Les Pampelonniens regagnaient quelques semaines par an le rivage séminal et se maintenaient sur cette crête étroite, entre mer et terre, qui ressemblait à la quête des origines. Au paradis perdu et retrouvé.

Candice et Adrien avaient fini par s'embrasser dans un coin du port, en léchant leurs boules de glace respectives, sans y voir autre chose qu'un jeu de gosses. Si Brigitte Bardot était Saint-Tropez, Candice en était sa fille naturelle, encore jeune et innocente dans son impudeur et sa sensualité décomplexée. Chez elle, Adrien s'en apercevrait vite, les sens se confondaient avec l'existence. Puis sa *fiancée* l'invita chez ses parents. Son père était un personnage massif doté d'une grosse tête chevelue qui l'effraya au premier abord. Cet homme intimidant dégageait un parfum un peu inquiétant qu'Adrien n'arrivait pas à définir. Il était autoritaire, cassant et pouvait, dans le même temps, être capable de tendresse et de générosité. Sa singularité était soulignée par un torse extrêmement velu orné d'une chaîne en or au bout de laquelle pendait une étoile. Adrien demanda à Candice de lui expliquer ce qu'elle signifiait. Elle le lui expliqua. Il ne comprenait pas en quoi un signe de distinction était nécessaire, lui qui n'aurait jamais porté de croix autour du cou. Il ne voyait que des hommes, bons, ou mauvais. La religion et ses signes extérieurs d'appartenance lui apparaissaient comme des superstitions obscurantistes. La pension et ses horreurs au nom du Christ l'avaient vacciné sur le sujet. Son professeur de philosophie achèverait le travail en Terminale, en demandant à la classe de se procurer le Testament de Jean Meslier, ce curé qui avait laissé à sa mort un texte réfutant l'existence de Dieu. « Dès ma plus tendre jeunesse, j'ai entrevu les erreurs et les abus, qui causent tant de si grands maux dans le monde. » Était-ce le curé parjure ou Adrien qui parlait ? Il semblait au second être le ventriloque du premier. Il rencontrait ses mots dans une enfance vécue comme un champ de mines. Les lectures que faisait ce professeur élégant perpétuellement muni d'un fume-cigarette rougeoyant avaient modifié la structure mentale d'Adrien qui, sans aller jusqu'à se définir comme athée, avait du mal avec l'invraisemblable. Il n'était dupe de rien, et il savait désormais pourquoi. Le crucifix accroché au-dessus du bureau, dans la classe, faisait un contraste risible avec les propos enflammés de leur professeur, saboteur cynique et enjoué de ce à quoi ils étaient censés croire depuis le baptême. Il lui plaisait, lui et son inséparable Ami-6 qui le transportait de Paris jusqu'au lugubre bâtiment où Adrien était enfermé.

Cet été-là, pourtant, Candice lui donna sur la plage un cours abrégé sur le judaïsme tandis qu'il fixait sa poitrine. Il écoutait mais tout ce discours religieux lui semblait ésotérique et naïf. De plus, il sentait que sa partition de goy indolent n'enchantait pas le père de Candice, mais de même que ce genre d'homme aime tromper sa femme avec des petites *cathos*, il était évident que celui-ci sentait une connivence secrète entre Adrien et lui, dans le choix de sa fille, choix qu'il ne pouvait envisager que comme provisoire. Les deux adolescents couchèrent ensemble, elle n'était plus vierge, lui non plus depuis que sa cousine Adèle s'était chargée de la besogne. Avec Candice, ce fut doux, chaotique, maladroit et pas très brillant. Il restait l'été pour progresser, même si l'intérêt de Candice pour certaines figures dont elle avait pris l'initiative montrait une aptitude précoce au bonheur des épidermes qui l'étonnait.

Adrien ne rentrait presque plus au Bout du Monde. Sa mère le laissait vivre sa vie. Son père, qui passait son temps à travailler pour renflouer les dépenses excessives de sa tribu, à la manière du navigateur écopant son bateau prenant l'eau, était peu souvent là. Craintive et presque inexistante, la femme de son beau-père estival se contentait de passer les plats. C'était une ancienne brune, petite et ingrate, façonnée en poupée blonde affublée d'une poitrine démesurée par rapport à sa taille et à son torse étroit, et de lèvres qui semblaient gonflées à l'hélium. Au point qu'Adrien craignait qu'elle ne s'envole un jour et disparaisse, emportée par le vent d'est. Elle portait jour et nuit de très hauts talons qui la faisaient vaciller sur des mollets épais et la rendaient comique à l'image d'un clown jouant à l'équilibriste maladroit. Vouloir faire d'une ménagère popote une réplique d'actrice sensuelle n'était pas forcément gagné.

Gilbert, le père, trônait à chaque repas en bout de table sur une chaise dite « Emmanuelle », une combinaison incongrue du poil viril et du rotin féminin. Adrien se souvient d'un soir où David Hamilton arriva, accompagné d'une femme au visage de petite chatte ratatiné et noirci par le soleil, que tout le monde surnommait « la Baronne ». C'était, il l'apprit par Candice, la pourvoyeuse de jeunes filles pour les photos du « maître » et pour les partouzes de lesbiennes se déroulant dans une villa sur les hauteurs de Ramatuelle. *Des minous de l'âge de pierre*, lui racontait en riant Candice, *se font lécher par des minettes, contre des gros billets.* Il croisait certains soirs des *boute-en-train* du show-business aujourd'hui morts et oubliés, il rencontra aussi Eddie Barclay surnommé, selon Candice, Eddie Clébard par l'une de ses – innombrables – femmes, mais aussi Gérard de Villiers, merveilleusement antipathique, et Paul-Loup Sulitzer, un petit gros au gros cigare vissé aux lèvres qui semblait se prendre pour Flaubert. On assura Adrien qu'il écrivait de *très bons livres qui se vendaient comme des petits pains* mais celui-ci n'en avait pas entendu parler.

Adrien ne vit jamais le père de Candice sans son barreau de chaise, du lever au coucher, à table ou allongé sous un parasol, dans sa piscine ou sur son court de tennis, obéissant en cela aux canons alors en vogue du self-made man à cigare triomphant, accessoire aussi crucial chez lui que la chaîne en or. Lors d'un déjeuner, agacé par la table légèrement bancale, il alla chercher une énorme liasse de billets qu'il cala sous le pied fautif, ce qui fit beaucoup rire la tablée. Un autre jour que, assommé de soleil, l'adolescent traînait dans la maison, il surprit une conversation. Cet homme que sa fille lui avait présenté comme « ayant commencé dans la vente de sandwichs avant de devenir producteur » l'était en effet, mais de films pornos. Il possédait aussi, Adrien l'apprit, plusieurs cinémas X à Paris. Mais là, pour l'heure, il organisait au téléphone avec des mots sans équivoque un tournage avec « des petites putes danoises rencontrées aux Caves ». Son langage le choqua. Sa fille, par capillarité, aussi, car il la voyait soudain par un curieux effet de dédoublement comme la jumelle de ce père adoré. Candice était ce qu'il était, d'une certaine façon. Elle savait, comme lui, être vulgaire dans ses anecdotes ou ses expressions. Cela excitait et angoissait Adrien dans un même mouvement épuisant. Il n'était pas tout à fait habitué à cette version hardcore de Saint-Tropez. Le Bout du Monde vivait ses derniers temps à peu près civilisés, ses occupants adultes coulaient de beaux jours, avec quelques beaux restes de culture et un sens de l'esthétisme certain. Leur bonheur était très cinématographique. Mais là, c'était comme si dans les parcs protégés par des vigiles à talkie-walkie, un monde nouveau s'ouvrait devant lui, avec ses parfums âcres de coucheries tarifées, et ses inquiétants sous-entendus dont il ne percevait pas le sens exact même s'il en mesurait l'attrait dangereux.

Une nuit, grillons assourdissants et chaleur suffocante, après qu'ils eurent fait l'amour, moites et tout à fait réveillés, Candice lui déballa tout sur son père et s'en amusa. Cela le choqua un peu mais, satisfait de sa situation de gendre estival, il n'envisageait pas de renoncer à ce luxe tranquille. Un autre jour, à la fin d'un déjeuner, une domestique s'approcha et murmura quelque chose à l'oreille du « parrain ». Celui-ci se leva de son fauteuil Emmanuelle et se dirigea vers deux visiteurs, costumes clairs et lunettes sombres, qu'Adrien n'avait jamais vus. Surprenant son regard curieux, Candice s'approcha de lui et dit : « Ce sont des marchands d'armes, mon père trafique aussi là-dedans, fais très attention, reste avec moi près de la piscine, ils n'aimeraient pas que tu entendes leur conversation. Ces gens ne rigolent pas. » Il obéit. Saint-Tropez était bien autre chose que ce qu'il avait cru, une ambiance bon enfant de virées en Riva Super Aquarama entre starlettes sans grand avenir, *joyeux lurons* de bonne famille venus *s'encanailler* et copains fêtards de *Paris Match*. Un dîner confirma sa théorie. Vers la fin de l'été, les parents d'Adrien voulurent remercier Gilbert et Arlette de leur générosité à l'égard de leur fils. Ils réservèrent une table sur l'une des terrasses tropéziennes alors à la mode. Candice et Adrien furent placés à chacun des bouts. La faconde ordinaire du tenancier de cinémas X et la distinction quelque peu surestimée de sa femme ne parvinrent pas tout à fait à sceller les prémices d'une amitié naissante. Il en fallait un peu plus pour les parents d'Adrien qui découvraient un autre monde et enfilaient les banalités de circonstance. La table somnolait lorsque soudain le silence se fit tout à fait. Brigitte Bardot apparut au bras d'un ami tchèque de ses parents qui avait interprété le Grand Meaulnes au cinéma. II avait semblé à Adrien que cette gravure de mode avait été l'amant – furtif – de sa mère, ne l'avait-il pas découvert un matin dans le lit de celle-ci, au Bout du Monde ? Adrien l'aimait beaucoup car il se dégageait quelque chose d'incroyablement fort de sa douceur rassurante. Mirko avait fui avec sa mère et ses nombreux frères et sœurs la Tchécoslovaquie communiste et avait dû apprendre à se débrouiller seul dès son plus jeune âge. Il avait commencé par effectuer toutes sortes de travaux manuels avant d'être repéré par un cinéaste et d'entreprendre une petite carrière honnête, ce qui n'était pas toujours le cas de certains de ses coreligionnaires de l'Est moins portés sur la légalité. Il arrivait que l'un d'eux achève son escapade dans le monde dit libre d'une façon assez brutale, dans une décharge pour l'un, lesté de ciment dans le port de Saint-Tropez pour l'autre. Les Yougos, comme on les appelait alors, même s'il leur arrivait d'être bulgares, roumains ou hongrois, étaient dotés de caractères pittoresques. Indiscutablement virils et souvent photogéniques, ils faisaient leur marché estival auprès de grandes bourgeoises esseulées qui raffolaient de ces brutes sensuelles dénuées de tout esprit chevaleresque *gnan-gnan* à leurs yeux. Car, ainsi que nous l'avons vu dans le cas du Démon, ces femmes voulaient être traitées en salopes lubriques, ce qui bien sûr se monnayait : le robuste et insatiable Serbe ou Croate exigeait un salaire à la hauteur de l'effort fourni à la sueur de son front.

Bardot et son amant du moment vinrent embrasser les parents d'Adrien, ce qui provoqua une extinction de voix de la part de Gilbert, d'habitude toujours prêt à demander aux femmes de la fermer. La métamorphose du gorille en toutou carpette resterait une image inoubliable pour Adrien qui en fit une théorie. La grande gueule, en règle générale, n'est qu'un pleutre émasculé. Plus tard, ils gagnèrent une boîte car les jeunes voulaient s'amuser (assuraient les vieux en guise d'excuse pour eux-mêmes). Ils prirent une table et se retrouvèrent assis à côté d'une vague relation paternelle, un prince italien, entouré d'une petite cour dont quelques filles très jeunes assurément pas présentes pour discourir sur l'histoire du gotha transalpin. Le prince lui apparut comme un type amusant doublé d'une pourriture, qualité dont il aimait s'enorgueillir. C'était un personnage à la voix lugubre que Mussolini avait fait sauter, enfant, sur ses genoux, ce dont il tirait une grande fierté en en parlant avec une grande émotion. Adrien songea à l'ami de ses parents qui avait interprété le Duce. Où était-il à cette heure-là ? Il pensa par ricochet au « Major Dundee » et à son petit frère, jamais très loin, comme si tout était fait pour le ramener à lui. Cassant et grossier par sa familiarité immédiate, le prince n'avait jamais rien fait d'autre que de dépenser la fortune familiale en voitures de course qu'il usait sur des circuits, comme c'était l'usage chez les nantis de l'époque. Ses amis, quadragénaires comme lui, étaient de la même génération, ce qui semblait être des antiquités à Adrien. Certains traînaient derrière eux des réputations de playboys peu regardants sur le pillage des fortunes de leurs proies. Adrien comprit que les Italiens formaient alors avec les gigolos yougoslaves les pièces maîtresses de Saint-Tropez. Les premiers, souvent fortunés et dénués de toute morale avec une sincérité qui forçait la sympathie, les seconds, pauvres et prêts à tout, même à pratiquer le chantage ou à tuer, le cas échéant. Les noms défilaient, déjà évoqués par son père, Gigi Rizzi, Peppo Vanini, Paolo Vassalo, Pierluigi Torri, Franco Rapetti, Stevan Markovic…

« Ah ! Rapetti ! enchaîna le prince. Il était devenu on ne sait comment un expert respecté en peinture, alors qu'il n'y connaissait rien… Il avait ainsi vendu des Chirico à Gianni Agnelli, *apparemment* authentiques (le prince appuyait sur l'adverbe, ce qui voulait tout dire)… Mais ce n'était jamais assez pour ce maquereau qui avait réussi à séduire la femme d'un industriel allemand dont la famille avait aidé Oncle Adolf à prendre le pouvoir… Une fois hameçonnée dans son lit, il lui avait vendu énormément de tableaux… Mais un jour, paf !… il en a eu marre de sa conne de maîtresse et l'a larguée comme une vieille merde… Entre nous, je ne peux pas accabler Rapetti sur ce point-là !… Franchement, la Teutonne n'était pas un prix Nobel… Ni un prix de beauté… Elle avait de l'argent et des cheveux, c'est tout, mais ce n'était pas suffisant pour satisfaire longtemps ce baiseur compulsif de Rapetti… Devant la trahison de son amant qui lui devait sa fortune, Simone la Conne a été prise d'une rage *ko-lo-ss-ale* (le prince avait décomposé le mot en prenant un accent germanique prononcé pour faire rire l'assistance). Toujours est-il que Rapetti est tombé par la fenêtre du 36e étage d'un immeuble new-yorkais… Existe-t-il un lien entre sa colère et le vol plané de son amant ?… Je le pense !… »

Le prince évoquait maintenant son nouveau bolide des mers.

« Mon marin tourne la clé de contact et déjà cent litres de fuel envolés ! N'est-ce pas fabuleux ? »

C'était aussi le genre de conversation où l'on passe son temps à dire que la maison ou le yacht du voisin ne lui appartient pas. La profusion de ragots, amusants au début, assommait maintenant Adrien qui se dirigea sur la piste de danse avec Candice et quelques-unes des jeunes filles. Dans la mêlée, non loin d'eux, un grand homme aux cheveux longs et bouclés s'agitait avec application. Adrien reconnut le tennisman Vitas Gerulaitis qui semblait content d'être là. Ils rentrèrent à l'aube, grimpèrent en silence au belvédère et s'installèrent sur le matelas où filles et garçons de la jeune génération passaient tant de temps avec leurs guitares et les coups d'une nuit, d'une semaine ou d'un été. Candice s'endormit. Il contemplait le lever du soleil et il lui semblait que les rayons froids puis peu à peu tièdes le lavaient de cette nuit si tropézienne avec son tombereau d'ordures jeté en pâture aux pauvres simplets dont il se sentait faire partie. Ce dîner, et la suite…

L'été s'acheva, dans les larmes de l'amour éternel. Il revit Candice à Paris. Il l'emmenait le week-end chez les siens dans cet univers en expansion plus que jamais instable. Elle restait dans son coin, comme inquiète et affolée même si elle avait de la tendresse pour Caroline qu'elle s'était mise en tête de sauver.

15.

Où Adrien se lance dans l'écriture de textes particuliers.

Adrien quittait sur la pointe des pieds les rives accidentées de l'adolescence et ne savait pas à quel jeu jouer avec son existence. Enfin libéré de pension comme d'autres de prison, au bout de onze années, il n'avait pas envie de longues études pour replonger dans les horaires et les contraintes. Il voulait vivre, libre et sans Bardoux. « S'appliquer à ne rien faire d'autre que ce que guiderait son bon plaisir, n'écouter que son esprit et son goût. » Il peut citer ces derniers mots de mémoire tant il s'est reconnu dans ce que Léautaud dit de Stendhal. S'allonger sur la terre comme dans une immense clairière ceinte d'arbres protecteurs et regarder le temps passer, sans se presser et sans rien attendre d'autre que ce furtif éclat de bonheur qui parfois le transperce. Être enfin lui. Aux abonnés absents de la vie telle qu'on entend la vie, cette suite banale de faits et gestes répétés inlassablement, Adrien voyait son existence ainsi : la matière, la vie, était excédentaire d'une façon infinitésimale chez lui par rapport à l'antimatière, la mort et le désir de la rejoindre, et c'était l'unique explication de sa présence sur cette terre bien qu'il en ignorât la raison profonde. Pourquoi était-il là plutôt que pas là ? La question l'intriguait vaguement, mais il passait vite à autre chose. Ce moi par lui, affronté, éprouvé, brutalisé, déconsidéré et même humilié, était-ce le grand vide auquel il aspirait et dans lequel il se reconnaissait, précieux par son incapacité humaine à le combler ? La rêverie, parfois sans motifs, était chez lui une première nature car elle le rendait hors d'atteinte à toute chose. Était-elle la cause ou la conséquence de son manque d'aptitude à combattre dans la vie, il était difficile de le dire et lui-même ne savait pas trancher. Tout au plus se figurait-il, pour expliquer son état de somnolence active, être un naufragé sur une mer infinie, parfois calme, parfois agitée, parfois démontée, luttant sans chercher à provoquer les éléments, en se laissant aller là où la sérénité ou, son exact contraire, la fureur, le portait. Se laisser couler dans le moule sans couler était sa façon d'être, son acquiescement à l'idée qu'il manquait peut-être de personnalité. Ce que d'autres auraient pris pour un reproche lui apparaissait au contraire comme une bénédiction car ce que l'on nomme personnalités n'étaient la plupart du temps à ses yeux que toupies bavardes, envahissantes, prétentieuses, bouffies de leur image et modelées de si peu d'elles-mêmes. Des pantins boursouflés de savoir mais, crevés avec l'épingle du regard, il ne restait rien, que le vide abyssal. Adrien sentait bien que son attitude détachée des contingences de l'existence pouvait parfois prêter à la perplexité des grands aînés de la famille, agacés et même stupéfaits devant tant de « je-m'en-foutisme » mais cela ne le traumatisait pas plus que cela : il se lovait dans sa rêverie comme dans une tunique protectrice aussi douce que le liquide amniotique maternel. La légèreté l'habillait d'un rien mais cela donnait bizarrement à l'ensemble une profondeur inattendue, pour peu que l'on prenne la peine de ne pas s'arrêter à la surface des apparences.

Il découvrait peu à peu Paris, qui le déçut parce que si différent de celui d'Hemingway. De son côté Candice voulait en faire un homme. La plupart des femmes aimantes ont cette drôle d'idée ou plutôt cette idée étrange et vouée à l'échec de transformer l'homme qu'elles aiment. Qu'est-ce qu'un garçon ? Qu'est-ce qu'un homme ? Seule la nature le sait qui se charge de planter des poils et de changer un vermisseau en malossol. Pour le reste…

Par homme, Candice voulait sans doute dire « rentrer dans la vie active ». Il l'accompagna un jour dans les bureaux de son père, dans l'un de ces immeubles des Champs-Élysées où, de chaque côté de longs couloirs, des portes alignées sont dotées de plaques aux appellations anglo-saxonnes aussi mystérieuses que mirobolantes. Sur celle de son père était inscrit C. Stars Productions. Candice, son étoile. Sa fille unique qui, un jour, lui succéderait à la tête de son consortium porno et lance-roquettes. Étrange vraiment, le rapprochement de ce prénom si doux à ses yeux de jeune amoureux, avec les activités paternelles. Cela le surprit mais, une fois de plus, il ne s'en formalisa pas. Sa nature ne dérogeait jamais à cette règle essentielle, ne jamais prendre de posture d'indigné ou de concerné. Se contenter de se balader dans la ménagerie terrestre jusqu'à la fin de son tour de piste.

La chemise mauve du pornographe marchand d'armes était ouverte jusqu'au plexus broussailleux, dévoilant la chaîne en or et l'étoile de David qui lui évoquèrent sur le moment un rayon de soleil égaré dans un entrelacs de pattes d'araignée. Le producteur l'aimait comme on peut aimer un gosse serviable qui ne fait pas d'ombre et se contente d'acquiescer à tout, à la manière d'un bon petit chien mécanique sur la plage arrière d'une voiture. Il lui avait rendu un grand service, à plus d'un titre, en le dédouanant de ses baises transgressives. Puisque Adrien avait acquis une certaine expérience sexuelle auprès de sa fille, il jugea amusant de lui montrer ses catalogues de vidéocassettes, tout en guettant, narquois, sa réaction derrière l'épaisse fumée de son Cohiba Robusto. Adrien était un peu gêné mais Candice le soutenait du regard, si l'on peut dire, et de plus, les affiches sur les murs et la secrétaire en uniforme de circonstance, cuissardes et minijupe, n'avaient fait que confirmer le pedigree paternel. L'ancien vendeur de sandwichs l'aimait bien malgré tout car il aimait sa fille. Il lui proposa de « faire un bout d'essai » dans sa société. Un court instant, Adrien comprit que son beau-père lui proposait de tourner dans l'une de ses productions, ce qui ne l'enchantait pas. Il ne se sentait quand même pas tout à fait de ce monde. Il avait des principes et une certaine éducation. Le porno était aussi cela : la poursuite de la lutte des classes par d'autres moyens. Alors que le visage de son beau-père se perdait dans les volutes de son cigare, Adrien avait un peu honte de le reconnaître à cet instant : un bourgeois comme lui ne s'abaisserait pas à baisser son pantalon et son caleçon. Mais il se méprenait. Gilbert lui proposa de rentrer dans C. Stars Productions. À lui, puisqu'il était *littéraire*, de rédiger les textes des jaquettes explicites, les communiqués de presse et pourquoi pas les dialogues des futures productions. Les yeux plissés du paternel, à la manière, un peu forcée, d'un acteur de western spaghetti pendant un duel, lui commandaient d'accepter. Ce qu'il fit. Commencèrent des journées curieuses, folles et enthousiasmantes. Adrien prenait son emploi au sérieux. Studieux et pudique, il avait eu au début tendance à rédiger les textes de présentation à la manière de quatrièmes de couverture de grandes maisons d'édition. Le beau-père s'emportait gentiment : « Adrien, merde, c'est du cul, fais bander les mecs ! Lâche-toi comme tu te lâches avec Candice ! Fais pas ton intello ! » Il s'appliqua, copia d'autres textes, regarda des vidéos pour s'inspirer et finit par trouver la ligne éditoriale. Gilbert était maintenant *assez* fier de lui. Il l'emmenait parfois déjeuner de l'autre côté de l'avenue des Champs-Élysées, au Pichet, où il lui présenta un jour l'empereur de la pègre en costume croisé à rayures tennis, entouré de quatre types en costume mais chaussés de baskets. « Pour courir vite ! » lui avait soufflé dans l'oreille Gilbert en riant fort. L'empereur de la pègre au nom si secret que, par la suite, Adrien ne l'oublia jamais, était selon Gilbert plus craint qu'Attila, Gengis Khan et Staline réunis. Les parrains de Marseille qui faisaient alors les gros titres de la presse, les entrepreneurs corses qui régnaient sur les cercles de jeu n'étaient rien à côté de cet homme d'une taille moyenne, au visage anguleux dégarni mais aux yeux de fer. Il serra la main d'Adrien qui évita ensuite de le regarder.

Il se surprit à aimer les Champs-Élysées dont la profusion des salles obscures et la présence du Lido Musique rendaient supportable la fréquentation de ce quartier battu par les vents plein de salariés pressés, de touristes à la marche de somnambules, de clones des Parisiennes de Kiraz aux longues jambes fines prenant l'air hiver comme été, de minets à mèches posées sur le front à l'image de grandes virgules allant se pourvoir en bottines chez Carvil ou en mocassins chez Weston, d'hommes de main à rouflaquettes, immanquablement vêtus de pantalons karting à pattes d'éléphant si moulants qu'ils semblaient tous être membrés comme des ânes. Parfois sa mère s'aventurait jusqu'à la grande artère. Elle l'emmenait déjeuner à la Maison du Danemark en haut de l'avenue. Ils buvaient de l'aquavit et avalaient des tranches de saumon à l'aneth. Elle lui demandait ce qu'il faisait au juste. Il lui expliquait sans s'attarder qu'il travaillait *dans le charme*, le mot pudique qui habillait alors le monde du nu. Elle se contentait de ses vagues explications et retournait bien vite à ses abîmes. Adrien avait à la fois honte de son métier et honte de la voir ainsi, si saoule, si triste. Il trouvait dans cette existence louche qui ne plaisait pas à ses parents, eux qui l'auraient préféré à l'université et qui sait, un jour ambassadeur, un contrepoison efficace contre l'angoisse qui le prenait, lorsqu'il grimpait les marches de Babylone. Souvent, il découchait et repartait le soir du bureau avec Candice jusqu'à son petit duplex de Saint-Germain. Le père et la fille l'emmenaient sur des tournages dans des maisons de campagne qui ressemblaient à celle de ses parents, avec poutres vernies, cheminées imitation Louis XIII, cuisines faussement rustiques, toiles de Jouy sur les murs. Il regardait les acteurs faire leur numéro doublé ensuite par des voix plus convaincantes. Cela lui donnait parfois des idées, mais la plupart du temps, Candice en savait plus.

16.

Où Adrien rencontre le dégriffeur au Burberry fatal.

Il vit un jour débarquer à C. Stars Productions un homme qui apporta un peu de gaieté dans sa vie. C'était une connaissance de Gilbert qui passait, paraît-il régulièrement, pour affaires. Âgé d'une trentaine d'années, Wilson, c'était son prénom, un prénom qui sentait le pseudonyme, ne quittait jamais son vieil imperméable Burberry sans doute récupéré dans le vestiaire d'Humphrey Bogart. De taille moyenne, il possédait une chevelure poivre et sel, deux yeux minuscules séparés par un grand nez recourbé, une bouche fine qui enserrait nuit et jour un cigare, au point que ce dernier semblait inséparable à la manière d'un coït qui ne prendrait jamais fin. Cinéphile abonné aux projections de la Cinémathèque Chaillot, Wilson avait écrit un scénario acheté par un producteur et adapté à l'écran ; c'était aussi un ami de Norman Mailer, ce qui lui conférait une aura particulière auprès de Gilbert. Wilson était curieux, par réflexe de défense, et comme tout curieux habité de secrètes manigances, sa curiosité le portait vers les éléments inconnus afin d'en cerner le portrait et qui sait, la part d'ombre menaçante. Wilson s'intéressa à Adrien pour cette raison et non pas par une sorte d'altruisme protecteur. C'était un renard flairant le danger par tous les pores de son épiderme parfumé au havane. Timide et empoté, Adrien prenait les manifestations de fraternisation de Wilson pour quelque chose d'un peu excessif. Que lui voulait-il à la fin ? Comment vivait ce seigneur magnifique ? Adrien se le demandait lorsque Candice, le voyant perdu et perplexe, lui facilita la tâche. Wilson était « l'empereur de la choure, le roi des kleptomanes, le prince du vol ». Il passait ses journées entre les magasins de cigares, les caves réputées, les boutiques de vêtements et la librairie La Hune, pour s'approvisionner en Partagas de luxe, en pomerol, en cashmeres cinq fils, en Pléiade, qu'il revendait à prix soldés à des connaissances comme ces employés d'un groupe de presse situé en face, au coin de la rue Marbeuf. Son arme infaillible pour les razzias était son Burberry, muni comme tout imperméable de la marque, de poches intérieures basses et amples permettant d'entasser ses prises de guerre comme d'autres vont, plus honnêtement, au marché avec leurs filets à provisions. Wilson était le maître des voleurs, le Vidocq non repenti, le Lacenaire non violent, le génial escroc de ces temps disparus. Adrien découvrait un héros et un homme qui ne cessait de le fasciner. Il le voyait comme un père de substitution avec lequel il pouvait parler de littérature et de cinéma, et auquel il pouvait passer commande de Pléiade, et pourquoi pas d'un cashmere cinq fils « à prix cassé ». Ils commençaient à se voir en dehors du journal. Ils s'aimaient comme deux amis. Ils allaient parfois traîner ensemble dans le souterrain préféré d'Adrien. Un jour en fin de journée, Wilson lui donna rendez-vous en bas du bureau, devant ce cinéma qui jouait *Emmanuelle* depuis des années. Sylvia Kristel sur laquelle il s'était branlé tant de fois plus jeune, comme tous les garçons de sa génération. Sylvia Kristel qui lui rappelait le fauteuil Emmanuelle du père de Candice à Saint-Tropez. C'était il y a quelques années et il lui semblait que c'était toute une vie.

Wilson l'emmena boire un, puis deux, puis trois verres dans un bar du coin puis, plus tard, alors qu'ils étaient à peu près saouls, dîner au Val d'Isère tout proche, un restaurant décoré comme une station de sport d'hiver avec les pieds de table en forme de skis. Des serveurs en blanc proposaient une carte inchangée depuis les années 50. Adrien avait l'impression, à chaque fois qu'il s'y rendait, de pénétrer dans l'utérus de sa mère et la bite de son père. Avant que tout commence. C'était pour lui une odeur indéfinissable de déjà-vu où le temps lui apparaissait comme emprisonné dans une capsule où lui seul serait convié car apparemment, il ne voyait jamais personne se mettre dans son état. Il pleurait intérieurement, c'était un médium des temps enfuis idéalisés comme un absolu inégalable. Tous les vols interstellaires, les Lune, les Mars apprivoisés ne pourraient jamais rivaliser avec cette extraordinaire capacité humaine de pouvoir jouer avec le passé et de voyager ainsi, au gré de la fantaisie, entre les époques. Adrien était l'ami du chevalier Bayard et soudain traversait les Alpes à dos d'éléphant avec Hannibal, se retrouvait dans un hôtel du Marais chez une comtesse érudite du XVIIIe siècle, puis partait avec Maxime du Camp et Gustave Flaubert en Égypte, quand soudain, il empruntait une autre route et se retrouvait dans le taxi de René Crevel qui le conduisait au suicide. Son existence était ainsi traversée de mille existences, qui n'avaient rien de peaux mortes, c'était au contraire la vie dans tout son fabuleux cheminement à la fois absurde et merveilleusement logique. Mais Wilson parlait, parlait et Adrien ne l'écoutait pas car, comme souvent, ce qui lui semblait le plus essentiel était de vivre quelque chose qui appartenait déjà au passé lorsqu'il se retrouvait face à quelqu'un qui en valait la peine, et c'est après tout ce qui le maintenait en vie. Adrien n'arrivait pas à vivre le présent parce que le passé s'interposait sans cesse entre eux. Le passé était un présent qui ne passait pas et qui se rappelait sans cesse à son bon souvenir. Il semblait que sa tristesse épisodique venait aussi de cela : la lucidité de comprendre le présent comme une part de lui-même dévorée au moment même où il était ce présent. C'est pourquoi le passé était si présent en lui. Sa vraie vie était là, blottie dans un coin de sa tête.

Wilson faisait tisonner son cigare tout en commandant le meilleur cru du Val d'Isère car c'était un *commerçant* généreux qui aimait répéter cette phrase prêtée à Jeanne Moreau : « On n'a jamais vu un coffre-fort suivre un corbillard ! » Il était maintenant tard. Des danseuses du Lido avec leurs amants, des hommes d'affaires et leurs femmes ou leurs maîtresses, des prostituées, des noceurs, des petites frappes, des touristes, mais aussi des Parisiens sans histoires, peuplaient cet endroit où « un acteur au nez et au sexe énormes », lui confia Wilson, était mort la tête la première dans son assiette de reblochon tiède au miel. Adrien n'écoutait plus. Son ami le fixa soudain, de ses petits yeux perçants, avança son nez vers lui, comme s'il voulait humer les pensées d'Adrien. Mais oui, il était triste et mélancolique comme souvent… Ce poids… là-bas, de l'autre côté de la Seine… Que se passait-il à la même heure ? Sa petite sœur était-elle couchée ou appelait-elle une fois de plus les pompiers parce que sa mère menaçait de se suicider ? Et où était son père ? Que trafiquait le Démon ? Sa tête tournait devant la multitude de réponses possibles. Il ne se sentait pas bien. Allait-il lui aussi mourir là, la tête dans son assiette sale, au Val d'Isère comme le comédien au gros nez et au gros sexe ? Wilson lui prit le bras doucement mais fermement comme s'il s'occupait d'un somnambule et lui dit : « Le désespoir n'a pas d'imagination ! Mets-toi bien ça dans ta petite tête ! Tu sais notre conscience, notre âme, comme disent les poètes qui affabulent, qu'est-ce au fond ? D'après les scientifiques, un mélange deux-temps de sucre et d'azote. Pas de quoi s'en faire pour si peu… Ce serait donner beaucoup d'importance à ce qui nous constitue. Du sucre et de l'azote n'ont aucune raison de se suicider ou alors ce serait, de leur part, donc de la nôtre, d'une prétention folle ! Nous ne sommes rien, Adrien ! Rien ! Du sucre et de l'azote ! Avançons en nous amusant, c'est tout le bien que nous pouvons nous offrir entre deux néants ! » Le désespoir n'a pas d'imagination. La formule était belle, quoique moins poétique que celle de Breton, mais était-elle de Wilson ? Sans doute pas. Il avait dû la dérober comme il dérobait les Pléiade et les cashmeres.

En demandant l'addition tout en sortant une énorme liasse de billets acquis à la sueur de son front, Wilson lui glissa : « Veux-tu venir avec moi à l'hôtel où est descendu Norman ? Il m'attend. Je l'ai prévenu que je passerais peut-être avec un ami. Viens, ça te fera du bien. » Ils arrivèrent dans la suite d'un palace où ils se frayèrent un passage dans un brouillard de fumée. Une demi-douzaine de personnes, des types suspicieux à cheveux longs et des intellectuelles en minijupes chaussées de hautes bottes, étaient affalés dans des canapés et dans des fauteuils. L'écrivain américain était ivre et peu accommodant. Et très excité. Quelques cadavres de bouteilles de Chivas et de vodka, de vin aussi, témoignaient d'une lutte à mort entre la décence et ce qui l'était moins. Soudain ce petit homme musculeux aux yeux d'acier, plissés, oscillant entre le narquois et le menaçant, tira Adrien par la manche et le mit en joue, ses deux poings levés vers le menton du jeune homme, perplexe et peu rompu au combat. Le malheureux, titubant sous le coup de la soirée bien arrosée et de l'échéance inéluctable du K-O, fixait son ami Wilson, inquiet et même fataliste. Que Mailer l'envoie au tapis maintenant et tout serait réglé, une fois pour toutes. Sucre et azote ! Sucre et azote ! Mais l'écrivain se contenta d'une petite pichenette sous son menton, ce qui était pire. C'était sa façon de le saluer, sans doute. L'assistance éclata de rire. Les mots pouvaient tuer mais la symbolique aussi. Mailer l'entraîna vers les bouteilles et lui servit sans lui demander son avis un verre de vodka à ras bord qu'il lui ordonna de boire cul sec, ce qu'il fit sans demander son reste. Et puis Adrien s'écroula. Vomit. Et se réveilla dans la matinée sur un canapé. Une femme de chambre nettoyait les décombres. Mailer, beaucoup plus ivre que lui, avait décollé quelques heures auparavant. C'était une leçon à retenir. Bien écrire ne suffisait pas. Il fallait en plus bien se tenir, sinon à quoi bon se cramponner à cette existence ? Wilson, son ami Wilson, son parrain Wilson, son ange gardien Wilson, son voleur magnifique Wilson, continuerait pendant des années à hanter ses nuits avec ses histoires extraordinaires, car il connaissait alors tout ce que Paris comportait « d'intéressant » auquel il fournissait en qualité de « dégriffeur », comme le surnommait Candice, cigares, pomerol, cashmeres et Pléiade, les quatre points cardinaux d'une vie rêvée.

La grande, la merveilleuse candeur de Candice (ce qui faisait penser à Adrien que les prénoms ouvrent souvent la voie des destinées) tenait à son incapacité sympathique à tracer la ligne de partage entre ce que les bien-pensants considéraient comme le bien et le mal. Elle pouvait sans se poser de questions existentielles offrir son corps à l'un ou l'autre sexe lorsqu'il leur arrivait de se retrouver dans une soirée « professionnelle » de C. Stars Productions parmi les acteurs et actrices présents dans la chaumière rustique louée pour les tournages. Un jour qu'Adrien retrouva

Candice chez elle, dans son petit duplex de la rive Gauche qui lui faisait penser à une maison miniature posée sur le ciel, il trouva sa petite amie, nue, allongée sur le lit, les jambes écartées relevées, une cigarette rougeoyante se consumant entre les lèvres rose foncé de son sexe qu'elle observait avec application. Candice leva la tête vers lui, légèrement importunée comme l'aurait fait une femme d'affaires dérangée à son bureau en pleine réflexion, et lui fournit une explication rationnelle : « Je vérifie si c'est plausible en scène finale dans "Le masseur et la chatte de ma sœur". » Ça l'était, constata Adrien qui oublia les soucis du jour en contemplant, fasciné, un exercice qui tenait à la fois du cirque et du peep-show. Une autre fois, elle lui donna rendez-vous en plein hiver dans un cinéma porno des Champs-Élysées afin, lui assura-t-elle, d'étudier la réaction des spectateurs devant la nouvelle production maison. Elle surgit, nue, sous un manteau de fourrure, à l'entrée du cinéma et demanda à Adrien de la caresser dans l'obscurité de la salle où des râles solitaires répondaient en écho aux faux orgasmes de la pellicule. Une ombre s'approcha et se plaça à la droite de Candice. Et se branla d'abord doucement puis furieusement. Lorsque la lumière se fit, Adrien reconnut Zanni, un camarade de pension qui, stupéfait et gêné, quitta la salle à grande vitesse sans se retourner.

Adrien serait peut-être resté longtemps chez C. Stars Productions si son beau-père n'avait pas été abattu dans un parking, non loin du bureau, une femme à son côté, la tête paraît-il, décapitée par la puissance de feu. Ce n'était pas la mère de Candice. Le volet armements de C. Stars Productions pouvait ainsi causer de graves dommages collatéraux. Adrien repensa à cet homme escorté de ses gorilles en baskets croisé au Pichet. Était-ce le commanditaire de ce happening rouge sang sur la carrosserie jaune de la Lamborghini paternelle ? Le jeune homme consola Candice, comme il put, avec peu de mots mais avec de grands gestes de tendresse s'achevant en coïts. L'enterrement passé, Adrien expliqua à sa petite amie qu'il préférait faire une pause professionnelle, ce qu'elle comprit. La jeune femme énergique allait devoir maintenant prendre les rênes, même si, l'assura-t-elle, les lance-roquettes, bazookas, missiles et autres méchants engins ne devaient plus faire partie de sa zone de compétence. Le message des tueurs était clair sur ce point-là. Cette exécution était quand même inattendue. Et puis il était assez déçu de cette expérience parce qu'il avait cru assez stupidement que l'univers du sexe chasserait l'ambiance morbide de Babylone, comme un grand vent solaire chasse les ténèbres. Mais il confondait, parce qu'il était jeune et ne réfléchissait pas toujours, la représentation frelatée du sexe et sa réalité lumineuse. Il décida de partir pour Rome et s'installa chez le sergent Gomez de Pampelonne, qui vivait dans un appartement sur plusieurs niveaux, aux terrasses parfumées de jasmin, de chèvrefeuille et de roses. Le comédien fréquentait bien sûr le cinéma local, ses vivaces étoiles de l'époque, et certaines traînant dans leur sillage des senteurs de dolce vita en voie de putréfaction. Cette queue de comète bavarde et baveuse, nostalgique et fébrile, amusante et exagérée, attirait davantage Adrien que les autres. C'était un trait puissant chez lui, aimer tout ce qui avait été et était sur le point de ne plus l'être. Il voyait dans ces personnages grandioses, et parfois loufoques, la mort en marche. Le cinéma, c'était ça : la mort en mouvement et ses interprètes recrachés sous forme de doublures, dans un grand pas-de-deux à la fois intrigant et pathétique par le fait même que jouer n'était que la tentative désespérée de rester vivant jusqu'à la fin des temps. Un jour, en se promenant dans la ville, il lut sur un mur cette phrase qui changea le cours de son existence : « Journaliste c'est mieux que travailler. » Il avait ri, puis souri sérieusement à l'évidence qui le transperça d'un coup. Hé oui, c'était ça, « j'allais écrire puisque j'aimais écrire, et être payé par-dessus le marché ». Adrien rêvait…

Une nuit, il s'était égaré dans un quartier qu'il ne connaissait pas, et deux travestis à la trentaine entamée l'avaient hélé dans une rue déserte. Il avait bu et fumé des joints toute la soirée, et il accepta de monter chez eux dans un état second, amusé à l'idée d'un possible danger. Allaient-ils jouer du couteau ou d'autre chose ? Tout cela lui parut très exaltant. La peur, cette merveilleuse montée d'adrénaline. Ces Laurel et Hardy affublés de perruques mal positionnées et de maquillage bon marché, bavant sur leurs peaux huileuses tartinées de fond de teint, avaient mis un disque à la tristesse pénible, et s'étaient mis à danser d'une manière qui se voulait lascive, alors qu'Adrien était avachi dans un vieux fauteuil défoncé qui sentait le foutre séché. Il n'avait pas été excité par le numéro et les deux phénomènes de foire avaient renoncé à lui faire plus d'avances que ça, sans montrer un quelconque ressentiment. Tout en réajustant leurs bas et leurs jupes en cuir, ils lui avaient demandé ce qu'il étudiait. Il opposa un vif démenti : « Je ne suis pas étudiant, je suis journaliste. » Son assurance suspecte liée à son extrême jeunesse les avaient fait sourire mais ils n'avaient pas insisté. L'un des deux offrait une bouche édentée cependant que l'autre était affublé de strabisme, ils lui étaient soudain apparus comme un copier-coller de Fellini, ce qui avait provoqué chez lui une curieuse collision mentale. Qui copiait l'autre ? Le maître ou ses modèles ? Impossible de le dire. Il avait toujours été persuadé que le peintre suprême de nos vies inspire en retour les nôtres, par un effet de mimétisme complexe dont le moteur est à la fois l'admiration et la révélation que tout grand artiste n'est là que pour nous habiter et nous habiller. C'est une des forces de l'art, quand il est grand, pousser le spectateur à enrôler le rôle auquel on le prédestine. Fellini était là dans la pièce, sans aucun doute.

Journaliste, c'est mieux que travailler. Il se répétait ce slogan. Il lui fallait à nouveau, d'une manière ou d'une autre, gagner sa vie. Il rentra à Paris, moins désespéré que d'habitude.

17.

Où l'ayatollah Khomeiny,
Ruby la poupée gonflable, Pol Pot
et Ava Gardner s'invitent à Babylone.

Assise en tailleur sur la moquette du salon, entre un livre de Gurdjieff, les Tarahumaras d'Antonin Artaud, *L'Herbe du diable et la petite fumée* de Carlos Castaneda, quelques vieux numéros de *Planète*, de *Libération* et de *Charlie Hebdo*, sa mère semblait attendre dès 11 heures du matin, mais quoi ? Et ainsi toute la journée. Adrien qui se passionnait alors pour Baudelaire avait trouvé chez le poète la traduction parfaite de la pensée maternelle : « Je vais vous apprendre ce qu'est le vrai malheur. » Des hommes passaient, artistes brumeux et ratés, intellectuels autoproclamés, sales et laids pour la plupart, le cerveau défoncé au haschich ou à l'herbe et farci d'un brouet de théories philosophiques ou psychanalytiques attrapées au vol. Adrien ne les aimait pas trop car il sentait ce que ceux-ci possédaient de frelaté, d'illuminé et de dangereux. Il se doutait que chaque génération déversait son lot d'escrocs infectés de certitudes plates. Toutes les grandes causes se monnayent ainsi, des joyeux amphithéâtres aux sinistres charniers. Les nouvelles connaissances de sa mère ne se déplaçaient jamais sans des ouvrages aussi sentencieux que roboratifs, qu'Adrien surnommait « les missels de la confrérie des avachis ». L'un des « compagnons de lutte » de sa mère, un grand garçon aux longs cheveux raides, habité d'un regard vitreux comme si ses yeux marron étaient de la gelée d'étron, avait tendu un soir à Adrien *Eros and Civilisation*, d'Herbert Marcuse, dans lequel le jeune homme découvrit que le réchauffement de la vie sexuelle accélérerait la disparition du capitalisme et que le principe de plaisir était la meilleure arme contre « l'ordre répressif de la sexualité procréative ». Il en avait parlé à Candice, à la fois impatient de vérifier ces affirmations et soucieux de ne pas se mettre en porte-à-faux avec cette doxa branchée. Ils avaient fait l'amour en guettant la fonte du capitalisme, même s'ils n'avaient rien contre celui-ci, mais le matin rien n'avait changé.

C'est alors qu'entra en scène Jean-Claude, dit *Jici*, un ami artiste de sa mère qui peignait de gigantesques toiles représentant des buveurs à six doigts. Répétant à la ronde de loufoques « j'veux faire saigner la peinture ! », sans doute subtilisés à d'autres, Jici plaçait d'embarrassants *j'veux dire* toutes les cinq secondes. Il était ainsi apparu avec *Les Mots et les Choses* d'un certain Foucault, « emprunté » à la librairie Maspero, expliquant à la petite assemblée allongée sur la moquette que l'ouvrage explorait « j'veux dire, d'une façon sublime le potentiel créatif du désordre ». Adrien, qui conservait de puissantes reliques de l'enseignement religieux, s'était mépris. Il avait cru dans un premier temps que l'autoproclamé Jici (pour faire plus anglo-saxon) vantait l'œuvre du père Charles de Foucauld. Cela lui parut bizarre car l'apparence excitée de cet inconnu ne collait pas tout à fait avec la figure ascétique du père du désert. Mais déjà Jici poursuivait son discours, titubant sous l'effet de l'alcool et du *shit* : « La responsabilité, j'veux dire, la sensibilité, la justice, j'veux dire, et le droit ne sont que des marques d'idéologie qui n'ont aucune légitimité, j'veux dire ! L'obéissance n'est qu'une défaite, j'veux dire ! La culture, j'veux dire et la connaissance, j'veux dire, ne sont rien d'autre que les discours du pouvoir ! Envoyons tout ça chier ! J'veux dire, à mort la littérature bourgeoise, à mort les bourges, j'veux dire ! Révoltez-vous, merde, j'veux dire ! Détruisons le vieux monde ! » avait assené le révolutionnaire de la rue de Babylone la tête coiffée d'un béret basque, le corps enveloppé dans un poncho péruvien, les pieds chaussés de bottes camarguaises. Un peu étonné de la forme corrosive du discours, Adrien s'approcha du livre et comprit sa méprise. Grand échalas barbu aux longs cheveux bouclés, si sales qu'ils formaient des paquets compacts sans doute saupoudrés de poux, Jici se rendait à toutes les *manifs* et à tous les comités de lutte alors à la mode, de la promotion de l'ayatollah Khomeiny à celle de Pol Pot, deux hommes aux destins prometteurs dont il disait le plus grand bien, partageant en cela l'avis des journaux « antiréacs ». Ces deux modèles étaient les précurseurs de la révolution mondiale à venir, assurait-il, chacun dans leur style. « Bientôt, jurait Jici, le monde sera débarrassé de la blanchitude et de cette saloperie de domination occidentale judéo-chrétienne ! » Adrien ne comprenait pas ce jargon haineux mais en lisant beaucoup, il se faisait une raison : chaque époque connaît ces bouffées de fièvre hyperbolique. Adrien, qui était attentif au choix de ses habits depuis que la libération de la pension lui en avait donné la possibilité, se dit que, peut-être, en découvrant les physionomies vestimentaires des deux héros de Jici, il pourrait faire son choix. Le costume maoïste strict de Pol Pot ne l'emballa pas. Il manquait de fantaisie et lui rappelait trop l'uniforme de la pension. Celui de Khomeiny lui évoquait les bienheureuses années baba cool de sa mère aimantée par des barbus vêtus à l'afghane. L'ayatollah était plus dans l'air du temps, ce qui expliquait le capital de sympathie dont le futur habitant provisoire de Neauphle-le-Château bénéficiait auprès de la plupart des intellectuels. Mais après avoir réfléchi un temps, il trancha : aucun des deux « phares de la liberté naissante » ne remporta ses suffrages au grand désespoir de Jici qui alla un jour jusqu'à le traiter, mi-inquiétant mi-badin, de pourriture de social traître de babylonien de merde. Le peintre exalté ne réussit jamais à entraîner la tribu dans ses manifestations « de soutien aux peuples en lutte » car, si mère et enfants gobaient sur le moment ces appels aux meurtres de masse, les Babyloniens, comme ils s'appelaient entre eux, n'avaient pas de colonne vertébrale intellectuelle assez solide pour passer de la théorie à la pratique, et c'était un avantage car ceux qui se prévalaient d'un certain savoir n'étaient bien souvent que les séides cyniques des bourreaux passés, présents et futurs. Les

Babyloniens auraient été bien incapables de se fourvoyer comme tant d'autres dans la lutte en faveur des atrocités de leur époque. Ils n'auraient jamais de sang sur les mains, c'était au moins ça.

Jici débarqua un jour sans prévenir, une habitude, avec cette fois une poupée gonflable coiffée de son béret à la Che Guevara, *Ruby ma compagne révolutionnaire*, avait-il fanfaronné, car leur mère, lucide sur ce plan-là, avait toujours refusé les avances du personnage. Qu'allait aujourd'hui décider le gourou ? Précipiter dans les poubelles de l'Histoire, une formule qu'il adorait brandir, une certaine culture, celle qu'il vomissait sans la connaître ? Il en avait souvent émis l'idée : « Babyloniens, merde, j'veux dire ! Levez-vous ! Débarrassez-vous de vos trucs bourges ! » Ce jour-là, ce fut « Au feu, j'veux dire, les bouquins pourris du father führer ! Au bûcher le Feu Follet ! » Il se jeta avec rage sur la bibliothèque et envoya valdinguer sur la moquette les ouvrages qui lui déplaisaient, soit la totalité des rayonnages. Adrien songeait à son père en voyage d'affaires, à la chasse à courre, ou peut-être plus sûrement avec une maîtresse, à ses livres qui gisaient maintenant comme les cadavres de Kléber Haedens, Drieu La Rochelle, Michel Déon, Dominique de Roux, et autres plumes dites « fachos ». Son père était ce que l'on appelait alors avec emphase dans les journaux de droite *un honnête homme de droite*. Ce n'était peut-être pas non plus la panacée mais enfin cela ne méritait pas cet excès d'infamie. Ces pauvres êtres de papier qui n'avaient rien demandé à personne, hormis le fait d'être aimés ou non, mais en tout cas respectés, ces pauvres êtres de papier allaient sans nul doute finir en autodafé au milieu de la rue de Babylone, allumés avec un exemplaire du *Figaro* paternel ou, qui sait, du *Libération* maternel. Berlin 1933, Babylone 1976, même combat ! Mais il n'en fut rien. Dimitri, un cousin d'Adrien présent ce soir-là, avait réussi à calmer le pyromane qui s'allongea sur le canapé avec Ruby pour s'endormir aussitôt, la barbe décorée de miettes de pain et de minuscules crottes de Brie, cuvant son vin rouge et une nuit blanche.

Dimitri, lui, préférait les très jeunes garçons. Il passait souvent à Babylone, fasciné par Jici et ses comparses, rêvant d'établir une passerelle entre les pédophiles et les travailleurs en lutte. Un discours *alternatif* que ne comprenait pas trop Adrien, mais celui-ci avait vite intégré l'idée que face au risque de courroux des ultra-minorités violentes, valait mieux la boucler. C'était un lâche par paresse de contredire les véhéments et par crainte, physique, de se voir clouer au pilori. Dimitri était assez grand, assez maigre et assez ingrat. Son visage n'arrivait pas à être attirant alors que ses traits n'avaient rien de repoussant. C'était un malheur assez commun de manquer de cette chose déterminante qu'on appelle le charme. Son visage n'exprimait rien, ou alors, dans le regard, quelque chose d'inquiétant qui s'allumait lorsqu'il croisait un éphèbe. Fanatique de *Mort à Venise* qu'il avait vu une dizaine de fois, Dimitri avait fondé avec quelques amis partageant son goût pour la sodomie de jeunes garçons, un groupuscule politique axé sur la défense des sexualités enfantines. Il affirmait que son *parti* remportait un certain écho auprès de *gens importants qui voulaient les aider à légiférer en leur sens.* Il citait des noms à Adrien qui n'en connaissait aucun. Étaient-ils si importants et de quelle manière ? Dimitri et son Groupe de Libération Orgiaque de la Sexualité Enfantine, dit GLOSE, publiait une feuille de chou aux photos explicites et aux textes à haute teneur revendicative résumée par ce mot d'ordre parodique inspiré de Tintin inscrit en haut de la première page : « Aimons-nous les uns les autres de 7 à 77 ans ! »

Pressé par Dimitri, Adrien se rendit à une réunion du groupe dans un petit appartement enfumé près de la porte d'Orléans, où vivait, réfugié et caché, un couple de déserteurs américains de la guerre du Vietnam, un gros Noir et un grand Blanc efflanqué. Deux ou trois très jeunes garçons traînaient parmi la douzaine de participants, dont l'un, en particulier, rappelait à Adrien le sondeur d'*Abbey Road*, ce qui ne le rassura pas. Il écouta un temps, puis sur la pointe des pieds, déserta la petite assemblée au moment où était évoquée la différence entre sodomite et pédéraste. Pas convaincu par cette entreprise, il en parla autour de lui, assez inquiet. Certains ricanaient, d'autres s'en foutaient. D'autres enfin assimilaient toute amorce de réflexion critique comme de la pédophilophobie méritant l'opprobre, la dénonciation et pourquoi pas la mise à mort, symbolique ou réelle. Adrien n'insista pas et de toute façon, sa voix trop douce à la limite du monocorde le handicapait souvent car lorsqu'il commençait de parler, ce qu'il affirmait perdait son importance et lui-même laissait ses mots s'échapper sans pouvoir les retenir dans un brouillard de babillements buissonnants.

Pour se faire bien voir de leur gourou qui, en ces temps incertains, pouvait arriver un matin au pouvoir si le Grand Soir se levait enfin, Adrien se mit à potasser Foucault, un homme qu'il trouvait intelligent mais pas très intéressant, deux notions qui n'ont rien à voir et que la plupart des gens confondent. Il sentait trop que les raisonnements séduisants sur, par exemple, l'oppression ou la folie, étaient marqués par l'air du temps et ne se seraient pas produits à une autre époque. De plus, jugeait Adrien, Michel Foucault et tous ces clercs en vogue étaient habités inconsciemment par une même envie de meurtre contre « l'oppresseur » lorsque l'on poussait leur raisonnement à fond. Le bienheureux jeune homme se rendit aussi à une réunion de maoïstes, où on le menaça de lui « casser la gueule » lorsqu'il nuança, de sa petite voix, les bienfaits de la Révolution culturelle, et même, entraîné par sa cousine Adèle maintenant lesbienne, à une réunion des Gouines rouges où on lui promit la castration s'il ne quittait pas immédiatement leur assemblée. La vie n'était pas simple, en ce temps-là, pour ce jeune homme de bonne volonté.

Mais Adrien n'avait pas le temps de s'ennuyer. À Babylone, le spectacle reprenait, sans fin. Des individus passaient, l'écrasante majorité de sexe masculin – la lutte et la prétendue pensée supérieure semblaient alors réservées aux hommes, ce qui troublait Adrien. Parfois Jici apparaissait flanqué d'un métis longiligne coiffé d'une boule à la Angela Davis. C'était un écorché vif dans tous les sens du terme, Marcus semblait tour à tour vouloir s'arracher sa peau blanche d'esclavagiste et sa peau noire d'esclave. C'étaient sans cesse chez lui d'affreux, d'effroyables tourments qui le laissaient abattu et fébrile d'un instant à l'autre. Cette lutte intérieure exténuante avait fini par rendre incompréhensibles ses propos revendicatifs que, à la longue, personne n'écoutait sérieusement. Jici voulait maintenant créer un comité en lutte, il ignorait encore lequel, et instaura, ou plutôt imposa, les débats du mardi soir, moment de la semaine où le père avait toujours un mystérieux dîner d'affaires s'achevant à l'aube. Débat. Adrien se méfiait de ce mot. Dans débattre, il y avait battre, un verbe qu'aimait mettre en pratique Bardoux tête de fou, et se battre, un autre verbe qu'appréciaient certains enfants violents de la pension prenant souvent Adrien pour cible. Le jeune homme opposait au mot débat celui plus civilisé de conversation. Le débat imposait l'idée d'un vainqueur par K-O, de préférence le plus brutal face à la contradiction policée. À l'inverse, la conversation imposait l'écoute et la nuance. C'est pourquoi Adrien préférait la plupart du temps le silence ou la compagnie de Christophe, l'idiot mutique qui n'avait jamais disparu de son existence. Adrien se contenta de faire de la figuration aux débats du mardi, veillant à ce que la consommation d'alcool et de shit n'entraîne pas un nouvel appel à la guerre mondiale contre les oppresseurs de tous poils. Mais la situation s'aggravait, sans que sa mère, trop accaparée par ses propres combats intérieurs, en prenne la mesure.

Jici avait maintenant coutume de débarquer en chantonnant en boucle le guilleret refrain pop *Papa Oom Mow Mow* qui, dans sa bouche, prenait une tournure inquiétante. C'était l'entracte festif avant la tempête : après avoir appelé à guillotiner *le salaud de riche* de notaire de Bruay-en-Artois coupable selon lui d'avoir tué une pauvre petite fille de pauvre, Jici était monté d'un cran dans l'envie d'allumer le feu de la Révolution. Il avait appelé, une nuit où il avait fumé une grande quantité de joints, à brûler le père sur un bûcher alimenté par toutes « ces merdes de bouquins de droite ». À n'en pas douter, la pyromanie était chez lui une manie. *Le bourge aux costards de riche* serait au préalable pendu à l'aide de l'une de ses cravates Hermès, le tee-shirt « Giscard à la barre » *enfoncé dans la gueule. Papa Oom Mow Mow !* éructait-il en improvisant la danse du scalp, une cravate placée en bandeau autour de sa boule de cheveux. *Papa Oom Mow Mow !* Les Babyloniens, qui ne possédaient pas trop le sens de la contradiction, une posture considérée comme un manque de savoir-vivre, avaient tout de même trouvé ça *too much*. Le Démon, pour une fois protecteur et responsable, avait lancé un très sonore *Cool, man !* qui avait cloué le bec à l'inquisiteur, stupéfait devant cet acte d'autorité incompréhensible. *Papa Oom Mow Mow !*

Mais un jour que le père d'Adrien était rentré plus tôt de voyage, il trouva Jici dans le salon vêtu de son peignoir, proférant comme excuses des *j'veux dire* qui ne voulaient rien dire du tout. La mère se planquait. Le pique-assiette se rhabilla et fila avec Ruby. C'est fou, songea Adrien qui assista à la scène avec une certaine délectation, comme les prêcheurs de bonnes paroles, les apôtres du bien, sont bien souvent des artistes ratés, des illuminés, des incultes. Des zéros.

Lors des minutes qui suivirent l'expulsion du squatter, le regard cerné d'ombres, symptômes d'une grande fatigue, leur père semblait calme et presque serein après son coup de force contre Jici. Il retira sa cravate à motif cashmere à la façon d'un lasso inutile, envoya valdinguer ses chaussures noires aux reflets glacés et alla s'enfermer dans son bureau afin de passer un coup de fil. À qui parlait-il ? Au ministre du Pétrole du shah d'Iran avec lequel il négociait alors un important contrat ? Adrien écouta derrière la porte. C'était une conversation en anglais qui ne ressemblait pas à celles qu'il aurait pu avoir avec le ministre du Pétrole du shah d'Iran ou avec ses associés américains. Il riait, minaudait comme un gros matou, parlait de Londres. Une femme mais quelle femme ? Une Anglaise sans aucun doute, mais il se trompait. Le soir même, alors que la cellule familiale tanguait comme de coutume, tel un radeau de la Méduse flottant sur un océan démonté de chablis infusé d'héroïne, le père emmena le moins atteint dîner dehors. Il leur fallait de l'air comme on reprend une bouffée d'oxygène après être resté trop longtemps en apnée dans les égouts. L'ivresse des profondeurs fétides de la moquette babylonienne exigeait un robuste antidote : une bonne bouffe accompagnée d'un grand cru, le tout saupoudré d'une pincée de rire et de camaraderie virile. L'œil bleu-gris s'éclaira, cependant qu'une main ferme saisit l'un des avant-bras d'Adrien, et le serra très fort, geste que le *dad* avait l'habitude d'exprimer en signe de tendresse à ceux qu'il aimait. L'heure était à la confidence distillée comme un secret d'État exigeant la plus haute confiance. Rien ne devait franchir la porte du troquet, le museau vinaigrette servi en entrée à son père semblait être le témoin muet de cette conjuration. Adrien écoutait, le nez dans son assiette de tartare de thon. « Écoute, il m'est arrivé quelque chose d'incroyable la nuit dernière à Londres, j'ai couché avec Ava Gardner. » Adrien laissa suspendue en l'air la fourchette qui semblait maintenant aussi inutile que grotesque, quatre tridents d'acier figés dans un arrêt sur image. Le tartare de thon pouvait attendre, il ne risquait pas de refroidir. C'était une blague ? Après tout, son père n'avait-il pas été l'amant de la sœur de l'actrice la plus célèbre du monde, et aussi de cette chanteuse aux yeux verts ? Et aussi de… bref… Mais là… Pandora, la Comtesse aux pieds nus… tout lui revint en mémoire. Cette brune fatale qui avait envoyé se faire voir Sinatra pour un torero… C'était une femme de caractère comme l'époque « Cloporte ostrogoth neurasthénique » (expression paternelle favorite abrégée en « Con ») ne semblait plus en produire à l'écran. Son père lui raconta comment, la nuit d'avant, alors qu'il était à Londres, son client l'avait emmené boire un verre dans une boîte où Ava Gardner n'en était pas à son premier, entourée d'amis bruyants et chaleureux. Une fraternité nocturne convoqua le rapprochement entre les tables et sur la piste de danse. Le whisky et la vodka servirent de signes de ralliement. Soudain, l'actrice se leva et intima l'ordre à la petite troupe de venir prolonger la nuit chez elle. On ne discutait pas avec cette forte femme, il fallait obtempérer si l'on ne voulait pas passer pour une carpette ou un eunuque. Le vaste salon s'éclaira, un disque de mambo se mit à tournoyer tel un derviche tourneur en folie sur la platine stéréo. Le bar remarquablement fourni livra ses alcools, puis Ava Gardner ôta ses escarpins et tira le père d'Adrien par le bras pour se lancer dans une danse rendue complexe par les mouvements désordonnés provoqués par le taux d'alcoolémie de l'actrice. La petite assistance les regardait, à la fois amusée, gênée, et envieuse pour certains membres masculins. Son père se sentait, dit-il, « aussi sexy et souple qu'une motte de terre » car il ne dansait pas très bien et encore moins cette nuit-là dans les bras de cette divinité se jouant de sa maladresse en en rajoutant dans les figures lascives. Les heures passaient, les verres se vidaient, les cigarettes manquaient, la petite troupe se délitait. Il était temps de lever le camp. Le jour pointait maintenant son nez, aimable, lumineux et prometteur. Alors que son père allait quitter les lieux avec son client anglais, Ava Gardner le retint par le bras et lui murmura à l'oreille : « Toi, tu restes là ! » Il obéit, que pouvait-il faire d'autre ? Elle l'entraîna dans sa chambre où trônait en majesté un lit qui ne semblait pas avoir été créé pour le sommeil. C'était une maison de rendez-vous à lui tout seul, un lit aux draps de soie pâle aussi vaste qu'une salle de bal, ou presque, et qui n'attendait que le sexe et l'amour. Ils firent ce qu'ils avaient à faire. Il se réveilla tard dans la matinée, prit une douche cependant qu'une cámériste mutique à l'œil menaçant tendu de reproches, l'œil de chienne de garde possessive, lui préparait un café, peut-être empoisonné. Ava Gardner apparut en peignoir de soie rose, coiffée et telle quelle sans maquillage, brute et belle, incroyablement. Beaucoup plus petite, elle se hissa sur la pointe des pieds pour l'embrasser sur les lèvres, le fixa de ses yeux noirs semblables à deux aimants et se colla à lui, à la manière d'une scène de film où ne manquait que la musique, comme si elle refusait son départ. Mais il devait y aller. Une réunion importante plus tôt que prévu à Paris Babylone. L'expression la fit rire. Babylone ? Elle lui demanda de répéter. Elle ne comprenait pas. Il lui expliqua. Babylone Street. Elle répéta plusieurs fois comme s'il s'agissait du titre d'un film ou d'une chanson : Babylone Street… Babylone Street… Babylone Street. La porte se referma sur la nuit passée mais il conservait le rêve qui avait été réalité. Et les voici, père et fils, dans ce bistrot maintenant presque vide, se réchauffant aux bons souvenirs comme on tisonne de la braise tiède. Allait-il la revoir ? Non, sans doute pas. Trop compliqué… la distance… leurs vies quelque peu chaotiques, sa responsabilité de veiller sur Babylone, quoi qu'il en soit. Et puis l'actrice buvait. Il avait assez à faire avec sa propre femme sur ce plan-là. C'était un coup d'une nuit mais quel coup ! Il ne l'oublierait jamais.

Dehors, en remontant la rue, leur rue, droite comme une estafilade sur un visage, ils marchaient lentement, le plus lentement possible : qu'allaient-ils trouver là-haut ?

À quoi bon en parler ? Un papier blanc était enroulé au pied d'un sombre réverbère : il ne pouvait aller plus loin. Adrien y vit un signe. Lui aussi était coincé. L'entracte était terminé, il fallait oublier et retourner à la dure réalité de la dinguerie. Il était las de tout ça, mais comme Ava Gardner et son père lui avaient fait du bien, cette nuit-là ! Il lui semblait être retourné en enfance lorsqu'on lui murmurait, tout petit, des histoires de chevaliers, de princes félons, de pirates et de belles princesses à sauver. Des histoires qui le faisaient dormir mais qui le préparaient aussi à embarquer un jour pour le pays des livres, là où seul il trouverait la paix de la solitude parmi une multitude amicale. Son père tourna la clé dans la serrure puis, ivre de fatigue et d'alcools, lui saisit l'avant-bras qu'il serra très très fort en faisant, de l'autre main, l'index pointé sur sa bouche, le geste du silence. Chut ! Il pensa chute.

18.

Où réformé contre sa volonté,
Adrien est persuadé d'une chose :
il est fou, comme les autres.

L'existence babylonienne reprit son cours normal. Le quotidien consistait maintenant à passer de son lit à la position horizontale dans le salon, dans des brouillards de cigarettes et de joints allumés les uns après les autres, imprégnant murs et meubles au point que l'odeur et la fumée ne disparaissaient jamais. Le chablis et les Kool aidaient à passer le temps de Caroline qui croquait des tranquillisants comme des Smarties. L'alcool la buvait. Le médoc l'achevait. Le retour de l'école de Clara, la petite sœur terrorisée, était un élément de réconfort, passager car la tombée du jour possédait quelque chose d'insoutenable, comme si elle se rapprochait de la lame glacée de la guillotine. La nausée accompagnée de tremblements et, parfois, de crises de tétanie la prenait entre chien et loup. C'était l'effroi, comme un cri qu'elle jetait parfois, *mayday*, aux échos incertains.

Adrien restait souvent pétrifié, sans trouver la force et les arguments pour neutraliser l'image morbide. Il renonçait peu à peu, usé, défait. L'enfant mort apparaissait à la mère, vivant. Les pleurs redoublaient devant la vierge ancienne rapportée d'Espagne posée sur la cheminée à l'image d'un ange protecteur. Mais elle ne verserait jamais des larmes de sang, comme semblait l'attendre la mère en la fixant de ses yeux implorants.

Il arrive alors à l'Adrien consolateur, lassé de ne pas changer le cours des choses, de parler à la mère en pensant à autre chose : des scènes de sexe, par exemple, qui le réconfortent beaucoup. Ses derniers coups éclaircissent l'horizon car il couche moins avec Candice qui ne couche pas qu'avec lui. Il a honte de penser à *ça*, dans ces moments-là, mais c'est la vérité, il ne se prive pas de baiser en pensées lorsque la procession funèbre enveloppe Babylone comme une nappe de brouillard méphitique. La vie contre la mort, c'est de cela qu'il est question. C'est sans doute ignoble mais les seins, les culs, les sexes auxquels il pense lui font un bien fou. Alors, souvent, Adrien fuit Babylone. Il fuit une fois de plus. Il fuit toujours, le chien errant, la queue entre les jambes qui lui fait mal car il bande, il bande tout le temps en pensant à Candice, ou parfois une autre dans laquelle il sera tout à l'heure au chaud. Des chattes contre la folie, la mort qui imprègne tout à Babylone. Des chattes pour vivre, des chattes comme des portes de secours, des refuges, des abris. Il fuit à l'autre bout de la ville, le chien errant, loin de cette Babylone de fous. Ses *fiancée*s, belles, sensuelles, heureuses, ses jeunes amis, beaux, sensuels, idéalistes, drôles, créatifs, courent la nuit dans laquelle il s'enveloppe comme dans un drap de fantaisie, armure protectrice contre tous les maux et malheurs qui s'abattent jour après nuit sur Babylone. Il en aime les éléments les plus discutables, ces *mauvais exemples dont on pouvait tirer de bons conseils*, comme lui souffle Maurice Sachs emprunté à la bibliothèque paternelle. Lorsque Adrien repense à ces années-là, dans l'envers du décor familial, à leur merveilleux vernis attractif, à leur force hypnotique, à leur singulière légèreté où ne perçait *en même temps* aucune menace de morale totalitaire, ce monde enfui qui fut une minuscule parenthèse dans l'histoire du monde, ces quelques décennies les plus libres ayant jamais existé en Occident… S'il y avait quelque chose qu'Adrien aimait de son époque, c'était ce joyeux fourre-tout d'idées parfois dangereuses ou absurdes, mais où tout était libre de paroles, de moquerie, de délires, d'humour sans tabou, d'amour et de sexe ludique entre hommes et femmes. Il pressentait que cela ne durerait pas car toute morale frustrée hait l'insolent bonheur sans autres enjeux que d'être là, dans l'instant de sa magnifique réalisation. Il adorait ces nuits solaires, ces éclats brillants de boules à facettes suspendues au-dessus d'eux telles des déesses bienfaitrices dans lesquelles se reflétaient ses envies.

C'est à cette époque qu'il lui arriva une chose étrange. Quand il s'ennuyait ou déprimait un peu trop, il allait acheter des disques et tout comme, enfant, il lui suffisait de montrer un avion du doigt pour qu'il s'écrase, il constatait avec effroi que l'acquisition d'un 33 Tours suffisait à faire trépasser en vol son interprète. Et s'il était aussi responsable de leurs disparitions à cause de ses pouvoirs diaboliques de tueur d'aéroplanes ? Il finit par prendre cela avec un fatalisme amusé bien que légèrement morbide. Entre deux lectures, il se mit alors, dans sa chambre, à rédiger des textes déprimants à la concision de haïkus non dénués d'un humour très noir. Et cela amusait le visiteur héroïnomane qui, ouvrant un œil, au prix d'efforts surhumains au niveau des maxillaires, réussissait même à ébaucher un sourire. Mais voici ce qui l'occupait, lorsqu'un journal lui apprenait une sinistre nouvelle :

> Ronnie Van Zant déclare : « Si Dieu veut que je meurs en vol, alors c'est mon heure. On y va. J'ai un concert. » Crash. Bouillie.

> John Denver célèbre le succès de « Leaving on a Jet Plane » par des vols acrobatiques. Son Rutan Long-EZ s'écrase. Feu.

> Paul Kossoff, le guitariste de Free, dormait encore lorsque le dernier passager a quitté l'avion. Après vérification : sommeil éternel.

> Jim Croce n'a pas eu le temps de fêter le décollage de son nouveau single « I Got a Name ». Son Beechcraft E18S se plante. Morgue.

La discothèque d'Adrien ressemblait de plus en plus à un annuaire aérien nécrologique. Il écoutait alors beaucoup de musique, du réveil au coucher, et allait aux concerts avec Candice ou une autre fille, parfois avec l'idiot, son cousin Lucas ou avec d'autres amis à parka. Il notait quelque chose qui le troubla : ces groupes, ces musiciens drogués qu'il chérissait prônaient un mode de vie, celui en vigueur à Babylone qu'il abhorrait. Comment expliquer cette schizophrénie ? Par son manque de colonne vertébrale ? Par la certitude que cette musique était merveilleuse en dépit de tout ce qu'elle charriait, selon lui, de mauvaises vibrations ? Mais après tout, son grand-père gaulliste lui avait expliqué : il était possible d'aimer Wagner sans être un suppôt du Troisième Reich. Et d'ailleurs son grand-père pétainiste n'aimait-il pas le jazz, cette musique autrefois taxée de dégénérée par les collabos ? Tout était si complexe. Adrien ne se coupait plus les cheveux, par conformisme, et semblait plus incertain que jamais sur le chemin à emprunter. Il avait parfois l'impression d'être un vieux presque déjà mort, comme une branche coupée encore jeune dont la sève tarie dessèche l'âme et le corps. Il se souvenait de l'adolescent qu'il avait été, ennuyeux, ennuyé, timide et perdu. Empêché. Il était parfois tellement seul, par sa volonté. Un soir d'hiver, il partit marcher dans Paris et se retrouva sur les Grands Boulevards. Il vit des gens rentrer dans un théâtre. On y jouait une pièce burlesque. Il acheta une place et rentra. Il faisait chaud. Il était bien. Il n'y avait que des vieux, ou ceux qui lui paraissaient tels, endimanchés, riant fort de répliques sans doute pathétiques, mais il n'écoutait pas vraiment. Il enviait ces joyeux notables qui lui paraissaient prendre la vie pour argent comptant sans se formaliser d'autre chose. Ils étaient dans le vrai, il le pressentait sans pouvoir se l'expliquer. Rimbaud, Lautréamont, Baudelaire et les Surréalistes n'étaient peut-être que de la nourriture pour enfants attardés. Qu'ils aillent se faire foutre. Il était malgré tout heureux parfois, comme si un rideau se soulevait par moments par la seule force de sa volonté, et cela était vrai : il lui suffisait d'écarter la lourde tenture sombre pour voir apparaître le bleu du ciel, et au loin, une contrée verdoyante et libre. Il n'avait qu'à s'avancer pour franchir cette frontière invisible. Ce qu'il fit. Il voyait le monde qui s'offrait à lui comme une *terra incognita* illuminée par un soleil splendide qui brillerait jour et nuit. C'était un temps où il était bien, à l'écart, sans voir grand monde, à part Candice, une époque où, pour une raison qu'il ne s'explique pas, il se sentait pourtant tragiquement seul. Sans doute Adrien était-il dépressif et cela lui faisait peur. Il en était venu à aimer la guerre et ce qui allait avec, l'ordre rassurant de l'armée. Il se souvenait qu'il était né pour que la guerre du père s'arrête. Au deuxième enfant, tout appelé pouvait dire adieu aux armes et cela se passa ainsi pour le père lorsque Adrien vint au monde. Il avait peut-être sauvé la peau de son père. Un soir, à Babylone, il lui demanda, ce qu'il n'avait jamais osé faire, de lui raconter sa guerre là-bas. Soulagé que son fils ne lui demande pas des explications sur la lutte des classes, Marcuse, Foucault ou les combats en faveur de la pédophilie du cousin Dimitri, il servit à Adrien un verre de scotch agrémenté de Perrier et de glaçons, s'en prépara un, se cala dans le canapé blanc alors que la tribu de Babylone dormait et déroula une histoire, parmi celles qu'il avait vécues là-bas. Adrien l'écouta.

« Nous crapahutions alors dans les Aurès. Nul ne savait lorsque cela arriverait, mais chacun d'entre nous en était persuadé, nous allions nous faire tirer dessus tôt ou tard. Nous étions partis à la recherche de fellaghas, fouillant chaque mètre carré, chaque anfractuosité de la roche sur laquelle s'agrippaient des touffes d'herbe brûlées par le soleil. Accablés de chaleur et du poids de nos bardas, l'unité avançait dans le silence sous un ciel bleu posé au-dessus de nos têtes comme un drap d'espérance troué par intermittence de gros frelons métalliques, les hélicoptères chargés de notre protection. Mais mes hommes, puisque j'étais leur lieutenant, avaient la tête ailleurs, près de leurs femmes, des amis restés chez eux, plus chanceux qu'eux. L'un d'eux, Maurice, que le peloton surnommait Momo, un seconde classe au sourire de simplet bien qu'il ne le fût pas, Maurice le souriant avançait ainsi par les montagnes d'Algérie, dans ces massifs hérissés de pièges. Nous avancions ainsi jour après jour, bivouaquant la nuit avec les tours de garde où le moindre bruit provoquait une fébrilité contagieuse dans le silence imposé. Le radio était à son affaire, dans un grésillement d'insectes, qui donnait l'ordre du jour, la direction à emprunter, le piton à prendre à revers. Les torses nus étirés, ces torses sur lesquels brillaient les plaques d'identification en laiton, la tambouille et le mauvais café avalés d'une traite, le sac à dos réglementaire au poids démultiplié par la montée abrupte, les caisses de munitions à hisser par deux, il fallait alors repartir, en priant pour qu'aucune mine ne soit sur le chemin, que la chance ou le flair, les avis étaient partagés, ne nous envoient pas valdinguer en mille morceaux sous le regard des charognards survolant le bataillon comme des ombres maléfiques. Ce matin-là, j'avais ordonné à Maurice, ce Momo souriant comme Fernandel, de partir en éclaireur avec un type taciturne, son exact contraire, dont on ne savait jamais s'il avait compris ce qu'il faisait là. Il était posé sur ce caillou comme il aurait été n'importe où, au Plessis-Robinson d'où il venait, ou pourquoi pas, en virée quelque part dans un pays d'oliviers et de soleils en cascade. Momo et Jacky, puisque c'est ainsi que l'on appelait Jacques le muet, s'éloignaient comme des chamois à pas vifs et muets.

« La compagnie, tout occupée à grimper, ne regardait plus les deux hommes qui, parfois, se retournaient par superstition, comme s'ils se signaient devant une apparition, un ange protecteur, une vigie à l'âme de boussole bienfaitrice. Mais soudain, de gros nuages sombres à l'apparence de massif de montagnes immense et vertigineux avaient surgi en grand nombre, monstrueuse prémonition des enfers, que mettaient en valeur leurs contours dorés par le soleil comme autant de couronnes d'or. Au loin, le tonnerre, lugubre et caverneux, évoquait des coups de semonce précédant la tragédie. Quelque part, là-haut, un démiurge avançant à grands pas annonçait, au son régulier d'un tambour, l'ultime bataille. La lumière avait maintenant sombré, abdiquant sous le poids des nuages menaçant de crever telles des outres noires. La petite troupe avançait en silence, ployant sous le poids du matériel et la déclivité de la pente qui se raidissait à l'approche du sommet.

« Les hommes ne parlaient pas, se distinguant à peine maintenant, réduits à n'être que des ombres d'eux-mêmes, soufflant, crachant, la tête baissée vers ce sol pierreux qui de temps à autre, les faisait glisser ou tomber. Il y eut un coup de feu dont l'écho se fit entendre longtemps jusqu'à aller mourir en lointaine agonie. Chacun se jeta au sol, s'abritant comme il le pouvait, derrière son barda, ou un vague tas de caillasses qui faisait illusion. Des voix s'élevèrent. "Mon lieutenant, vous êtes où ? — Là", fis-je, à environ cinquante mètres en amont sur le flanc droit. "Allez ! Relevez-vous ! Continuons d'avancer !" Ils se remirent en chemin, jetant à intervalles réguliers des coups d'œil sur les silhouettes proches qui faisaient de chacune d'entre elles l'escorte de l'autre. Il y eut soudain un cri : "Mon lieutenant, mon lieutenant ! Jacky !" Ils le trouvèrent allongé sur le dos, une balle dans la tête, les yeux ouverts contemplant le plafond noir, emporté avec ses secrets, son silence. » L'histoire était finie. Adrien et son père se resservirent un whisky et continuèrent de parler longtemps, de la guerre, et d'autres choses. Puis ils allèrent se coucher. Le jeune homme rêva curieusement de nouvelles camaraderies et d'exploits guerriers.

Peu après, un jour au ciel d'un bleu électrique, presque aveuglant, il reçut sa convocation aux trois jours, à la caserne de Vincennes. De là, il serait décidé par la hiérarchie militaire s'il serait déclaré apte à effectuer son service. Adrien était heureux, si heureux même, que ses proches le regardaient bizarrement. Enfin ! Quelque chose de *radicalement* différent allait lui arriver, où la verticalité remplacerait l'horizontalité, où une camaraderie saine saupoudrée de sports et d'entraînements guerriers exulterait ses phéromones mâles. Hormis son père, la faune de Babylone était inquiète. Cela n'avait pas l'air de tourner rond dans la tête du jeune homme. Allait-il virer *facho* comme certains membres de la famille coupables de ne pas se droguer, de travailler et pour les plus téméraires d'entre eux, d'aller à la messe le dimanche ? Adrien partit à l'aube, un petit sac sur son épaule. À la visite médicale, il eut la surprise d'entendre qu'on appelait avant lui un certain Brando Marlon. Les appelés se figèrent et virent se lever un petit gros au visage porcin humide parsemé de points noirs et agrémenté d'un début de calvitie. La méprise était peu évidente. Il y eut des rires, et des saillies attendues : « C'est ton dernier tango à Vincennes, Marlon ? » lança la grande gueule du groupe. Adrien se mit à aimer ce Marlon-là qui devait souffrir depuis le berceau de la vilenie parentale. Il passa des tests, courut, escalada des petits murets, écouta des adjudants lui expliquer ce qu'ils auraient à faire pendant une année, mangea, dormit, et enchaîna les exercices physiques. Il lui arrivait aussi, malheureusement, de contempler le ciel et de s'asseoir sous un arbre du parc d'entraînement ou d'abréger l'épreuve des pompes. Adrien raconta à l'adjudant qu'il tirait remarquablement bien car il possédait le permis de chasse et alignerait comme des lapins les envahisseurs, qu'ils soient soviétiques ou martiens. Il confia enfin qu'il possédait le don de faire tomber les avions, ce qui serait des plus utiles au combat. On le convoqua dans un petit bureau surchauffé où on lui annonça : Réformé. Il ne comprenait pas. On lui répéta : ré-for-mé ! Il dut se rendre à l'évidence, il était fou. Défait, humilié, il rentra à la maison, accompagné de Marlon Brando qui, lui aussi, avait été déclaré inapte. Cette arrivée déclencha une réaction, peut-être lucide, de sa mère : « Adrien est le plus dingue d'entre nous ! »

19.

Où le nain aristocratique et violeur cède la place à la valse des cercueils sur la mer montagneuse.

Adrien traînait. Ses cheveux poussaient. Sa vie rétrécissait. Il se voyait comme un exilé perpétuel, en marge des autres et de lui-même. Il tournait autour de l'idée du manque et parfois une nausée le prenait. Le jeune homme ne servait à rien, autant en finir, ce serait le seul coup d'éclat, l'infime manifestation de sa personnalité que retiendraient ses proches. Mais aussitôt l'image de son corps supplicié, déchiqueté par une rame de métro le déprimait plus encore. Une vision dans la rue l'avait marqué : celle d'un jeune type en scooter percuté par une voiture, avec sa cervelle baveuse comme une omelette d'un rouge très pâle s'écoulant de son crâne… Mourir, soit, mais beau. Mourir bien vivant, en somme. Que lui manquait-il ? Une existence stable bâtie sur les fondations d'une structure familiale solide. Cela, bien sûr, il le savait, mais en allant plus encore au fond de lui-même, il comprit que le manque qui l'étreignait sans cesse était aussi lié à un espoir : ce manque était le signe évident que quelque chose d'enthousiasmant existait quelque part et qui, peut-être l'attendait. Une idée lui vint un jour d'été après avoir vu s'avancer une Bentley blanche sur les graviers du Bout du Monde. Un homme au costume tout aussi blanc, au crâne dégarni et aux pattes imposantes, comme c'était alors la mode, en descendit, fit le tour de la voiture et ouvrit la portière. Une femme vêtue d'un ensemble panthère apparut. Cet invité courtois et élégant, mais en même temps habité d'une faconde de corps de garde un peu familière, vendait des millions de livres, des romans populaires. Adrien ne l'avait jamais lu. C'était un romancier dont on se moquait beaucoup, comme un synonyme de plume médiocre, au point de le surnommer Louis des Gares, mais peut-être au fond n'était-il pas aussi mauvais que l'affirmaient des critiques-romanciers vendant leurs œuvres à cent exemplaires. L'écrivain et sa panthère restèrent deux jours. Adrien écoutait le vieux beau raconter ses histoires sur le milieu littéraire. Son aisance financière le stupéfiait. Ainsi on pouvait vivre de sa plume comme un nabab et ne pas connaître les fins de mois difficiles d'André Breton, ce grand homme aux phrases éblouissantes qu'il lisait alors intensément. Il pensa, moi aussi je serai aussi célèbre que l'homme à la panthère, un jour.

Adrien lui parla avec enthousiasme du surréaliste, espérant en apprendre des choses mais l'écrivain à succès ne l'avait jamais rencontré et lui sortit l'habituel couplet sur le poète-idéologue-obscur-et-dénué-de-tout-humour. Voulant le convertir, le jeune homme lui récita alors un passage du *Revolver à cheveux blancs* : « Le désespoir n'a pas d'ailes, il ne se tient pas nécessairement à une table desservie sur une terrasse, le soir, au bord de la mer. » Cela fit sourire le polygraphe, comme si déclamer du Breton était un péché de jeunesse bien naturel. Quelque chose de puéril et de grotesque qui passerait. Cela attrista Adrien mais il ne le montra pas. Au fond, se disait-il, il ne trouverait jamais sa place, c'était sa route et ce n'était pas si grave s'il acceptait de la suivre. Il abandonna Breton et lui posa alors mille questions sur ce monde qui l'intriguait et l'attirait. Le romancier à succès était content. Le petit auditoire en tee-shirts et espadrilles l'écoutait, intimidé, dérouler une existence d'auteur de best-sellers réglés comme du papier à musique. Il était aimable, distillant ses conseils comme on dispense l'aumône, avec une assurance paternaliste et une générosité un peu calculée car cette dernière nourrit souvent en premier lieu la vanité d'être bon ou tout du moins, de se croire bon et de l'afficher. Le célèbre homme de lettres cherchait un nouveau secrétaire et convia Adrien chez lui à Paris. Cela l'excita. Après le sperme du porno, l'encre du livre ! Enfin, quelque chose se réveillait en lui. André Breton n'avait-il pas été le secrétaire particulier de Jacques Doucet ? Il se voyait prendre les notes précieuses que lui dicterait le maître, organiser ses rendez-vous de première importance, mettre au propre ses manuscrits considérables. Et pourquoi pas l'accompagner dans sa Bentley blanche où cet homme pressé au mental d'homme d'affaires lui dicterait les chapitres de son prochain best-seller ? Mais l'idiot lui proposa, contre un peu d'argent, de garder deux semaines son lièvre vert neurasthénique qu'il ne devait pas quitter d'une semelle, au risque de provoquer le suicide de l'animal s'il ne lui faisait pas la conversation à 2 heures du matin, son heure, lui assurait-il. Adrien qui ne savait pas souvent dire non, encore moins à l'idiot qui ne lui demandait jamais rien, accepta. Prévenu, le grand écrivain ne cachait pas son courroux. Il était furieux, plus encore par la raison invoquée. Le jeune homme pouvait aller se faire foutre avec son lièvre neurasthénique et son Breton, et d'ailleurs les deux avaient quelque chose en commun : c'était une histoire surréaliste ! hurla-t-il au téléphone. Adrien quitta le lièvre neurasthénique, épuisé, car il fallait se réveiller dans la nuit et lui murmurer des histoires débiles au creux de ses grandes oreilles jusqu'au moment où le lagomorphe insomniaque et dépressif trouvait enfin le sommeil. Ainsi prit fin une hypothétique carrière de secrétaire particulier d'une éminence des Lettres. Adrien broyait du noir. C'était sa période rebelle. Il voulait prendre le large et fut surpris de son audace car il était d'une nature contemplative et grégaire peu douée pour l'action. Une relation, une photographe beaucoup plus âgée que lui, la mère d'un ami de pension qui y séjournait, l'invita alors dans sa maison de Marrakech. Il acheta un billet avec l'argent du baby-sitting du lièvre vert neurasthénique et s'envola, stupéfait de son audace et peu persuadé du bien-fondé de son entreprise.

Il ne resta pas longtemps à Marrakech. La ville, poussiéreuse et accablée d'un soleil blanc, lui réserva quelques mauvaises surprises. Son ami de pension fila à moto avec une fille le jour de son arrivée. Sa mère photographe était allemande et ennuyeuse. Il appela le seul numéro qu'il possédait, celui d'un vague ami de l'une de ses tantes, numéro confié par sa mère avant son départ, comme planche de salut en cas de problème. Cette voix, charmante, l'invita à dîner dans son palais. Peut-être l'avait-il été dans des temps reculés, mais rien de son apparence, chétive et délabrée, ne laissait supposer cette attribution fantasque, lorsque Adrien surgit devant l'entrée. C'était une masure coiffée d'un ciel bleu pour toute splendeur, rien de plus. Vêtu d'une djellaba mauve, chaussé de babouches en cuir rouge et parsemé de bijoux autour du cou et aux poignets, l'ami de sa tante était un aristocrate d'une cinquantaine d'années atteint de nanisme. Muni d'un nez bourbon très prononcé, il avait les yeux bordés de khôl et portait les cheveux bruns ondulés gominés et plaqués en arrière. Des proches du nain, un couple de médecins français d'une quarantaine d'années, un coopérant assez gros et tout à fait chauve, une hippie hollandaise de l'âge d'Adrien recrutée sur la place Jemaa el-Fna, avaient aussi été conviés. Adrien observait un monde inconnu d'adultes un peu bizarres, leurs échanges étaient faits de sous-entendus et de clins d'yeux qui lui paraissaient masquer quelque chose d'autre qu'une proximité de vieux copains mais sa stupide candeur juvénile l'empêchait de voir ce qu'il y avait à voir. Après le robuste tagine servi par une armée de domestiques, la femme du médecin s'allongea sur l'un des divans et, fixant Adrien qui, enfin, comprit, commença de relever sa robe jusqu'à sa toison. Elle ne portait pas de culotte et c'était sans doute le signe, à l'image du drapeau en damier agité au début d'une course automobile, que l'on pouvait maintenant s'envoyer en l'air. Très en verve, le comte ôta sa djellaba pour laisser surgir une queue énorme, peut-être sa dimension était-elle accentuée par le rapport de sa taille avec celle de son sexe, mais enfin, Adrien n'avait jamais imaginé qu'un tel engin puisse exister. « Le colis est arrivé ! Que la fête commence ! », s'exclama d'une voix excitée le priapique tout en frappant dans ses mains. Les battants de la double porte du « salon Loti », comme il se plaisait à le nommer, s'ouvrirent. Trois locaux portaient un lourd tapis enroulé qu'ils déposèrent sur la grande table débarrassée de ses candélabres par le mini-comte et ses hôtes s'improvisant laquais. Les livreurs s'éclipsèrent en silence, cependant que des cordes maintenaient fermé l'objet qui, à la stupéfaction d'Adrien, se mit à remuer. Le monstre en érection prit un long couteau recourbé et trancha le lien. Une très jeune fille, apparut, entravée, bâillonnée et nue, qui se débattait comme elle pouvait en tentant de cacher son sexe et ses seins, pliée en deux, abritant son visage derrière sa très longue chevelure noire. Le nain coupa les liens à l'aide de son cimeterre et demanda au couple de médecins de se rapprocher afin de saisir les bras du *colis* cependant que le coopérant *coopérait* en empoignant les chevilles et étirait avec force les jambes. C'était une mêlée ignoble qui prit toute sa dimension démoniaque lorsque le nain à particule, tel un chimpanzé gominé, bondit sur la table et chercha à pénétrer sa proie en donnant des coups de reins rageurs accompagnés de mots orduriers. La hippie hollandaise qui avait beaucoup fumé toute la soirée ne se sentait pas très bien. Étaient-ce des phénomènes hallucinatoires d'un très mauvais goût ou un traquenard de dépravés immondes ? Il lui semblait que la scène coiffait au poteau ses fantasmes les plus sordides qu'il lui arrivait d'avoir lorsqu'elle se masturbait. Son indécision de jugement soulignée par un air hébété de vache Holstein était la résultante d'une trop importante consommation de drogues quotidiennes. Adrien se dirigea en courant vers la sortie. La fille le suivit, titubante, accablée devant l'horreur de ce *bad trip*, comme elle ne cessait de le dire, et tous deux fuyaient maintenant par les petites rues sombres de la médina qui semblait soudain un labyrinthe très inquiétant. Les deux jeunes gens allaient-ils être livrés à leur tour à ces violeurs avant d'être poignardés ou étranglés ? Ils avaient compris lors du dîner que le nain avait le bras long. Un coup de fil à des officiels locaux corrompus suffirait. Le mieux était de fuir, fuir. Loin, très loin.

Le lendemain matin, à l'aube, Adrien prit la direction du sud avec la Hollandaise qui ne voulait plus le quitter, comme si le cauchemar de la nuit passée devait les unir à jamais. Ils rencontrèrent à Goulimine un Anglais grand et maigre, taquinant et drôle, un peintre, qui leur proposa de les emmener dans son bus à impériale jusqu'à Nouakchott, en Mauritanie, là où il comptait vendre cette relique londonienne. Ce que l'on appelait alors le Rio de Oro, le Sahara espagnol, n'avait pas encore été partagé entre le Maroc et la Mauritanie. Ils durent affronter des jours et des nuits ses territoires désertiques démesurés. C'étaient des immensités de sable entrecoupées de montagnes aux airs de sentinelles mafflues, des falaises dressées comme des remparts devant le vide infini où la Hollandaise, l'Anglais et le Français aimaient laisser perdre leurs regards d'oiseaux planant au gré du vent. Adrien se sentait sur la bonne voie, loin de Babylone la maudite, des cris et chuchotements nocturnes, du crime abominable du nain. Il nota dans son carnet : L'air et le feu… juste cela, l'éblouissement de lumières et le silence effrayant. Vie sans lendemain, juste l'instant présent qui vous regarde en face. Nul avion dans le bleu du ciel. Tout est mort et si vivant, tout est si grand, trop grand pour mes yeux. Le voici, ce corps qui s'étonne d'être aussi léger que l'âme, le corps cuit dans la fournaise, il vole maintenant parmi des nuées d'or.

Il couchait avec la fille mais il n'arriva à rien, ses coups de reins lui rappelaient ceux du monstre microscopique et sa partenaire lui confia ressentir la même chose. C'était du soft sexe sans attachement. Doux comme des câlins de complices asexués. Le trio se sépara à Nouakchott. La Hollandaise et l'Anglais se plaisaient. C'était le mieux qui pouvait arriver à Adrien. Errant sur le port, il trouva une cabine sur un cargo voguant vers Gran Canaria. L'équipage était aussi rude que la mer. Il ne parlait avec personne parce que personne ne lui adressait la parole. Une nuit de tempête, Adrien sortit de sa cabine car il avait la nausée. Agrippé au bastingage avant, il contemplait la nuit furieuse et les vagues écumantes mêlées dans un combat de titans. La mer s'ouvrait devant lui comme si le ciel s'engouffrait dedans. Alors que le navire craquait de partout, Adrien observa des cercueils ballotter d'un côté à l'autre du pont avant, à la manière d'autotamponneuses livrées à elles-mêmes. Les liens qui les retenaient avaient rompu sous la puissance effrayante des creux. Il resta longtemps à contempler cette curieuse chorégraphie des morts. Dans l'obscurité, un petit homme coiffé d'une casquette usée se dressa soudain devant lui, alors qu'il tournait la tête. C'était un marin qui lui demanda, mécontent, pourquoi il regardait ça. Une solidarité des mers où entrait une bonne dose de superstition le rendait méfiant devant une curiosité jugée malsaine et porteuse du mauvais œil… Mais il finit par parler. Le vieux cargo espagnol ramenait à la maison l'équipage d'un bateau de pêche qui avait sombré au large de la Mauritanie. Les corps qui avaient pu être récupérés, en partie dévorés par les grosses crevettes formant l'ordinaire de la pêche locale, revenaient chez eux pour finir d'une façon plus humaine, sous terre. Leur terre. Et peut-être, songeait Adrien avec un certain détachement qui était bien dans son caractère, sombre et imaginatif, le marin allait-il le balancer par-dessus bord pour rejoindre les profondeurs glacées. Il semblait distinguer un passage pour lui d'entre les montagnes d'eau noires à la bave d'écumes blanches, dans lesquelles le navire menaçait à tout instant d'être aspiré. Adrien n'insista pas et regagna sa petite cabine ballottée en tous sens qui le fit vomir cette fois pour de bon. Le rafiot tint bon. Il finit par rejoindre Paris, sa chambre et la souffrance maternelle. On lui demanda simplement : c'était bien ?

La réponse, par son laconisme paresseux, lui fit comprendre que la comédie avait assez duré. Il devait prendre le large à Paris aussi. Adrien trouva un petit appartement de trois pièces sombre et humide près de la porte de Clichy. N'ayant pas assez d'argent pour régler le loyer, il avait trouvé assez vite des candidats pour louer l'une des deux chambres. C'étaient trois phalangistes libanais fuyant la guerre civile qui ravageait alors leur pays et qui s'entassèrent comme ils purent. Il vécut ainsi des mois et des mois entre Beyrouth et Babylone et si aucun tir meurtrier ne se faisait entendre, les balles étaient bien là, invisibles, qui déchiraient son corps, jusqu'à ce qu'une nuit, ivre, et s'écroulant sur le trottoir mouillé, il courut chez des putes de la rue Saint-Denis, choisit la première et lui demanda de le fouetter jusqu'au sang. Il criait, le corps nu penché sur la console surmontée d'une glace : « Vas-y, Bardoux tête de fou ! Allez ! Achève-moi ! Plus fort ! Plus fort ! » Adrien faisait si peur qu'un jour, un mendiant quémandant une pièce lui en tendit une lorsqu'il vit sa tête. Il était difficile de prétendre que le jeune homme allait très bien.

20.

Où Samuel Beckett le conduit
jusqu'à l'île des morts-vivants,
là où demeure sa mère qui y voit un signe.

Les maisons de repos où il fallait bien que sa mère se rende, de son plein gré ou contrainte, avaient fini par dessiner en ce fils serviable une curieuse carte de Paris et de ses environs. Saint-Mandé, Garches, Meudon, Ville-d'Avray et d'autres encore, agglomérations qu'il ne connaissait pas jusqu'alors et qui restent encore aujourd'hui liées à ces endroits de souffrance et d'abattement. Il s'y rendait en métro, en bus, ou en train, sans penser à rien d'autre qu'à ce qui l'attendait. Il n'était pas sûr d'avoir de la peine ni de la commisération. C'était l'époque où son indifférence avait commencé à prendre le pas sur tout. Il soupçonnait une force invisible et gigantesque d'alimenter un chaos qui ne se limitait pas à sa cellule familiale mais concernait la Terre et l'univers tout entier. Dans cette perspective, tout acte de rébellion était aussi vain que grotesque. Seule une sereine soumission à un destin absurde pouvait éviter de sombrer dans le désespoir absolu. Un jour, alors qu'une nouvelle crise avait nécessité un internement urgent de Caroline, son père et sa belle-sœur proustienne et magicienne avaient trouvé un lit dans une clinique du 13e arrondissement. Sortant du métro Saint-Jacques, respirant l'air froid d'une journée de janvier sinistre et bête, car certaines journées ont quelque chose de bête, Adrien vit s'avancer vers lui un homme en manteau de grosse laine, les mains derrière le dos, pensif, deux yeux d'un bleu perçant abrités de lunettes et séparés par un nez de rapace. Perdu, ne trouvant pas la rue, il demanda à l'homme son chemin, le chemin de la clinique. L'autre tenta une explication puis, sans qu'Adrien sache pourquoi, il proposa de le conduire jusqu'à l'établissement. Il le remercia et accepta. Ils traversaient maintenant le boulevard Saint-Jacques où filaient les voitures. L'accent de l'inconnu lui paraissait *légèrement* étranger mais ils échangeaient si peu qu'il ne pouvait s'en assurer. Et puis ni l'un ni l'autre n'avaient envie de parler. C'était une dispense heureuse qui leur allait pour des raisons différentes. De temps à autre, Adrien détournait la tête vers l'homme et observait son profil d'aigle, comme on dit, et ce profil lui disait quelque chose. Il avait mal au ventre comme chaque fois qu'il devait se confronter au chagrin, à la tristesse et au désespoir absolu de sa mère qui ne s'arrêterait jamais. Il ne savait que faire de tout cela. Sa jeunesse, son extrême jeunesse, lui semblait perdue, si tant est que celle-ci aurait dû être vêtue d'insouciance et de légèreté.

Ils étaient maintenant arrivés, il leur fallait se quitter. Adrien salua et remercia son guide d'une façon mécanique et presque joyeuse qui trahissait le soulagement de se retrouver seul quelques instants afin de reprendre son souffle. Le jeune homme souriait, de ce large sourire comme un faux nez qui voulait dire : foutez-moi tous la paix ! N'était-ce pas curieusement ce que sa mère avait hurlé à la face du monde, son fils mort dans ses bras ? L'inconnu esquissa un vague geste d'adieu et Adrien le vit faire demi-tour pour, imaginait-il, gagner à nouveau le boulevard Saint-Jacques. En avançant dans le couloir, il comprit. Samuel Beckett. C'était Samuel Beckett. L'écrivain avait voulu le mener jusqu'aux portes de l'enfer afin qu'il ne se perde pas en route, et peut-être aussi le soutenir dans son malheur avec une réserve pudique qui lui allait bien. Adrien repenserait souvent à cette apparition, comme s'il était écrit que Samuel Beckett devait le conduire jusqu'à l'île des Morts, où ce qui en tenait lieu : une halte avant la fin. Il se souvenait alors d'une anecdote qui l'avait marqué : la mère de Samuel Beckett avait tiré les rideaux de sa maison à la mort de son mari, tout comme l'avait fait sa propre mère à la mort du petit frère. C'était plus qu'une coïncidence. Une complicité dans le sans-espoir les avait mis sur le même chemin.

Adrien raconta la scène à sa mère qui trouva cela extraordinaire car, bien plus que la désespérante symbolique qu'il percevait, celle-ci voyait dans cette rencontre le signe positif d'une délivrance possible. Les écrivains étaient là pour la sauver. Elle avait ainsi connu dans une autre *maison* Claude Faraggi, un écrivain auréolé d'un prix littéraire et qu'elle présenta un jour à son fils. C'était un garçon sombre et tourmenté qui ne riait pas souvent, et qui finit par mourir *subitement* à quarante-neuf ans. Adrien avait ainsi lu *Le Maître d'heure* de ce Claude Faraggi qu'il avait dédicacé à sa complice d'enfermement, un titre que le jeune homme trouvait beau, mais de l'ouvrage ne lui restait rien. Les écrivains écrivent secrètement pour une postérité qui, la plupart du temps, se moque de leur application, de leur obstination et de leur joute puérile. La postérité leur évite de se poser trop de questions sur l'existence tangible de l'au-delà, moloch qui fait ravaler les petites prétentions d'éternité de chacun. Et pourtant la lucidité n'empêche rien : chacun y croit ou veut y croire, agrippé à ses rêves d'importance. Écrire, c'est aussi cela : se persuader de son rôle. Il y a du ridicule là-dedans, mais du ridicule touchant. Claude Faraggi était doublement mort, comme Nicolas Bréhal, Henri-François Rey et tant d'autres, multitude oubliée et qui avait pourtant écrit de belles choses mais apparemment, cela ne suffisait pas. Bukowski que lui avait fait lire Candice avait résumé sa pensée : « Le style est un bon outil pour dire ce que tu as à dire mais quand tu n'as plus rien à dire, le style est une pine qui bande mou devant le con mirobolant de l'univers. »

En quittant sa mère, en forme, et qui aurait été certainement moins heureuse aux Seychelles, Adrien fut entraîné dans un coin du couloir par Patrick, un fou inoffensif, qui lui confia cette information d'importance capitale : « Votre maman et moi nous sommes là pour nous occuper du docteur Marteau. C'est un vrai dingue qui se prend pour le médecin-chef de la clinique, il ne veut pas admettre que nous sommes là pour le soigner ! Nous ne voulons surtout pas le contrarier, alors avec Caroline, nous jouons aux malades. » Le docteur Marteau, le spécialiste des fous, le psychiatre de sa mère... c'était son nom, sur ce point Patrick ne délirait pas.

Adrien passera ainsi une dizaine d'années à faire des visites dans des maisons de repos qu'il avait surnommées par dépit, par lassitude et parce que l'humour était sa défense immunitaire contre le désespoir, des maisons closes. Elles l'étaient par leurs hauts murs d'enceinte, leurs systèmes sophistiqués de surveillance anti-évasion. Quels repos ces maisons pouvaient-elles offrir à Caroline ? Il ne l'avait jamais su. Les neuroleptiques, les séances de psychothérapie, les longs moments passés au lit, les Kool et les Kent fumées en quantité industrielle dans les jardins emmurés où erraient des spectres aux paroles de somnambules, tout cela préfigurait, sans qu'il y ait rien à espérer, la maison du repos, éternel, cette fois. Sa mère avait eu, comme chacun, son histoire d'amour et elle avait eu, comme certains, son histoire d'enfant mort. Ce fils qui éclipsait les autres, elle y pensait chaque jour, à chaque heure, ou presque. La mort de l'enfant, c'était son maître d'heure intime. Elle l'entendait pleurer encore et encore, son petit fantôme agonisant, qui l'appelait à son secours comme dans la chanson de Lou Reed. *Maman... Maman.*

Un jour d'avril, elle demanda à Adrien de l'accompagner au Bout du Monde, exceptionnellement vide. Sa mère était si seule. Où étaient les amis ? Les *copains* des années bonheur ? Ils avaient fui. Il n'avait pas envie de l'accompagner mais il accepta par devoir filial et puis il était gentil. À peine arrivé, très déprimé, il grimpa s'enfermer dans le belvédère pour s'envoler en rêve jusqu'à la mer ce jour-là d'un bleu vif moutonné de blanc. Sa mère partit faire des courses, au retour, tomba dans le grand escalier et se cassa le nez. Elle saignait beaucoup et pleurait en se traitant de merde et en s'excusant de l'avoir entraîné dans ce voyage en tête à tête. Les pompiers les emmenèrent. Au retour, à la nuit tombée, elle avait le visage bandé, de gros cernes noirs sous les yeux. Adrien se mit à pleurer et regrettait ce qu'il prenait pour de l'égoïsme ou de la méchanceté. Bien plus tard, il comprit son erreur. Il ne devait en aucune façon remplacer son père.

Il voyait de temps en temps celui-ci. Un jour, il tomba à Babylone sur un petit répertoire en cuir noir intitulé *Adresses* en lettres gaufrées dorées très effacées avec des numéros échappés du début des années 60. L'écriture était celle de son père.

Frey Sami, Dan 5622
Lucien Bodard BAB 4985 (Paris Presse)
Bardot (Brigitte) : 32 à Bazoches, 735 à Saint-Tropez (La Madrague)
Dussart Jicky 63, rue Jacques-Dulud, Neuilly MAI 695 KLE 0880
Deneuve Catherine : TRO 4107
Collins Larry (Newsweek) : Office ALM 0681, Domicile PAS 0730
L'Escale (Saint-Tropez) 63

Ivry Gitlis OPE 1058
King, consul USA Alger 668708
Kam Jacques, avocat à la cour, 11 rue de la Tour, TRO 4050
Lichtenstein (Albricht de) MED 2772
Armando BAB4465
Mado St Tropez – 57 à Saint-Tropez
Moustache SUF 5954
Moreuil François 7 Rond-Point Mirabeau LIT 6898
Olivier Coquelin MED 1016
St James Club Käfig. Leopoldstrasse 158245 – 28 Hambourg
Perdriel Claude-Ste Française d'Aissainissement MIC 9470
Quindici (Hôtel) St Tropez. Rue Signac téléph. 452
Rougemont (Guy de) 142, bis rue de Grenelle. INV 5731
Rapatriés – office des Biens – 74, bd Gouvion St-Cyr
Roche Peggy 5668959, 508.28.00 (journal)
Suzy MED 6790
Tadesse Mammo ministre d'État de l'empire d'Éthiopie – office of the Prime minister. Addis Abeba
Louis de Vaufreland 28, rue de Berri, ELY 2685

Les célébrités… mais qui étaient ce King, consul des USA à Alger, et ce Jacques Kam, avocat à la cour ? Et cet Armando, cette Mado de Saint-Tropez, cette Suzy, ce Tadesse Mammo, ce Louis de Vaufreland, tous réunis et serrés là dans ces pages aux inscriptions à demi effacées, voire griffonnées à la hâte ? Adrien avait apporté le carnet noir à son père qui lui avait donné des explications. Deux noms auxquels il n'avait pas prêté attention menaient à des histoires extraordinaires. L'un avait été un agent du SDECE, l'ancien nom de la DGSE. Il avait été retrouvé égorgé dans la salle de bains de sa chambre du Concorde Lafayette, sans doute lors d'un rendez-vous avec un correspondant d'un pays ennemi qui s'était révélé être un piège. Le second nom était lié à la guerre, la Seconde. L'homme, un résistant, avait été trahi par une femme de son réseau. La Gestapo l'avait torturé avant de le déporter à Buchenwald où il s'en était sorti. Un après-midi, dans les années 60, alors qu'il réglait, en compagnie du père d'Adrien, l'achat d'un livre dans une librairie de Saint-Germain, l'homme avait reconnu derrière la caisse celle qui l'avait dénoncé et qu'il avait longtemps recherchée, pour se venger. Mais les temps avaient changé. L'ami du père la fixa longuement, longuement, sans un mot, après avoir récupéré son livre et sa monnaie qu'il serrait d'une façon explicite entre ses mains, comme si ce poing fermé allait frapper, puis il quitta les lieux. La libraire l'avait reconnu aussi. « Le regard de ce copain, expliqua plus tard son père à Adrien, son regard où ne passait ni oubli ni pardon, était sa façon de montrer que la dignité, jusqu'au bout, aura été de son côté. C'est une admirable leçon de stoïcisme affranchi des manifestations primaires d'émotivité. Cette scène, pour moi, a toujours symbolisé la grandeur d'âme, à son point le plus extrême. »

Lorsque son père tournait les pages de son carnet en

commentant les noms, pour la plupart aujourd'hui des inscriptions sur des tombes, Adrien semblait voir surgir des images floues en Kodachrome d'un ballet des ombres, où l'on sentait mêlés amis, copains, famille, relations d'affaires et rencontres de la nuit. À la vision de ces noms, des images lui revenaient. Il revit Sami Frey et son père surgir à cheval devant la maison de campagne. Brigitte Bardot les accueillant à la Madrague où ils avaient accosté en Riva dont *la musique* du moteur lui avait toujours paru merveilleuse. Mais ce qui l'avait peut-être le plus bouleversé était, conservé à l'intérieur du petit répertoire, un morceau de papier vert pâle qui racontait une nuit de fête bien davantage que n'aurait pu le faire une photo ou un film. Adrien le déplia soigneusement comme on découvre un trésor ou on ressuscite un mort : c'était le talon d'un chèque de 90 francs « Tiré sur Yves Meunier Agent de change 40 rue Notre-Dame-Des Victoires Paris-2e en règlement de La Calavados, Paris le 10-8-61 ». La Calavados, ce bar de nuit où il lui arriva, à lui aussi, bien plus tard, d'aller finir ses nuits, un peu ivre, épuisé de vivre. Il renifla le talon de chèque et il lui semblait que l'odeur à la fois sèche et ancienne le ramenait là-bas, dans les années 50.

21.

Mais voici l'empereur de Byzance
aux seins de Marilyn
et l'alchimiste en chemise à jabot.

Adrien connaissait beaucoup de monde mais avait peu d'amis, par choix et aussi par paresse car l'amitié demandait trop d'enthousiasme niais et cela le fatiguait d'avance. L'idiot, le plus fidèle d'entre tous, Christophe était le petit-fils du propriétaire d'un grand magasin. Il était si bizarre qu'on aurait dit que l'intelligence s'était arrêtée aux portes de son cortex. Depuis la pension, l'idiot suivait Adrien comme son ombre et celui-ci ne s'en formalisait pas. Un jour pourtant, l'idiot se surpassa. Il invita son ami à venir se servir dans le grand magasin familial. Qui était le plus stupide ? Difficile à dire puisque Adrien accepta sans se poser de questions et se fit arrêter par les vigiles avec de grands cabas emplis de leurs emplettes. L'idiot appela son père qui appela le grand-père et l'affaire en resta là. L'idiot rassurait Adrien par sa façon de considérer l'existence avec pas plus d'intérêt que s'il avait été un morceau de bois flottant au gré du fleuve. Il accompagnait souvent Adrien et Candice dans leurs nouvelles aventures nocturnes. Depuis qu'il avait coupé ses cheveux, ses nuits blanches rallongeaient. Adrien suivait la nouvelle mode capillaire masculine, même si ce changement physique était lié à autre chose. Un changement de camp, une trahison. Il avait beaucoup aimé les concerts avec les guitaristes junkies qui passaient des heures sur des solos risqués mais maintenant tout ça le fatiguait. Il aspirait à la sautillante tranquillité funky, une musique qui ne prenait pas de risque mais qui était entraînante et candide. Il découvrit que l'on pouvait rire en dansant, ce qui n'arrivait pas aux concerts de rock. La mine devait être tragique, la pause inspirée, la musique pensive. Les groupes qu'il allait voir n'aspiraient pas à être considérés comme des divertissements mais comme de pompeux exercices de réflexion. Dans le souterrain où Adrien se rendait souvent avec Candice, il aimait danser, séduire, boire mais ce qu'il préférait c'était observer la scène. Sa petite amie ne comprenait pas pourquoi il restait ainsi, un verre à la main sans parler à quiconque, debout contre une colonne. Assister à ce spectacle à la fois aimable, souriant et cruel de son point de vue, lui faisait un bien fou. L'exubérance, la joie, la douce folie des danseurs lui apparaissaient comme des masques apposés sur des consciences qui ne s'en doutaient pas : la danse montrait l'envers de ce qu'elle croyait symboliser, la libération des corps et des esprits. En réalité les danseurs mimaient l'ennui et l'enfermement à vie. Leurs mouvements excessifs n'étaient que désirs de fuite. Ils dansaient pour crever les murailles invisibles qui les maintenaient prisonniers dans un périmètre d'où ils ne sortiraient jamais : leurs propres corps qui marquaient les limites désespérantes de la condition humaine. Adrien avait là, sous ses yeux, la démonstration de ce qu'il pressentait depuis longtemps, même si la lecture enthousiaste de *Paris est une fête*, cette lecture qui l'avait tant marqué au propre et au figuré, pouvait faire penser le contraire. Ce n'était finalement qu'une tentative, adolescente, de considérer le salut par la nuit. C'est pourquoi, à l'inverse, lorsque des images de la pension ou de sa pauvre mère surgissaient par surprise, la douleur qui le mordait avait au moins ce mérite : l'éloigner momentanément de l'ennui, ce fardeau auquel il se savait scellé jusqu'à sa fin, comme le forçat à sa chaîne.

Il rencontra dans cet endroit un personnage qui devint l'un de ses grands amis. Andronic affirmait descendre des empereurs de Byzance, assertion appuyée par le port à l'annulaire gauche d'une imposante chevalière sur laquelle figuraient les armes du mythique empire défunt. Très brun, coiffé en catogan, le visage mou et glabre, luisant de crème épilatoire, qu'éclairaient comme ils pouvaient deux yeux sombres où l'on cherchait en vain la petite flamme de vie, Andronic avait une autre particularité dont il ne faisait pas mystère : deux excroissances mammaires nées d'un puissant traitement hormonal à l'efficacité qui parut à Adrien évidente la première fois qu'il retira le haut devant lui. Son ami était ivre et tentait un hasardeux strip-tease sur une chanson de Marilyn. S'il lui arrivait de s'habiller *en femme*, Andronic était la plupart du temps vêtu d'un pantalon blanc et d'un blazer bleu marine sur une chemise à rayures aux poignets usés et à la propreté douteuse. Une large cravate à motifs cachemire sans doute récupérée dans le vide-grenier Smalto d'un journaliste d'Europe N° 1, et des Lobb « empruntés » à un amant affairiste, achevaient le tableau de cette réplique bancale de fils de famille bon chic bon genre déguisé en yachtman.

Andronic était ennuyeux et attachant, bizarre et amusant. Paris était alors plein de créatures pittoresques qui, la nuit venue, se métamorphosaient en improbables insectes aux sexes mutants évoluant selon l'humeur et les envies du moment. Adrien en fréquentait un autre qui ressemblait à une dame patronnesse avec ses petites lunettes rondes et ses chapeaux de toutes sortes. Francine, prénom obsolète qu'il s'était choisi avec une grande volupté perverse, dévoilait quand ça lui prenait, ivre ou pas, défoncé à l'héroïne ou pas, une petite poitrine d'adolescente qui jurait un peu avec son petit bouc, mais c'était ainsi, tout était dans le contraste inattendu. Andronic et Francine se connaissaient mais, évoluant sur le même terrain de l'ambiguïté travaillée, se jalousaient à coups de saillies perfides et salopes. La valse des articles définis appuyait le tir en rafales. « Elle » n'était qu'un gros patapouf lobotomisé, une baleine goitreuse aux seins ratés. Quant à « l'autre », « elle » n'était qu'un immonde fils de famille dégénéré se la jouant belle de nuit, pauvre épave éthylique suçant des Arabes gare du Nord pour 10 francs. Il était fortement déconseillé de croiser l'un, alors que l'on était en compagnie de l'autre. Les appels téléphoniques suivaient avec son grand dégueulis de reproches. Le traître, d'un côté comme de l'autre, c'était toujours Adrien. Il se justifiait comme il pouvait en trouvant des qualités à l'ennemi honni, ce qui aggravait son cas. Mais cela passait. Andronic et Francine aimaient aussi débarquer, séparément, à Babylone, à l'improviste, à n'importe quelle heure du jour et de la nuit. Ils ne déparaient pas dans l'ambiance locale. Deux folles chez les fous, avait suggéré son père. Adrien fit avec Francine un voyage derrière le Rideau de Fer, juste avant que celui-ci, tout rouillé, ne s'écroule enfin. Francine n'y allait que pour deux choses : la vodka qu'il se persuadait de bien meilleure qualité qu'à Paris, et les chapeliers, démodés donc sublimes. Il en rapporta une cirrhose et une vingtaine de chapeaux acquis à Cracovie et à Prague.

Adrien fit aussi à la même époque une autre rencontre à une fête chez des gens qu'il ne connaissait pas. En ce temps-là, débarquer en bande chez des amis d'amis d'amis d'amis, en d'autres termes chez des inconnus, était une habitude. Les appartements étaient saccagés avec application. Le sans-gêne et la mauvaise éducation étaient alors très répandus parmi les personnes qu'Adrien fréquentait avec parcimonie. Il souffrait trop de retrouver partout la même ambiance qu'à Babylone et ne se sentait pas dans le coup. L'état de sa famille l'avait vacciné. Il était le dernier rempart de Constantinople, avant sa chute tragique, dont lui avait tant parlé Andronic, en pleurs, tout en rajustant son soutien-gorge rouge. Mais si une gêne et un agacement devant tant de laisser-aller barbare lui traversaient l'esprit, il l'oubliait presque aussitôt, par cette espèce de réflexe de survie et d'adaptation en toutes circonstances au monde qui le caractérisait.

Marc-Antoine était d'une minceur extrême. D'apparence pâle et délicate, il portait ce soir-là un jean noir ultra-serré agrémenté d'un large ceinturon mexicain décoré d'opalines, une chemise blanche à jabot et une veste noire cintrée à rayures tennis. Ses cheveux longs et fins étaient coiffés d'un haut-de-forme en poil lustré et brillant. Aux pieds, des boots biseautés en crocodile d'un vert tirant sur le bleu pâle achevaient la panoplie de cette silhouette évoquant celle du rocker Johnny Thunders. Marc-Antoine ne jurait que par cinq éléments : le rock, la littérature, la voyance, l'alchimie et les jeunes filles. Il n'avait pas besoin de gagner sa vie. Un héritage permettait à ce fils unique de parents crashés sur l'autoroute du soleil, de se consacrer à ses passions avec un mélange de désinvolture et d'application. Au premier coup d'œil, il semblait exhiber ses allures de *rock star* à la manière de ces pathétiques copieurs pique-assiette qui hantaient alors les loges des musiciens, mais il n'en était rien. C'était un dilettante travailleur, une espèce qu'Adrien avait toujours aimée parce qu'il leur trouvait une vista, une allure d'insolente liberté active. Marc-Antoine travaillait pour son propre plaisir, recherchant les affinités souterraines entre les êtres, entre les monuments de Paris dont il établissait des correspondances mystérieuses et convaincantes, l'année 69 dont il faisait un éternel sujet de méditation. Adrien lui présenta l'idiot qui n'avait rien à lui dire, ce qui lui convenait aussi parce qu'il n'avait rien à lui dire non plus. Puis il lui présenta Andronic. Marc-Antoine en fut amusé mais cela s'arrêta là. Adrien avait commis un léger impair en pensant qu'ils s'apprécieraient. Marc-Antoine soupçonnait Adrien de les considérer de la même eau. Il en avait été choqué. Andronic, lui, c'était autre chose. Il pensait qu'être et paraître suffisait comme dur labeur. Une existence de mendiant auréolé d'un titre prestigieux lui suffisait. C'était aux autres de subvenir charitablement à l'entretien de la légende impériale. Marc-Antoine, lui, gérait ses comptes et se consacrait à ses passions avec le devoir de l'engagement.

Quelque temps après l'avoir rencontré, Andronic proposa à Adrien de lui présenter son père, l'empereur qui logeait dans un appartement miteux du centre-ville de Dieppe. Candice et l'idiot étaient aussi du voyage. Le souverain, emmitouflé dans les restes d'une robe de chambre en soie molletonnée, fit pénétrer les visiteurs par un très chaleureux « Entrez ! Entrez ! Mes enfants ! » dans une petite pièce encombrée d'objets hétéroclites dont des peintures naïves à caractère mythologique et parfois démoniaque. Lucifer au masque de Belzébuth figurait sur l'un d'entre eux, entouré de vierges nues assoiffées de son corps musclé en érection. Le vieil homme leur fit signe de le suivre dans une pièce par laquelle on accédait sur la droite, au bout, près d'une fenêtre encrassée. C'était sa chambre à coucher. Jean IX, puisque tel était son titre, se rallongea dans son grabat aux draps grisâtres au-dessus duquel était suspendu un dais mité aux embrases effilochées au point de tomber en poussière. Sur le mur de côté était accroché un grand tableau peint par le vieillard sur lequel figuraient les armes de la dynastie. Jean IX leur demanda de prendre trois chaises et de s'asseoir, au bout du lit, à ses pieds. Il tenait audience. L'air empestait le bouc qui ne se lavait plus. L'haleine moisie du spectre qui n'ouvrait jamais les fenêtres leur fit l'effet d'une visite dans une crypte de corps en décomposition.

Adrien pensait c'est ici que s'achève, ainsi qu'une épave de navire amiral contre une côte accidentée, la gloire et la splendeur passées. Andronic lui avait raconté, à la fois amusé et attristé, que parfois son père se levait, s'habillait, disposait d'un plaid troué comme d'une cape d'hermine, plaçait autour de son cou une grande chaîne au bout de laquelle pendait une réplique de la croix de Malte, puis le vieil homme se coiffait d'une couronne en mauvais métal doré, se saisissait de sa canne au pommeau d'ivoire écaillé ainsi que d'un sceptre et allait par les rues de Dieppe recevoir les hommages de son bon peuple. Les gens s'écartaient mi-effrayés mi-goguenards, les crétins jouant aux comiques intrépides allant jusqu'à s'agenouiller pour baiser la main impériale. Certains compatissaient et saluaient *le fou*, persuadés que s'en moquer porterait malheur. D'autres, une poignée, l'observaient avec considération et même respect car ils savaient que cet illuminé, s'avançant en majesté dans les rues aux innombrables vitrines vides, symbolisait la fin d'un monde, celui qui était là, sous leurs yeux, et qui s'écroulait lui aussi peu à peu, à la manière de l'empire de Byzance qui n'avait pas vu venir sa fin tragique. Jean IX, sans le savoir, annonçait les temps à venir.

Ce voyage avait déprimé Adrien qui restait enfermé de longues journées dans sa chambre avec ses chers livres. La présence des colocataires phalangistes ne l'intriguait plus comme au début car, maintenant, il savait lui aussi ce que signifie perdre un être cher. Leur tristesse n'allait pas arranger la sienne. L'idiot passait souvent et s'asseyait dans un vieux fauteuil défoncé, visiblement heureux d'être là mais il ne le savait sans doute pas. Wilson débarquait aussi sans prévenir. Il se préoccupait beaucoup de la santé mentale d'Adrien qu'il tentait de soigner à coups de cashmeres et de Pléiade offerts en surnombre au point qu'Adrien, souvent à court d'argent, revendait une partie des pulls à prix très bradés aux phalangistes (les Pléiade ne les intéressaient pas). Ce n'était pas très amical mais la générosité exagérément altruiste de son ami lui semblait parfois indigeste, et pour tout dire, écœurante.

Adrien fêta quelques jours plus tard ses vingt et un ans avec Candice qui avait mis une longue robe noire alors très en vogue, une imitation de celle dite « à la Mireille Darc » dévoilant le haut des fesses avec une audace qui, alors, ne l'était pas tant que ça. Il lui avait cité Pavese, alors qu'elle s'habillait dans la chambre, « il est des vêtements si beaux qu'on voudrait les lacérer ». Elle avait souri, et même ri, en faisant sa grimace favorite, une tête de conne ébahie. Ils étaient passés chercher Laurence, une amie danseuse de Candice, et accessoirement, pour arrondir ses fins de mois, modèle nu. Elle avait posé quelque temps plus tard dans un magazine, très scandaleuse et très obscène, ce qui les avait beaucoup amusés. Elle leur avait fait goûter à l'opium, drogue à laquelle était accoutumé son père, un ancien légionnaire « d'Indo », comme on disait. Son appartement, qu'un héritier lui louait pour une bouchée de pain, était devenu une fumerie. Toutes sortes de fleurs nocturnes qui allaient, pour certaines connaître la célébrité, échouaient là, à n'importe quelle heure, apportant une bouteille, de l'héroïne ou leur fantaisie. Les deux chambres servaient de bordels. Des couples se formaient sans toujours tenir compte des sexes. Mais c'est surtout le sommeil de la poudre qui envahissait la plupart d'entre eux, exception faite d'Adrien qui l'avait en horreur, car le spectacle collectif qui l'accablait à chacune des visites chez sa mère l'avait vacciné contre les supposés bienfaits de *l'héro*. Il restait l'âme stoïque et détachée de leur petit groupe d'enfants grandis trop vite, à la fois sérieux et immatures, concentrés sur leur avenir et joueurs. Rebelles et polis.

22.

Où Adrien part à la recherche
de l'oncle Édouard
et le trouve mal en point.

À Babylone, rien à signaler, l'emprise de la moquette poursuivait son entreprise maléfique. Adrien voulait aller vers l'oubli, ce pays si difficile à atteindre. Il trouva un moyen de lever le camp une fois de plus en persuadant sa grand-mère d'une mission capitale : retrouver l'oncle Édouard. Michel Boron, un espion maquillé en humanitaire, proche des parents d'Adrien, avait signalé sa présence dans un petit pays africain à l'humeur aussi instable qu'à Babylone, là où cet homme travaillait en qualité de médecin sauveteur de populations déplacées victimes de malnutrition et de sévices cruels. Adrien, qui ne voyait toujours pas que faire de son existence boiteuse, se découvrit un but. Il allait ramener l'enfant terrible au Bout du Monde. L'idée plut à la grand-mère, orpheline de ce fils voyou qu'elle adorait quand même. Elle paya le billet au bon petit-fils qui souhaitait surtout voir de très près les à-côtés accidentés du pays livré aux bandes sanguinaires et, peut-être, mourir d'une façon digne. Adrien restait habité par l'appel de la mort et la situation approximative de la contrée où il se rendait pouvait arranger ses petites affaires. Un type ou deux pourraient bien lui régler son compte, pourvu que la douleur soit brève. Il confia son appartement à la garde de l'idiot, fit son sac et salua les phalangistes.

Il atterrit dans un pays voisin de celui de l'oncle Édouard, et paya un chauffeur qui exigea le triple pour l'emmener en enfer car, répétait-il, *this is hell ! country dangerous ! country very dangerous !* Il dormit pendant une grande partie du trajet, déprimé par le paysage brûlé sous un ciel laiteux torturé de soleil. Ce qu'il vit, en franchissant une hypothétique frontière, dépassait ses espérances. Des cadavres en décomposition gisaient çà et là, certains, plus récents que d'autres, étaient si gonflés par l'alternance de soleil et de pluie, de chaleur et d'humidité, qu'ils ressemblaient à des bibendums grotesques, leurs ventres comme des outres brunes sur le point d'éclater. D'autres, plus anciens, étaient à moitié dévorés par les bêtes sauvages. L'hôtel international où Adrien comptait descendre avait été dévasté et pillé. Des corps nonchalants flottaient dans la vaste piscine boueuse au bord de laquelle pilotes de ligne, hôtesses, coopérants, hommes d'affaires et touristes commandaient quelques mois auparavant leurs daiquiris. Les établissements hôteliers de la ville avaient subi le même sort curieux. Adrien n'avait pas d'autre choix : s'il voulait dormir un peu et sauver l'oncle Édouard avant de mourir de bonne grâce, il devait se rendre à l'ambassade de France. Son chauffeur avait déserté une fois les dollars en poche, le laissant au milieu de ce qui avait dû être autrefois une place pimpante.

Un homme en voiture s'approcha. C'était un ancien colonel, assurait-il. Moyennant quelques dollars, il se proposa de le conduire. Le bâtiment était protégé par une unité de gendarmes à la fébrilité contagieuse. Des camions de l'armée française stationnaient dans le vaste jardin luxuriant à l'abandon. On y chargeait des meubles et des caisses. L'ambassadeur, un petit homme courtois aux cheveux blancs clairsemés et aux yeux bleus translucides chaussés de lunettes rondes, ne sembla pas surpris de l'arrivée d'Adrien. Il lui annonça qu'il pouvait rester dormir quelques jours, le temps que le déménagement soit achevé et que la France *fiche le camp de ce bourbier*. Le diplomate connaissait bien sûr l'existence de l'oncle Édouard. Les Français n'étaient plus qu'une dizaine dans le pays et son histoire avait fait le tour de la communauté. Il le conduisit dans sa chambre et lui donna rendez-vous pour le dîner. Adrien visita le bâtiment d'une intéressante architecture des années 60 appelée à être bientôt désossée par les pillards, ne léguant qu'un squelette de béton aux civils sans abri et aux hordes de tueurs défoncés. Ces derniers commenceraient par violer les femmes avant d'amputer les hommes d'une main ou d'un bras, ou, pourquoi pas, de les égorger en écoutant du reggae, selon la coutume locale alors en vigueur. Adrien aimait cet instant de *Titanic* équatorial où la gravité de la situation n'empêchait pas le respect solennel des traditions tribales. L'ambassadeur avait réuni dans le grand salon de réception, le dernier carré des compatriotes, quelques officiers et les membres de l'équipe diplomatique encore présents. Le maître des lieux demanda le silence en se levant du canapé, silence qu'il n'était pas certain d'obtenir alors que des coups de feu, des rafales de mitraillettes, des explosions pyrotechniques à la beauté certaine trouaient la nuit. Adrien s'attendait à un discours de circonstance mais fut un peu étonné d'entendre son hôte se lancer dans la déclamation d'un poème.

L'Armand-Béhic (des Messageries Maritimes)
File quatorze nœuds sur l'océan Indien...
Le soleil se couche en...

Une rafale obligea l'orateur à s'interrompre. Le calme revenu, il poursuivit la récitation du texte dont il expliquerait plus tard à Adrien qu'il s'agissait de « Outwards » de Henry Jean-Marie Levet, un collègue-diplomate de son hôte, mort, lui apprit-il, de phtisie à l'âge de trente-trois ans.

... des confitures de crimes.
Dans cette mer plate comme avec la main.
Miss Roseway, qui se rend à Adélaïde,
Vers le Sweet Home au fiancé australien,
Miss Roseway, hélas, n'a cure de mon spleen ;
Sa lorgnette sur les Laquedives, au loin...
Je vais me préparer – sans entrain ! – pour la fête
De ce soir :

Une explosion proche secoua le bâtiment au point qu'un militaire français armé et casqué surgit et ordonna à la petite assemblée de se mettre à l'abri là où ils pouvaient. Adrien rejoignit quelques convives sous la grande table en bois massif. Mais l'ambassadeur qui avait pris place dans un coin de la pièce reprit le cours de sa récitation :

sur le pont, lampions, danses, romances
(Je dois accompagner Miss Roseway qui quête
– Fort gentiment – pour les familles des marins
Naufragés !) Oh, qu'en une valse lente, ses reins`
À mon bras droit, je l'entraîne sans violence
Dans un naufrage où Dieu reconnaîtrait les siens…

Dans un naufrage où Dieu reconnaîtrait les siens. Adrien saisit l'allusion. Et puis ces Laquedives au loin le faisaient rêver. Où était-ce ? Il soupçonnait l'Inde. Y avait-il aussi des palmiers et des coups de feu, des rafales, des explosions sous des ciels bleu sang ? Pourquoi pas ? Le monde était fou, de cela était à peu près sûr ce serein désespéré. Le calme se fit. Chacun se releva pour gagner sa place et son verre. Satisfait de son numéro et sans doute davantage d'un sang-froid héroïque destiné à épater la galerie, le diplomate demanda que l'on serve l'ultime bouteille de champagne, bien frappée. La chaleur humide et poisseuse imprégnait les chemises, cependant que chacun guettait avec intérêt le breuvage civilisé tout en jetant des regards inquiets sur l'extérieur. Un employé de la maison vêtu d'une veste d'un blanc oublié apporta la bouteille qu'il avait emmaillotée jusqu'au goulot dans un sac-poubelle rempli de glaçons. L'ambassadeur n'était pas content. Alors que les tirs reprenaient bien que paraissant paisibles à Adrien à force d'être réguliers, le petit homme se leva d'un bond et exigea, assez énervé, que l'on serve le champagne dans le seau en argent réglementaire. Avait-il déjà été dérobé ? Dans quelques jours, lorsque le convoi diplomatique encadré par des soldats français fuirait la résidence encerclée, la question n'aurait plus lieu d'être. On ne trouva pas le seau. Le champagne fut servi tel quel, dans son sac-poubelle et ne s'en porta pas plus mal. La soirée, entre conversations de salon et rafales menaçantes, possédait quelque chose de merveilleux. L'un des voisins de table d'Adrien lui demanda ce qu'il faisait dans la vie. Il fit une pirouette, comme souvent : « Rien. J'écoute le son des balles et je recherche mon oncle. » Adrien trouvait une fois de plus un écho parfait à sa théorie, se foutre de tout mais avec grâce et retenue. Lorsqu'un pays devenait un asile d'aliénés, le mieux à faire était de ne pas en rajouter et de conserver une certaine dignité au milieu des décombres. La vie, après tout, n'était que cela, ombre et lumière, vie et mort, objections et abjection.

Un militaire lui parla d'un Français qui, pris dans la guerre civile, avait choisi, par amour pour une prostituée, de rester, après avoir tenu un temps, assez bref, un hôtel « sympa » sur une plage. L'hôtel n'existait plus bien sûr, pillé, rasé, effacé de la surface de la terre par un conflit interethnique auquel Adrien ne comprenait rien et qui ne l'intéressait pas tout à fait. Le Français s'était enfui à temps avec sa jeune maîtresse, échappant à une mort lente et douloureuse, constituée de supplices exotiques à base d'amputations-maison. L'oncle Édouard, puisque Adrien comprit que c'était bien lui, ne voulait pas rentrer au pays pour faire quelques années de prison. Il survivait comme il le pouvait, fataliste mais heureux parmi les damnés, dans quelque hutte misérable, avec sa jeune femme et un autre Blanc, décrit par un des militaires présents comme « complètement dingue ».

Accompagné d'une petite escorte armée, Adrien le trouva le lendemain, après avoir erré un temps au milieu d'un amoncellement de tôles, d'abris sommaires et de charognes pestilentielles, dans un coin de la ville qui semblait encore plus déprimant que le reste. Il eut un choc. C'était bien lui, l'ancien préposé aux écritures de la banque familiale, son oncle disparu avec l'argent du coffre. Antoine fut d'abord surpris et presque en colère. Il se calma, tomba dans les bras de son neveu et le fit pénétrer dans son abri improbable éclairé à la bougie, surveillé par quatre gendarmes français nerveux, fusils-mitrailleurs au poing. Une très jeune femme, presque une enfant, silencieuse, se tenait dans un coin sombre, effacée dans l'obscurité au point que le visiteur ne distinguait que le blanc de ses grands yeux apeurés. Un homme somnolait sur une paillasse. Il tourna lentement sa tête vers Adrien. Il était gros, chauve et seulement vêtu d'un vieux caleçon déchiré à la couleur indéterminée. On aurait dit une baleine échouée en décomposition. Adrien vit à son regard qu'il avait fumé ou bu, ou sans doute les deux. Son oncle, torse nu, le bas du corps emprisonné dans un bermuda taché et trop grand pour lui, avait abandonné toute forme d'existence dite civilisée. Une longue barbe grise et sale mangeait un visage émacié que trouaient deux yeux brillants comme des billes de feu. Il était, lui, d'une maigreur de déporté. C'était un double du consul de Lowry mâchonnant la phrase de Dante : « Vous qui entrez, laissez toute espérance. » Il y a de la beauté dans l'autodestruction empressée, dans l'envie de poser ses sandales près du volcan en feu et de se jeter dedans, pensa Adrien. Les disciples d'Empédocle se reconnaissaient à ce comportement mystérieux. Rien de suicidaire au fond là-dedans, que le désir de se laisser porter vers l'inconnu, avec la dignité paisible du condamné et de savourer la déchéance. L'oncle et le neveu se retrouvaient là-dedans et Adrien d'une certaine façon l'enviait... Le courage de se laisser couler, de s'accepter charogne avant de l'être ! Quelle beauté !... Quelle magnifique profession de foi !... Quelle vision christique !... Ils avaient tant de choses à se dire. La conversation, heurtée, étrange, sans regrets ni remords du côté du voleur, dura plusieurs heures, parfois interrompue par les grognements de la masse de graisse gigotant à terre, prise de soubresauts irréguliers. L'oncle lui posa des questions sur leur famille mais Adrien sentait bien que ses réponses ne l'intéressaient pas. Il s'en foutait. Il lui montra des photos qu'il regarda à peine, et lui remit des lettres qu'il n'ouvrit pas. Il s'en foutait. Le nom de Jean Seberg surgit soudain de la bouche édentée de l'oncle. « La pauvre... c'était écrit !... elle s'est tuée ! Oui !... c'est un signe... peut-être bien qu'elle s'est offerte en holocauste pour me sauver !!!! Jean Seberg ! Un bout de bidoche sous une couverture mangée de vers ! L'horreur !… Tu sais comment s'appelle ma femme ? » Il se retourna pour désigner la petite, silencieuse et apeurée, blottie dans le coin du taudis. Adrien fit non de la tête. « Jean Seberg ! Je l'appelle Jean Seberg ! Ça lui va très bien comme ça ! La nuit, je pleure dans ses bras et je lui murmure : "Ma Jean, comme je t'aime ! Merci à toi de m'avoir sauvé la vie !… Ne me quitte pas, ne me quitte jamais, ma petite Jean adorée !" » L'oncle Édouard était fou. Sa dépression aggravée par l'annonce de la mort de son actrice-fétiche et par une vie de raté dans un environnement apocalyptique avait muté en autre chose. Le délire s'était emparé de lui, métastasant son esprit en un grouillement de flammèches incontrôlables. Adrien osa cette réflexion lamentable mais ô combien vraie en ces minutes tragiques : Édouard est à bout de souffle.

L'ivrogne étendu était maintenant agité de mauvais rêves. Il soliloquait. C'était, lui expliqua l'oncle, soudain redescendu sur terre, un Libanais autrefois opulent qui avait perdu sa filière de diamants, sa femme et ses enfants, massacrés dans le nord du pays, alors qu'il se trouvait dans la capitale pour affaires. Il était resté là, dans l'impossibilité de retourner enterrer les siens et de sauver son magot caché, et avait trouvé en Édouard la béquille pour abréger au plus vite son existence. L'alcool de palme ne coûtait rien. Il mangeait peu, mais son ventre était énorme, sans doute était-ce dû aux effets du sucre dans le corps. La mort, songea Adrien sans pitié et plutôt réjoui même sans qu'il comprenne d'où venait cette bouffée de sadisme, allait bientôt cueillir ce débris comme un vieux fruit blette tombé de l'arbre, avant que l'oncle Édouard ne soit abattu par un milicien de l'une des factions. Puis ce fut le silence. Adrien insistait : l'ambassadeur lui proposait de se joindre au dernier convoi, ensuite ce serait le chaos, le néant, la mort. Quelques années de prison valaient mieux que de finir les oreilles, le nez, le sexe, les bras et les jambes coupés à la machette. Mais, non, Édouard se refusait à quitter sa petite amie et le Libanais. Le ton monta. Adrien insista encore mais il sentait que son oncle souhaitait qu'il aille au diable. Il lui demanda s'il accepterait de l'argent collecté au sein de la famille. C'était une liasse de dollars qui pouvaient peut-être le sauver quelque temps en achetant les chefs rivaux. L'oncle ne refusa pas puis lui fit un geste de la main pour lui montrer la sortie de la hutte. Il le raccompagna jusqu'à la lumière du jour où les deux sentinelles veillaient, entourées d'enfants joyeux et de mendiants affamés. Avait-il des choses à transmettre à la famille ? Non. L'oncle Édouard le salua en lui souhaitant bizarrement bonne chance. Quelle chance ? Et pourquoi bonne ? Quelle expression vaine et stupide ! Il mourut une année plus tard, suivant le Libanais de quelques semaines. Adrien apprit par le docteur Boron que son cadavre enfoui dans un trou peu profond, au côté du diamantaire obèse, avait été déterré la nuit suivante par des bêtes affamées qui l'avaient dévoré. Il s'était toujours demandé si les restes avaient été enterrés à nouveau ou laissés tels quels, livrés au bon vouloir d'un processus de décomposition naturel extérieur qu'il avait pu observer dans les décombres de la capitale.

Rentré sain et sauf dans le convoi du spécialiste de Henry Jean-Marie Levet qui continuait de lui réciter ses poèmes, une façon comme une autre de se raccrocher à la beauté du monde, Adrien embarqua à bord d'un avion militaire qui le déposa dans un pays voisin plus tranquille d'où il reprit un vol pour Paris. Il pensait à son oncle. Qu'allait-il raconter à la famille ? Il embellit quelque peu les retrouvailles car il tenait à sa grand-mère. Le pays était plus calme que ne le prétendait le journal télévisé. L'oncle possédait une belle maison sur la mer et se débrouillait très bien dans l'import-export. Il avait bien l'intention de rembourser « l'emprunt ». Granny parut satisfaite de ces explications enthousiastes.

Adrien passait désormais ses journées à lire et à voir des films avec sa mère qui consentait parfois à sortir. Elle allait voir, comme beaucoup, *les films branchés* portés sur l'inceste ou l'extravagance sexuelle, deux sensibilités très en vogue dans ces années-là. Ceux-ci ne semblaient pas aggraver le malheur de sa mère ni le bonheur de son fils. Ils avaient beaucoup aimé tous les deux *Le Souffle au cœur*, *La Petite*, et d'autres encore, *Je t'aime moi non plus*, *La Montagne sacrée*, *La Grande Bouffe*, *Themroc*, *Salo ou les cent jours de Sodome*… Les pellicules 70 célébraient la transgression, la fin des tabous, comme l'expliquaient à la télévision des sociologues barbus aux cols roulés acryliques parsemés de pellicules, sans que beaucoup aient à redire, hormis *« les fachos »*, sur cette conception particulière de la liberté des mœurs. Parfois quand même un peu *too much*, songeait Adrien sans trop oser manifester son avis car celui-ci n'était pas majoritaire rive Gauche. Il faisait toujours attention à ce qu'il disait. Parfois il avait l'impression qu'on ne pouvait plus rien dire de mesuré. Une petite coterie intellectuelle faisait alors régner la terreur. Et sans doute d'autres en feraient autant dans les décennies à venir sur d'autres terrains, se disait-il, certain de son intuition car ce sensible maladif connaissait la puissance de nuisance et de destruction des meutes. Lorsqu'ils ne se rendaient pas dans l'une de ces petites salles, Adrien et sa mère hantaient les librairies ou les galeries d'art, et parfois dans un restaurant russe tenu par un ami de jeunesse des parents qui, pris d'affection pour la douleur maternelle, tentait de consoler celle-ci en inondant la table de carafons de vodka. Était-ce une preuve d'amitié sincère ? Adrien en doutait. Puis Adrien tomba malade. L'Afrique, sans doute.

Une nuit, peu après, il se mit à rêver qu'il délirait, à moins qu'il ne délirait qu'il rêvait. Tout s'emmêlait en lui. Brûlant, dans un entre-deux comateux, il pissait rouge et avait les yeux orange comme un zombie de film d'horreur. Il se retrouva à l'hôpital où on lui annonça que c'était une hépatite B ou le cancer du foie, peut-être encore mieux, du pancréas. De l'ambulance qui l'emmenait par les rues de Paris, il voyait la route défiler comme il ne l'avait jamais vue : long ruban se déroulant sans fin comme si la voiture elle-même la dessinait. C'était, avait-il pensé, toute sa vie qui passait ainsi, un déjà-vu ou un schéma à décrypter avant de terminer ainsi, mort, un peu jeune quand même.

À l'hôpital, il partageait sa chambre avec un entraîneur de natation qui avait passé un peu trop de temps à boire. Sa cirrhose s'était métamorphosée en cancer du foie. Gimenez, c'était son nom, était affable, attentif à sa grande douleur, un peu trop bavard peut-être. Gimenez comptait ses jours comme le condamné à mort de l'Arkansas qui a épuisé tous les recours. Il avait appris des choses sur Adrien, enfin le prétendait-il, et lui dit : « Tu as un mauvais cancer, il va falloir t'accrocher et prier. » *Prier quel Dieu, nom de Dieu ! Crénom !* Le jeune homme arracha ses perfusions, rampa jusqu'à la salle de bains et vomit toute sa pauvre bile. Il restait ainsi à quatre pattes dans sa blouse bleue, les fesses nues apparentes, à pleurer et à trembler, non, non, je ne veux pas, pas tout de suite, mais que pouvait-il contre les imprécations de Gimenez s'agenouillant à ses côtés pour prier ? Il avait autant en horreur la présence de ce compagnon que l'entre-deux dans lequel le maintenaient les médecins indécis quant au diagnostic du mal qui le liquéfiait de jour en jour. De ce côté-là, en tout cas, c'était réussi et Gimenez avait raison, il était devenu un ectoplasme, une substance de chair qui n'était déjà plus un homme. Ces nuits sans sommeil, ligoté par les perfusions… Il souffrait beaucoup et parfois beaucoup trop. Dans la nuit silencieuse, crevée de quelques gémissements, Adrien pensait aux paroles de Kafka à son médecin : « Tuez-moi sinon vous êtes un assassin » et l'envie, lorsque la souffrance était trop insoutenable, le prenait de la recracher au professeur matinal mais lorsque celui-ci, après l'avoir présenté, palpé, exhibé à ses étudiants, décréta que c'était une hépatite, il se sentit soudain beaucoup mieux, même si son régime amincissant se poursuivait à un rythme soutenu. Il comprit que peut-être, l'Africaine, *la sister*, avec laquelle il avait couché une nuit là-bas… Et une évidence le frappa soudain : vivant en bonne santé, il rêvait à la mort, malade, il la craignait et la redoutait. Les infirmières le consolaient sans le savoir, persuadées qu'il était un acteur ou un mannequin. Un mannequin à la cire jaune, exsangue, sentant mauvais comme un corps déjà en putréfaction. Puis au bout de quelques semaines, il alla mieux, la dernière chose à laquelle il s'était attendu. La famille ne lui manquait pas trop, c'était un bon point à mettre au crédit de son foie malade. Un jour, on lui signifia qu'il partirait à la fin de la semaine. Il écoutait Gimenez lui raconter sa vie d'entraîneur et les exploits de ses élèves, exploits qui, par un singulier effet de contraste, rendaient d'autant plus pathétique et affreuse sa fin prochaine. Le jour du départ d'Adrien, Gimenez lui demanda de s'approcher près de lui, lui prit la main et la serra fort en le fixant de ses yeux jaunes avalés dans ses orbites creuses. « Fils, pense à moi, pense au vieux Gimenez (vieux, il ne l'était pas), ne m'oublie pas, prie pour moi ! » Il continua ainsi tandis qu'Adrien pleurait en s'éloignant, soutenu par Candice qui, comme toujours, était là. Deux mois plus tard, lors d'une visite de contrôle, il apprit la mort de son voisin de lit. C'était encore et toujours la même histoire : il voyait quelqu'un s'éloigner qui lui signifiait ceci : la vie n'était qu'une antichambre funéraire, un long travelling arrière jusqu'à l'effacement du regard et de l'existence.

23.

Où Adrien découvre l'ignominie dans un billet de banque.

Il se rétablissait lentement. Au bout de quelques mois, Adrien recommença à passer ses nuits dehors car pourquoi vivre à Paris si ce n'est pour sortir la nuit ? Oui, Paris était une fête, Paris est une fête, « Paris valait toujours la peine et vous receviez toujours quelque chose en retour de ce que vous lui donniez ». Paris est une ville de nuit qui attend que le jour passe, c'est pourquoi la cité est énervée le jour. Elle est impatiente de retrouver SA nuit, de se dénuder pour laisser apparaître sa peau sombre parsemée de vagues lueurs d'étoiles… Paris ne supporte pas le jour. Cette calamité diurne lui esquinte la santé. C'est une corvée que cette cité albinos doit expédier le plus vite possible, et si d'ailleurs le ciel y est si gris, c'est dans le but d'atténuer le jour en comptant les heures qui la rapprochent de sa chère nuit. Une ruse évidente. Une nuit, il croisa dans une fête un journaliste mondain un peu plus âgé que lui, qu'il avait rencontré lorsque celui-ci s'habillait en femme et se disait homosexuel. Maintenant il s'habillait en homme et se disait hétérosexuel. C'était un garçon assez cultivé, à l'intelligence mêlée de lourdeur, un esprit rusé et opportuniste, qu'il ne détestait pas et qu'il n'aimait pas non plus. Ce faiseur connaissait alors une ascension fulgurante à la télévision dans une émission à scandales qu'il animait. Candice, qui était avec Adrien ce soir-là, prit le journaliste à part et lui demanda s'il ne pouvait pas aider son amant qui se rêvait maintenant en journaliste. Cela déclencha chez Adrien une gêne immense. Il crut se justifier en intervenant. Il ne demandait rien, ou alors peut-être des conseils, s'il avait à lui en donner. Croyant trouver une oreille amicale, il découvrait un salaud. Celui-ci sortit un billet de banque et le jeta à ses pieds en lui lançant : « Tu crèves de faim ? Tiens ! Ramasse ! » et partit dans un rire gras, un rire d'idiot satisfait de sa cruauté, s'éloignant avec une fille. Candice lui cracha dans le dos. Il le recroisa parfois et le saluait comme si l'abomination n'avait jamais eu lieu. Le ressassement et la vengeance l'ont toujours fatigué. Toute forme d'excès et d'emphase ne correspond pas à son encéphalogramme émotionnel remarquablement stable. Adrien est un velléitaire du coup d'après.

Et le billet ? Le billet, lui, resta ce soir-là à sa place, piétiné, froissé, maculé de la merde des chaussures des fêtards. Il payait. Et finit, imaginait Adrien, par trouver preneur. Une main *chanceuse* qui ignorait qu'un billet pouvait faire pleurer.

Il s'en allait souvent la nuit, les poings dans ses poches, marchant par les rues de Paris, fatigué, pleurant même parfois lorsque la vision de sa mère dévastée surgissait à l'improviste, et elle s'arrangeait toujours pour ressurgir et s'imposer quand bien même il tentait de la chasser. Il avait conservé comme un mantra pare-balles le conseil de son grand-père : « La vie la plus douce c'est de ne penser à rien » et cela lui faisait du bien comme un pansement sur son âme si triste, si usée, si abîmée, la vingtaine à peine entamée. La vie douce c'est de ne penser à rien. Le monde était trop loin de lui, et il ne faisait rien pour s'en rapprocher. C'était un jeune homme à l'accablement de vieillard qui marchait, marchait, marchait ainsi, sans autre but que de fuir le domicile familial comme il avait fui autrefois la pension, élevant son regard vers le ciel, cherchant en vain une issue de secours, une bouée de sauvetage qui ne viendrait jamais, il en était persuadé. Une nuit qu'il errait ainsi, conscient de son inutilité, il croisa une connaissance qu'il ne détestait pas et qui semblait lui faire la gueule lorsqu'il la salua. Adrien ne comprenait pas pourquoi, il ne lui avait pourtant pas rendu service car c'était une constante dans sa vie, plus il aidait, plus les remerciements se traduisaient par des reproches. Plus loin, rue des Canettes, un homme à l'aspect de rocker dépenaillé, cheveux longs graisseux, jean maculé, blouson de cuir noir, santiags aux pieds, était agenouillé au milieu de la rue, les yeux levés vers le ciel peint en noir en tendant ses paumes en signe d'imploration. Adrien s'avança et vit qu'une jeune femme se tenait debout au côté de l'agenouillé, partagée entre la crainte et le respect. Était-ce un fou, ce rocker oublié qu'avait reconnu Adrien, ou était-ce un saint à sa manière, cette épave édentée se rêvant toujours pilote, le métier qu'il avait convoité avant de se crasher à l'examen ? Encore une histoire d'avion qui avait mal tourné. Adrien ferma les yeux et resta ainsi immobile au côté du prieur, cherchant à entrer en communication avec quelque chose qui le dépassait et qui n'existait sûrement pas mais cela ne faisait pas de mal. Puis l'homme se releva et regarda le garçon, se rapprocha et l'étreignit avant de s'éloigner avec son amie.

Le Québec, le café qu'il aimait parce qu'il ressemblait encore à un café, était toujours ouvert. De joyeuses épaves refaisaient le monde avant l'extinction des feux. Marc-Antoine était là, solitaire et impassible comme s'il avait attendu Adrien. Il disait toujours qu'il buvait pour rendre les gens plus intéressants, ce qui n'était pas faux. Adrien ne se trouvait pas du tout intéressant. Les deux garçons se sourirent. Adrien s'assit, commanda une vodka et lui parla de la scène à laquelle il venait d'assister : ce François d'Assise en Perfecto priant à genoux au milieu de la rue des Canettes. Son ami partit sur le sujet, intarissable, improvisant de mystérieux ponts entre le rocker christique et divers rhizomes assez obscurs, où il était question de Jeanne d'Arc et d'un paquet de cigarettes américaines sur lequel apparaissait un message subliminal.

La plupart du temps avec ses interlocuteurs, Adrien se contentait d'écouter, sans rien dire. La logorrhée hallucinée de son ami ne le contrariait pas. C'était une douce mélopée qui l'enveloppait et le mettait dans un état agréable de catalepsie. Marc-Antoine devait maintenant partir. Adrien n'avait pas très envie de rentrer chez lui, dans cet appartement qui était de plus en plus celui des phalangistes. Il appela Candice et alla la retrouver chez elle, à quelques rues de là. En grande professionnelle soucieuse de voir ce que faisaient les concurrents, elle matait « Le sexe qui parle », une cassette vidéo érotique alors en vogue dans laquelle il était question d'un vagin poilu très bavard et très gourmand (« un vrai allume-cigare », commenta sa petite amie qui filait souvent la métaphore avec le même brio que Frédéric Dard). Alors que le scénario, selon elle, mollissait, Candice se tourna vers Adrien et lui balança :

— Tu vois, même les chattes s'expriment avec des mots. Je me demande pourquoi tu me parles si peu. Tu n'exprimes jamais tes émotions. On dirait que t'es lassé des sentiments avant de les avoir éprouvés. En réalité, si tu veux bien être sincère deux minutes, tu ne m'as jamais rien dit de profond sur toi ni sur moi, encore moins sur nous.

— Je ne suis lassé de rien, murmura d'un ton atone Adrien qui ne quittait pas des yeux le sexe ventriloque. Je me contente de vivre sans éprouver aucune sorte d'excitation et ça ne m'emmerde pas du tout. La pension et la famille m'ont lobotomisé, tu l'auras sans doute compris depuis le premier jour.

— Je ne sais même pas si tu m'aimes vraiment, poursuivit Candice qui s'était redressée et assise en tailleur pour le fixer de son regard qui savait être noir. Je me demande parfois si tu sais qui tu es. Comment peux-tu connaître les autres et les aimer si tu ne t'intéresses pas à toi-même ? Tu flottes là en apesanteur sans te poser de questions. J'ai parfois l'impression de vivre avec un mur. D'être un morceau de lierre agrippé à un mur, c'est ça ! Et puis je suis un peu lasse de ta sinistrose perpétuelle, on dirait que tu n'as pas d'autre ambition que d'être malheureux.

Adrien ne s'était pas attendu à une telle analyse de la part de Candice. À sa grande surprise, il décida de développer cependant que les râles de l'écran fournissaient une bande-son contrastée à ses explications : « Je n'ai pas eu d'autres choix. Et depuis tout ça me poursuit. Seul. Toujours seul. Une image me revient : la clairière de mon évasion de la pension. Cette fuite dont je t'ai déjà parlé. A un moment, j'avais quitté la petite route, attiré par une mystérieuse clarté entre les troncs noirs dressés comme des totems protecteurs. Je m'étais retrouvé au centre de ce cercle quasi parfait, immobile, dans le froid de l'hiver sous ce ciel de lait. Rien ne bougeait. Pas un bruit, seulement une présence invisible qui m'enveloppait dans un souffle silencieux. Pour la première fois de ma vie, j'éprouvais quelque chose de… osons les grands mots… de métaphysique. Je comprenais que je pouvais me passer de mots et que ceux-ci étaient peut-être la barrière qui m'empêchait de pressentir que l'existence était autre chose qu'une banale succession de faits plus ou moins médiocres.

Candice l'écoutait avec ravissement comme si une digue avait lâché grâce à elle, ce qui la flattait car elle savourait ce rôle d'obstétricienne de mâle mutique. Mais c'était un ravissement mêlé de crainte. Dans sa tête blottie maintenant contre l'épaule d'Adrien, tout se mélangeait, cependant que le sexe qui parle continuait d'aimanter son regard fatigué. Était-ce au fond si bien que son *mec* lui révèle ce côté *poète intello* qui pourrait se révéler inquiétant si ses délires s'accentuaient avec le temps ? Allait-il un jour rejoindre sa mère à Sainte-Anne ou ailleurs ? Cette sombre pensée s'échappa comme une ultime fumerolle d'un feu éteint. Elle s'endormit. L'été s'annonçait et avec lui, la possibilité de gagner le Sud et d'oublier de se culpabiliser à ne rien faire. Le soleil lavait ses remords. Il voulait tomber amoureux, même s'il aimait à sa façon Candice avec laquelle le sexe était intense. Aimer se conjuguerait au pluriel car, selon lui, la vie était trop courte pour se satisfaire d'un seul amour. Il ne désirait pas la tromper. Il détestait ce verbe. Il irait s'amuser ailleurs. Candice avait, pensait-il d'après leurs discussions, la même conception du bonheur inflammable, cela tombait bien. Ils ne se demanderaient jamais rien et se retrouveraient toujours. Mais il était seul, au fond si seul qu'il lui arrivait de donner des coups dans le vide, comme un boxeur fou. Il descendit l'été venu au Bout du Monde, ce radeau de la Méduse qui était aussi sa bouée de sauvetage.

24.

Où il ne fait pas bon pour Granny
de croiser le petit-fils exhibitionniste
rentrant de Moscou.

Granny portait maintenant les cheveux aux reflets bleus, un effet involontaire à la limite du comique dû aux applications de teintures que lui imposait, selon elle, l'âge. Elle ne s'en formalisait pas plus que ça et semblait même apprécier ce bleu électrique éparpillé dans le blanc-gris du reste de sa chevelure comme de légères et suaves traces de pinceau. Le tout était coiffé en un impeccable chignon qui ressemblait à un cocon. Enfant, Adrien se figurait qu'elle cachait dedans un trésor qu'aucun voleur n'aurait l'idée de trouver. La planque idéale, à moins que ce ne soient des vers à soie, lui avait expliqué une cousine, vers à la manœuvre chaque nuit pour concocter des soieries rares, ces soieries dont elle tirait des foulards multicolores qui masquaient désormais pudiquement l'affaissement du cou, tels ces « je-ne-baise-plus » des vieilles de trente ans de l'ancien temps. Pourtant la grand-mère avait continué de vivre dans l'esprit « Bout du Monde ». Veuve à un âge où la vie, le sexe, les plaisirs, n'ont aucune raison d'abdiquer, grand-mère taillait ses rosiers quand elle ne pratiquait pas la nage indienne dans la mer toute proche sur des distances remarquables. Elle jouait aussi souvent au bridge avec d'autres veuves envieuses, car un ancien amiral de la flotte britannique était devenu son amant, assez vite après la disparition du grand-père nonagénaire. Peut-être et même sans doute l'était-il avant. L'officier, un grand homme mince aux cheveux blancs et à la moustache cirée, doté de beaucoup d'humour et d'une bonne descente, avait coutume de dire qu'il aimait la flotte britannique mais pas du tout la flotte en bouteille. Les enfants l'aimaient bien car il racontait de fabuleuses batailles navales de la Seconde Guerre mondiale dont il était bien sûr toujours le héros, mais les avait-il toutes vécues ? Le voici en mer du Nord traquant les redoutables U-Boot de la Kriegsmarine, puis dans le Pacifique en proie aux kamikazes fous et maintenant en Méditerranée parsemée de perfides Italiens avant d'engager un duel à mort contre un cuirassé ennemi dans l'Atlantique Nord. C'était beau comme une histoire de l'oncle Paul. D'ailleurs il fallait l'appeler oncle Teddy, bien que la grand-mère aimât par coquetterie l'appeler Amiral. Lorsque les adolescents des deux sexes grimpaient au belvédère, il avait coutume de dire, en lissant ses moustaches et soulevant un sourcil : « Une fois là-haut, n'oubliez pas, mesdemoiselles, de garder vos cuisses serrées ! » Tout le monde aimait oncle Teddy qui réussit même l'exploit de faire sourire et rire la mère d'Adrien. La grand-mère l'aimait tout court, comme elle aimait l'armée et les galonnés avec une belle constance. Puis l'Amiral mourut.

Grand-mère décida qu'un seul amant était trop compliqué. Elle en prit deux, mariés tous les deux, ce qui lui permettait d'en user à petites doses quand ça lui chantait. Merveilleux hasard, extraordinaire coïncidence, tous les deux étaient prénommés Hubert. Par esprit pratique, elle les avait surnommés Number One et Number Two. Elle aimait d'une façon égale « Humbert Humbert », comme Adrien, ses frères et ses cousins les surnommaient dans un même mouvement, clin d'œil à ses débuts très précoces avec leur grand-père, « le vieux », et couchait avec l'un lorsqu'il était libre et avec l'autre lorsqu'il l'était (mais jamais en même temps, ce n'était pas son genre). Vivre seule, avec des hommes à sa disposition pour les plaisirs du sexe, de la conversation et des petits voyages, était « le rêve », soutenait-elle, bien qu'elle n'ait jamais tiré un trait définitif sur la disparition de son bien-aimé d'époux. Car contrairement au portrait de l'Amiral épousseté par acquit de conscience, ceux du héros disparu encadrés dans de multiples pièces de sa maison tropézienne, à différents âges, mais toujours habités de ce mélange de sévérité et de sensualité, avaient droit à tous les égards. Certes, il n'avait pas toujours été « commode », avait-elle confié à la mère d'Adrien, et avait été tenu par une rigidité qui s'était aggravée avec l'âge, pourtant il se révélait, paraît-il, intense, fou, libre et très imaginatif au lit.

Mais voici que s'annonce la journée tragique. Granny n'attendait-elle pas avec une certaine fébrilité la venue de Hubert 2 ? Dimitri, le cousin fondateur pratiquant du GLOSE que l'on ne voyait presque jamais au Bout du Monde débarqua un après-midi d'août, escorté de sa morgue et de la certitude d'être accueilli comme un roi. Car, outre une magnifique assurance dans la justesse de son combat en faveur de la liberté sexuelle des enfants, Dimitri affichait une immense mégalomanie qui n'était autre qu'une mythomanie délirante. N'était-il pas parti l'hiver passé en Union soviétique enquêter secrètement sur les propriétés qu'il se faisait un devoir de récupérer en mémoire de son père, décédé ? C'était, par son père, un descendant de Russes blancs dont la famille avait découvert à la Révolution la réalité jusqu'alors abstraite du mot « travail ». Réfugiée en France, la grand-mère paternelle de Dimitri avait appris le métier de couturière cependant que le grand-père avait passé toute sa vie à la chaîne chez Renault, vie abrégée dans la cinquantaine par l'amour de la vodka et le chagrin d'avoir tout perdu « là-bas ». La mère de Dimitri, l'une des tantes d'Adrien qu'il ne voyait presque jamais parce que celle-ci préférait *le bon air vivifiant de l'Atlantique à la chaleur assommante du Bout du Monde*, communiait autant par sensibilité affective que par désir de ne pas contrarier son époux dans les amours défuntes du paradis perdu, des « plaines oh ma plaine » langoureuses et effroyablement tristes que chantonnait l'oncle russe d'Adrien en s'aspergeant de vodka bas de gamme comme s'il s'agissait de vétiver. Élevé dans le culte de la patrie lointaine et dans les contes de fées où les gentils nobles étaient égorgés par de terrifiants monstres sanguinaires munis du Manifeste de Karl Marx, Dimitri s'était forgé un caractère de mythomane que l'absence d'études avait renforcé. Les rêves de grandeur enfuie étaient appuyés par une culture d'autodidacte faite de tout et de n'importe quoi. Considérant que la fréquentation de professeurs d'État était indigne d'un descendant de grand seigneur, Dimitri avait sauté les cases sans jamais obtenir aucun diplôme scolaire pour s'introniser intellectuel. Il passait ainsi d'Emmanuel Kant à Guy Debord, de Swedenborg à Jean-Paul Sartre en utilisant des mots fumeux que personne dans la famille ne souhaitait contester parce qu'ils en ignoraient également la signification.

Dimitri avait ainsi séjourné plusieurs fois derrière le Rideau de Fer, pour disait-il, réclamer son dû, le territoire de ses ancêtres paternels, « aussi grand que la France », mais en était rentré bredouille, assurant chacun avec un aplomb merveilleux que les négociations de restitution étaient en cours avec les représentants du plus haut sommet de l'État soviétique, ce qui était des plus douteux. Il venait rarement au Bout du Monde parce que, à l'image de sa mère, il préférait, disait-il, l'air iodé de la Bretagne dont la « celtitude tellurique » comblait son attirance pour les mystères ésotériques de Brocéliande et autres chevaliers de la Table ronde, mignons si possible. Plus jeune, lorsqu'il débarquait au Bout du Monde, Dimitri avait pour habitude de se promener en string léopard dans le jardin de la propriété, un arc à la main, un carquois dans le dos. Cette étrange manie provoquait bien sûr des ricanements mais après tout, la famille en avait vu d'autres.

Et maintenant, il apparaît devant sa grand-mère concentrée sur sa réussite dans le petit salon, vêtu de son string léopard qui dit-il, « met en valeur (ses) fesses sculptées », et fait surtout remarquer la bosse monstrueuse du devant, fruit d'une récente opération d'allongement du pénis. La vieille dame contemple d'un air de sidération ce petit-fils envoyé du diable. Fixant l'intrus, son œil noir s'agrandit comme s'il voulait dans un ultime geste désespéré anéantir cette vision de cauchemar. Puis le blanc devient gris, puis tout à fait immobile, seule la pupille reflète l'abomination, photographie fixée sur une gélatine humide. Elle s'écroule sur la table de bridge feutrée de vert qui elle-même se renverse sous son poids, cependant que les solos fracassants de Jimi Hendrix résonnent tel un tocsin aux airs de bourdon funèbre dans le salon d'à côté où cousins et cousines manifestent, à leur façon, leur solidarité avec la vieille. Dans un ultime état de conscience, Granny scrute, à terre, les oiseaux multicolores du plafond qui semblent s'envoler avec elle, vers *l'azur, l'éternel azur*. Pourtant, la mort se fera encore un peu attendre.

On transporta Granny à l'hôpital de Toulon où elle finit par se réveiller, plus tout à fait la même. Elle ne reconnaissait plus personne et était persuadée que l'infirmier était feu son mari. Grand-père avait été aussi blanc que l'infirmier était noir mais cela ne perturbait pas sa veuve qui appelait ce dernier « chéri » ou « poussin ». Toutefois le pire n'était pas cette confusion physique ni sa mémoire ébréchée, c'étaient les brusques torrents d'insultes qu'elle dégueulait comme une ivrogne de caniveau sans en prendre évidemment conscience car si tel en avait été le cas, cette bien élevée serait morte pour de bon sous le poids de la honte. « Enculé ! », « Putain ! », « Salope ! » se succédaient à intervalles réguliers pour finir par ne faire qu'un seul mot « enculéputainsalope », dès que quelqu'un d'autre que le robuste infirmier martiniquais franchissait la porte de sa chambre. On aurait dit qu'un perroquet vicieux avait pris possession de son pauvre corps intubé et sous perfusion.

Adrien, comme les autres, eut sa ration de « enculéputainsalope » comme y eurent droit sa mère au bout du rouleau, sa tante proustienne et magicienne encore guillerette, ses deux autres tantes, ses cousins, ses cousines, sa sœur, accourus au chevet de cette mamie décidément étonnante. On l'avait prévenu : il arrive qu'au sortir d'un AVC, des courts-circuits dans le cerveau déclenchent l'une des manifestations les plus extrêmes du syndrome de Gilles de la Tourette. La famille était partagée entre l'accablement et le rire, et davantage par celui-ci. La grand-mère revint au Bout du Monde, paralysée du côté droit, et mit du temps, à force de rééducation, à réduire le flot de ses insultes favorites, elle qui n'avait jamais toléré par le passé les vulgaires « bon appétit ! ». Mais que c'était bon, au fond, cette digue lâchée qui emportait un peu plus de ce vernis écaillé sous les coups de boutoir des étranges années 70. Il était mieux que Grannny succombe à son tour à l'ivresse du laisser-aller généralisé, avant de partir pour de bon.

Elle demanda un jour à être conduite à Cannes afin de contempler les boutiques de luxe qu'elle aimait tant. Cela sentait le dernier tour de piste. Parfois un malencontreux

« enculéputainsalope » s'échappait de ses lèvres minces alors que la Jaguar bleu marine conduite par la tante proustienne et magicienne ralentissait devant les vitrines qui n'en demandaient pas tant. Granny mourut enfin, un matin, en contemplant, assise devant sa tasse de café, le ciel bleu de ses yeux intensément noirs, après avoir prononcé devant chacun cette formule si banale, mais qui devint par la suite fameuse, eu égard à la circonstance : il fait beau ce matin. La phrase, articulée sur le ton monocorde du calme qui précède la tempête, devint par la suite objet de toutes les plaisanteries mais aussi de toutes les inquiétudes de la part des plus superstitieux de la maison. Tel le mot « lapin », interdit de séjour sur un bateau parce que portant la poisse, « il fait beau ce matin » pouvait être le prélude sinistre à quelques catastrophes, voire à quelques décès inattendus. Aussi les survivants avaient-ils adopté en toute circonstance, sur la demande implorante de la tante proustienne et magicienne, la phrase « il fait mauvais ce matin ». Emma veillait au grain. L'invité qui débarquait à son premier petit déjeuner, aveuglé par le soleil matinal, croyait malin de couvrir le bruit de mastication de tartines de pain grillé en prononçant la phrase fatidique. Il se voyait aussitôt cerné de regards glaciaux. Le ciel pouvait être d'un bleu outré, la chaleur annonciatrice d'une journée à la plage, le malheureux se voyait objecter par l'ensemble de la tablée que le temps n'était pas si fameux. Il prenait ça pour de la plaisanterie, ainsi chacun en était quitte sans avoir à révéler les dessous de l'affaire. Quant à sa mère et à la tante proustienne et magicienne, si lors de l'une de ses descentes au marché de la place des Lices, une connaissance commentait positivement la météo, elles changeaient de sujet ou s'éloignaient à toute vitesse sous n'importe quel prétexte. Le beau temps devint leur malédiction. Elles priaient pour que le froid, la brume, la pluie, le crachin, les giboulées, le tonnerre, les gros nuages noirs venus de l'horizon, emportent au diable ce soleil maléfique qui avait causé la mort de leur mère bien-aimée. Cela arrangeait Caroline pour qui, on s'en doute, il faisait mauvais chaque jour.

Dès l'instant fatidique, tout se détraqua dans la maison. Le balancier de l'horloge de la salle à manger s'immobilisa au moment même où les vingt et un grammes de l'âme de la défunte se frayaient un passage entre ses lèvres rigides. Le lustre qui veillait sur le corps se mit à clignoter furieusement, sans que personne en trouve la cause. Des portes solitaires claquaient. Ces curieux phénomènes accentuèrent chez la tante proustienne et magicienne sa certitude d'être dotée de pouvoirs paranormaux. Elle ne conversait pas seulement littérairement parlant avec Swann, Tante Léonie, Oriane de Guermantes, Marcel ou son *amie* Céleste, mais, elle en était persuadée et l'affirmait à la maisonnée sans que cela puisse prêter à contestation, avec les défunts, proches ou lointains. Tante Emma n'avait pas besoin de tenir un répertoire à jour, tous ses contacts figuraient quelque part dans son cerveau de médium hypermnésique. Pendant que Granny patientait dans son cercueil recouvert de fleurs blanches, sa fille se révéla chef de tribu efficace en s'occupant de tout avec ses deux autres sœurs, la mère d'Adrien tout occupée à déterrer ses propres fantômes, n'étant pas en état de servir à quoi que ce soit.

Mais ce qui acheva certainement la grand-mère par-delà les ténèbres fut l'arrivée à son enterrement de Dimitri, au premier rang, dans la chapelle Sainte-Anne, au milieu des proches endimanchés éplorés, vêtu d'une panoplie dite « à la Freddy Mercury », minishort en jean ultra-moulant et débardeur blanc lui aussi très près du corps laissant s'épanouir sur le haut du torse une forêt brune de *macho man* prêt à aller tirer son coup dans une backroom de Toulon. L'effet contrasté entre la vieille garde familiale, les deux amants Number One et Number Two au garde-à-vous, quelques notables assoupis, et cette doublure convaincante de Village People était saisissant. Adrien notait, surpris, que les autres cousins avaient fait des efforts même si ceux-ci n'étaient pas très concluants au point de montrer l'effet inverse de celui recherché. Les tee-shirts bleus délavés à l'effigie du Grateful Dead et les bermudas usés avaient cédé la place à des chemises blanches taille XL et des pantalons trop amples retenus par des bretelles, le tout emprunté aux pères en surpoids, ce qui donnait à certains de ces garçons, certes junkies mais parfois encore sportifs, des allures de clowns phtisiques. Les cousines avaient fait des efforts également. Les robes 70 des mères avaient très provisoirement remplacé les shorts en jean effilés et troués. Adrien lisait avec amusement la consternation, la colère et l'abattement courant au sein des membres de l'ancienne génération. L'impeccable cérémonie aux chants poignants basculait dans le grand spectacle aux effets tragi-comiques contrastés. Pour certains *vieux* qui ne s'en remettraient jamais, aucun doute là-dessus, l'Armaggedon était engagé entre eux et le propriétaire du minishort *poutre app* et marcel blanc échancré pour dance-floor en sueur. Dimitri n'avait décidément pas décidé de faire profil bas après son homicide involontaire. Oui, les forces du Mal s'étaient assurément invitées aux adieux de la grand-mère, mise en bière avec entre les mains le chapelet que lui avait offert son ex-beau-père et futur mari, lors de sa communion solennelle il y avait de cela un siècle, ou à peu près. La vieille dame alla retrouver, dans le cimetière marin, son père mort au champ d'honneur, sa mère cocue par sa faute et son mari aimé. Des os à ronger… Tout ça pour ça… Oui, la grand-mère pouvait enfin dormir tranquille mais jusqu'à quand ? Le Bout du Monde, son palais posé sur l'eau, allait bientôt apprendre à vivre autrement.

25.

Où Adrien contemple la fin du Bout du Monde pendant que Neil Young dénonce les méfaits des drogues dures.

Après la disparition de cette mamie qui avait débuté dans la vie en Lolita dans les bras de son beau-père, mais était restée adepte de l'ordre, de la religion catholique et des traditions, le Bout du Monde bascula dans une autre dimension. On aurait dit qu'un invisible joueur de flûtes de Hamelin avait guidé jusqu'à la maison toute une cohorte d'éclopés, de fous, de crétins, de diplômés en paresse et en procrastination. Plus précisément, le Bout du Monde devint le refuge de quantité d'héroïnomanes, de guitaristes psychédéliques laborieux, de *freaks* animés de théories complotistes parfois antisémites. Adrien, qui commençait à s'intéresser à l'idée de travailler, descendait plus rarement sur la Côte, et lorsque c'était le cas, préférait le relatif calme de la maison familiale de Candice où la situation avait bien meilleure mine : pas d'excès hormis le sexe. Adrien passait de temps à autre pour prendre le pouls de sa mère, attachée à demeure, que la folie ambiante avait bizarrement assagie. Elle s'était remise à peindre, s'était découvert une âme d'aide-soignante et ne manquait pas de travail dans le grand salon qui prenait des airs d'hôpital psychiatrique. Ainsi, une nuit, un copain d'Adrien, un petit-neveu de Göring auquel il ressemblait peu, et dont le père avait œuvré à la bonne conduite des citoyens du Paraguay auprès du général Stroessner, s'était écrié devant le portrait de la grand-mère gaulliste : « Ché suis un SS, ché suis un SS ! Et ché les moyens de fous vaire barler ! » Il avait joint le geste à la parole en claquant ses talons emprisonnés dans des ruines d'espadrilles et tendu vers le haut son bras droit en direction de l'aïeule emprisonnée au-dessus de la cheminée dans un grand cadre. Devant une telle provocation, Adrien le redoutait, Granny allait se libérer de la toile pour terrasser l'ignoble chevelu nazi.

Le petit-neveu de Göring vivotait comme skipper en convoyant à l'automne des voiliers de Saint-Tropez à Saint-Barth. Il portait souvent un tee-shirt à la gloire du surfeur Gerry López, chérissait Crumb, *Mein Kampf* dont il avait déniché une vieille édition et le groupe *Peace and Love* America. C'était possible. Il avait pour mode de vie quotidien, quand il n'allait pas barrer, de fumer des joints en quantité prodigieuse et d'ingurgiter des hectolitres de gin, mais cette nuit-là il avait aussi laissé fondre sous sa langue un buvard imbibé de LSD, ce qui avait provoqué quelques secousses sous sa boîte crânienne. Comme si la prise simultanée de psychotropes de haute intensité avait entraîné la fonte des glaces intérieures laissant apparaître l'affreux gros bonhomme congelé se réveillant d'une longue hibernation. Le satrape nazi avait pris possession du marin ventriloque tel un squatter fou, devant un auditoire défoncé et sans réaction, ou alors ébahi. Après Pol Pot et Khomeiny, un nouveau guide s'était avancé devant Adrien, interdit. Le gros Hermann Göring s'agitait dans le corps affûté du skipper. Les mâchoires de celui-ci se déformaient sous les harangues gutturales qui affolaient les amorphes. Candice, présente ce soir-là, mais assez inquiète, crut que Göring venait la rafler. Elle bouda pour un temps la demeure maudite.

Ne dédaignant pas de temps à autre un acide, la seule drogue qu'il trouvait intéressante, Adrien contemplait ce spectacle et tant d'autres, aussi surprenants, avec cette légèreté polie qui le portait à considérer le monde dans son ensemble comme une immense assemblée de dingues macérant dans un inconscient à la fois solaire et nocturne. Ni blanc ni noir, ni bon ni méchant, sur cette Terre, chacun flottait ainsi dans un entre-deux grisâtre que la cohorte des pensées contradictoires, bienveillantes et malfaisantes dans le même mouvement, révélerait le jour où tout cela serait limpide. Il ne changerait jamais d'avis là-dessus, c'est pourquoi Adrien exécrait les donneurs de leçons, les parleurs, les foules bêlantes et furieuses, au nom du Bien, cette calamité qui fait tant de mal. L'habit ne fait pas le moine, dit-on, et c'était vrai. Le gentil navigateur chevelu pouvait cacher une brute à croix gammée, cela ne l'étonnait pas plus que ça. Et puis, songeait-il, l'Occident n'avait plus envie de vivre, il avait découvert le laisser-aller, la déprime sans espoir comme une vertu apaisante. C'était la première génération à ne pas avoir connu la guerre. Quelque chose peut-être les dépassait, cette succession de vagues meurtrières les avait ignorés, les laissant dans une grande perplexité. Que faire, du coup ? Ils s'inventaient d'autres guerres, en se piquant dans les bras puis dans les jambes et enfin là où une veine leur laissait *une chance* de se shooter à nouveau. Ils ne voulaient plus vivre mais laissaient la main et le garrot guider le destin. La pompe crachait son venin blanc dans le sang pour le transmuter en merveilleuse odeur de cadavre. Adrien avait noté qu'ils étaient passés en deux ans du doux *Harvest* au terrifiant *Tonight the Night*. Neil Young enchantait leurs pas vers le précipice, et ils se laissaient conduire avec volupté. La descente aux enfers du chanteur canadien tombé dans l'héroïne accompagnait d'une façon mystérieuse et troublante celle des occupants du Bout du Monde. Ils semblaient tous reliés par un projet commun, celui que leur indiquaient les aiguilles mêlées du temps et de la mort suspendue parmi les papillons du grand salon. Tic tac. Tic tac. Tic tac.

Mais voici que Jici avait surgi un soir, s'installant dans un coin aménagé du grenier avec la mutique Ruby qu'il baisait tant qu'il pouvait, sans craindre d'être accusé de viols par la Ligue de protection des poupées gonflables. Andronic invisible, Marc-Antoine maintenant en Nouvelle-Calédonie, Adrien se sentait un peu seul même si l'idiot veillait sur lui, fantôme silencieux posé dans un coin que tout le monde oubliait comme un tas de chiffons. Seule la présence de son cousin Lucas, l'un des enfants de sa tante proustienne et magicienne, l'empêchait de lever le camp. Beau sans s'en soucier, drôle avec légèreté, sportif, expert en théorie quantique, agréable guitariste, et légèrement perché, Lucas fascinait Adrien qui reconnaissait en ce garçon du même âge, assez ressemblant, un double, un frère d'armes. Parfois Lucas s'approchait de lui et, exagérant l'une de ses mimiques de clown qui faisaient tournoyer ses yeux sombres dans leurs orbites, lui murmurait à l'oreille en avançant son menton comme un demeuré : « Dé-ca-den-ce ! », avant de s'éloigner aussi vite en tournant la tête par brèves saccades. Lucas était un accident de grâce. Une erreur d'aiguillage dans cette gare de triage où bien peu allaient conserver leurs cerveaux intacts, sinon la vie. Allaient-ils être les ultimes survivants fin de siècle ? Cette idée bizarre ne l'effrayait pas.

Il arrivait à sa mère et à sa tante de manifester une certaine lassitude devant ce pandémonium hirsute, cette foire au laisser-aller, ce grand raffut des égarés, cet amas d'imbéciles, car certains l'étaient. Les sœurs signifiaient qu'il fallait retrouver un minimum le sens de la discipline et du rangement, mais rien n'y faisait et elles baissaient les bras, allant se réfugier à l'étage dans leur chambre, dans leur lit en tête à tête avec Rezvani pour la première, avec Marcel pour la seconde, qui, seul, pouvait la comprendre et lui donner des conseils, lui le grand subtil. Un livre, après tout, n'était que ceci : un laissez-passer pour un autre pays où l'on aurait enfin la paix. De l'au-delà, Granny conservait son autorité, enrageant de la déliquescence consternante, et le faisait savoir. Si ses filles avaient abdiqué, feu la maîtresse de maison manifestait son mécontentement d'outre-tombe en continuant de temps à autre de faire valser les chaises dans l'escalier cependant que les lampes se mettaient à clignoter tels des stroboscopes en folie. Le plus remarquable est que personne ou presque, parmi la jeune génération, ne s'en formalisait car la drogue ingurgitée dans des proportions industrielles anesthésiait toute pensée structurée, toute réaction censée, tout étonnement stupéfait devant l'incompréhensible. L'esprit de la grand-mère pouvait bien être en rogne en se manifestant d'une façon surnaturelle et quelque peu irascible, et alors ? L'acide faisait aussi bien dans le registre hallucinant si Granny voulait jouer à ce petit jeu.

Une nuit, le portrait se détacha enfin dans un grand fracas devant l'assemblée allongée sur le tapis. Jimi Hendrix avait eu raison de la patience de la vieille dame. Elle signifiait son refus de subir plus longtemps de telles avanies, ordonnant par cette automutilation spectaculaire que sa doublure soit remisée dans quelque chambre oubliée de la demeure, ce qui fut fait. Mais même abandonnée sous les combles, il n'était pas écrit qu'elle aurait dit son dernier mot. On l'entendait la nuit aller et venir, déplacer des meubles et même, certains insomniaques l'affirmaient, pénétrer dans les chambres jusqu'aux lits jonchés de corps mêlés où le passage de son souffle froid criait son horreur et son dégoût devant ces scènes infâmes de débauche sexuelle.

Mais la preuve la plus stupéfiante de sa présence fut révélée par la tante proustienne et magicienne, le jour où sur une photographie qu'elle venait de faire développer, le visage de Granny se détachait nettement parmi les buissons du jardin, terrifiant d'exactitude, ses yeux noirs encadrant un nez de rapace, cette grand-mère croyante qui ne renoncerait jamais à chasser les forces du mal de sa maison. *Out Demon ! Out !* avait hurlé sur la platine Edgar Broughton, bien qu'il soit douteux que le brutal hippie anglais ait été la tasse de thé de cette amoureuse des chants provençaux. La vengeance se matérialisa par une suite de disparitions, parfois atroces. Le premier de la liste heurta un camion à moto près de La Garde-Freinet et eut la tête éclatée comme une pastèque mûre. Le suivant, un *voileux* flegmatique, se suicida dans son garage en inhalant les gaz du pot d'échappement de sa voiture. Deux frères, devenus dealers par incapacité de faire autre chose de leur existence de fils de grands-bourgeois, moururent à quelques mois d'intervalle, l'un dans un accident domestique, l'autre d'un cancer foudroyant. Une cinquième, héritière d'un groupe pharmaceutique, se prit pour un oiseau en pleine montée d'acide, grimpa au sommet d'un arbre d'où elle tomba la tête la première et fut enterrée quatre jours plus tard. Tous étaient jeunes et tous mouraient avec un certain entrain. Le sida qui sonna à la porte de la maison dans les années 80 régla leurs comptes à la plupart des survivants de ce club de sybarites en les expédiant dans l'au-delà, non sans les avoir fait souffrir de mille douleurs abominables. Adrien, qu'une lucidité de relatif abstinent aux drogues avait transformé malgré lui en observateur attentif de cette hécatombe, comptait les points à force de se rendre aux cimetières plutôt qu'à la plage. Tout cela forcément avait fini par le faire rire un peu, sans doute par esprit romanesque. Cela pourrait toujours servir un jour pour un roman. Il avait songé à un titre, La Fin du monde. Un peu plat. C'était le surnom qu'il avait donné à la maison et cela avait fait sourire.

Cependant, au milieu de ce grand corps métastasé, quelques cellules refusaient la contamination en résistant comme elles pouvaient. En effet, hormis Adrien, une poignée d'autres, en majorité des filles, des cousines, résistaient, même si en cette circonstance, cela tenait plus de l'héroïsme symbolique. Mais parmi les enfants, un cas d'études intéressant apparut à la fin de l'adolescence, bien qu'inquiétant pour certains qui y voyaient l'échec partiel du triomphe, bientôt universel espéraient-ils, de l'école de l'autodestruction du Bout du Monde et de Babylone. Une menace, même. C'était une apparition inattendue, débarquée au Bout du Monde avec le père d'Adrien. Un jeune homme qui lui ressemblait tant que celui-ci comprit avant que le paternel n'ouvre la bouche. C'était son frère, leur frère. Otto. Né de l'accouplement furtif entre le père de famille et Frau Raguenau. Celle-ci, avant de mourir d'une maladie orpheline, avait écrit au père pour tout lui raconter, la grossesse et l'envie de lui ficher la paix afin de ne pas en rajouter dans le cataclysme familial. Le géniteur avait ainsi participé involontairement au rapprochement franco-allemand tant souhaité par le général de Gaulle. Il rencontra ce fils qui ressemblait tellement à Adrien, en plus blond et plus énergique, et il décida de le reconnaître sans demander leur avis à Caroline ni aux enfants. Le jeune homme l'aimait. Lui aussi l'aimait. Cela suffisait. Otto était grand, bien charpenté, jovial, optimiste et plein de bonnes intentions. Les jeunes l'accueillirent avec un mélange de méfiance et de curiosité. Dans la confidence dès son enfance, Otto s'était mis au français qu'il parlait avec un fort accent risible, celui généralement en cours dans les comédies françaises sur la guerre. Le jeune Allemand s'était mis en tête de faire de hautes études, une perspective qui remplissait d'effroi les estivants du Bout du Monde, cherchant un temps à le détourner de cette drôle de lubie sans jamais y parvenir. Bien peigné, Otto possédait des yeux d'un bleu intense, n'aimait pas la drogue et était doté d'une politesse surannée, ce qui aggravait son cas car, à l'image d'une époque raffolant des raccourcis simplistes, le nouvel arrivant fut bientôt affublé dans son dos de l'anathème violent de « facho ». Otto le Facho était l'ancêtre des millions de supposés Baptiste le Raciste et autres Bertrand le Mâle blanc. La subtilité, la nuance étaient aussi absentes que l'intelligence de la compréhension par ces commissaires politiques improvisés qui appréciaient dans un même mouvement ce parachuté toujours prêt à rendre service, et très sportif de surcroît. En l'observant, élancé et solaire, Adrien pensait à ces plantes poussant au milieu de ruines. Doué d'une force de travail peu commune, et comble du scandale pour le gang de procrastineurs, brillant dans ses études, Otto fut adopté avec réserve par Le Bout du Monde. Lorsqu'il débarquait l'été, il enjambait poliment, en s'excusant, les corps allongés dans le grand salon, dont celui du petit neveu de Göring, montait le grand escalier au pas de course en sifflotant une mélodie de Scorpions, allait embrasser Caroline et Emma, puis enfilait un maillot de bain dans la chambre qui lui était dévolue. Il redescendait tout aussi vite l'escalier, enjambait d'un mouvement svelte et sans doute agaçant les morts-vivants et courait se jeter dans les flots avant de s'éloigner vers le large sur une planche à voile avec laquelle il effectuait des saltos impressionnants. Otto faisait entrer un peu de vie *saine et équilibrée*, comme on le dit d'un bon repas, dans la crypte du Bout du Monde et pour cette raison, Adrien l'appréciait beaucoup. C'était un lecteur passionné de la presse qui aimait engager le débat, toujours courtois, avec ceux qui le désiraient, sans jamais se départir d'une grande faculté d'écoute. Mais le problème est que ses contradicteurs éventuels n'avaient pas beaucoup d'armes pour lutter. Et Otto le Facho devait, bien souvent, la mort dans l'âme, battre en retraite devant des arguments de très basse intensité. Il avait du mal avec les théories conspirationnistes des uns, les fables délirantes des autres, les propos enthousiastes sur l'antipsychiatrie de certains, les plaidoiries embrouillées sur les bienfaits des drogues dures des autres, et pourquoi pas sur l'amour homosexuel sans âge minimum requis lorsque Dimitri se mettait de la partie. Alors, sentant que sa présence était soumise aux moqueries, Otto le Facho se fit plus rare. Installé à Londres, il se mit à travailler beaucoup, gagna des millions et devint avec l'âge plus jeune que ses cousins plus âgés, sans doute parce que les cerveaux des uns avaient vieilli plus vite par un effet bien compréhensible d'érosion due aux abus. Toujours fidèle à la famille, il ne manquait pas de secourir les membres en détresse et ne demandait rien en échange. C'était un honnête homme que voyait de temps en temps Adrien, non seulement parce qu'il l'aimait bien mais aussi parce que sa présence fraternelle lui permettait de ne pas imaginer le passé du Bout du Monde aveuglant d'éternels soleils noirs. Otto était une colonne dorique qui tenait droit dans les décombres de sa mémoire.

De son côté, tout en conservant une âme charitable et une certaine attirance physique pour la jeunesse de passage dans laquelle il lui arrivait de se servir, la tante proustienne et magicienne masquait de moins en moins une grande déprime. De plus, un incident terrible dû à une passion accrue pour les jeux de cartes mit fin à son mariage. Une passion si frénétique qu'elle en était venue à fréquenter à Paris, où elle vivait l'hiver, les cercles de jeu. Ayant pris possession, par la force, de l'honnête club Albaran, un frère Zemmour, l'un de ces gangsters alors en vogue, à la cruauté assumée, l'appela une nuit. La voix virile, glaçante, était plus encore, selon les mots de la tante : « terrifiante ». Elle reprit ses esprits, cependant que son mari dormait à côté d'elle et écouta le tueur : il lui donnait vingt-quatre heures pour régler son ardoise, une somme importante, qui jusqu'alors n'avait pas traumatisé les anciens propriétaires, plus civilisés. En cas de retard, le frère Zemmour lui réglerait son compte et dans la foulée, ceux de son mari et de ses enfants. Tremblante, affolée, la tante proustienne et magicienne trouva le lendemain un bijoutier véreux qui lui racheta à un prix cassé son beau diamant de mariage qu'il remplaça sur la monture par un bout de verre taillé vaguement ressemblant. Le frère Zemmour récupéra la dette et se radoucit : tout était oublié, la tante proustienne et magicienne avait droit à une nouvelle ligne de crédit, mais rendue prudente, celle-ci préférait désormais organiser jusqu'à l'aube les parties de cartes chez elle dans une ambiance brouillardeuse de tabac, de whiskies, de café, et d'œufs au plat. Il ne manquait que César et Rosalie. Pourtant, un jour, l'un de ces jours particuliers dans la vie d'un couple, l'une de ces dates fatidiques et laborieuses qui signe un anniversaire de mariage, son mari l'industriel surgit par surprise au Bout du Monde, l'arracha à son lit et l'embarqua pour *un week-end de rêve* à Monaco. L'homme était distrait mais pas stupide : il découvrit, stupéfait, au dîner, le caillou terne au doigt de son épouse en robe longue et demanda des explications. Elle avoua. Il l'insulta. Elle pleura. Il se leva. Elle pleura. Il décampa. Elle l'appela. Il la quitta. L'affront, selon cet homme aussi susceptible qu'orgueilleux, ne méritait aucune excuse, aucun pardon. C'en était fini. Mais que pouvait-elle faire maintenant pour rester dans la grande maison en indivision, l'entretenir et payer les parts de loyers mensuels à chacune de ses sœurs ? Elle pensa écrire la biographie définitive sur son idole, car toutes les autres n'étaient à ses yeux que fadaises. Mais elle baissa les bras devant l'ampleur de la tâche : et puis, non après tout, son Marcel, celui qu'elle connaissait d'une façon organique, presque incestueuse, ne devait surtout pas être révélé au commun des mortels. Ceux-ci n'étaient pas aptes à recevoir la parole divine dont elle se croyait être l'unique intercesseur. La bouche d'ombre d'où sortaient des réflexions extraordinaires ne devaient pas sortir de sa chambre.

Il lui restait la magie, cette science de nuages de soie rouge, de chapeaux noirs et de blanches colombes. Elle partit pour Paris, où elle avait conservé un petit appartement près du parc Monceau, accompagnée de Lucas qui bien sûr ne travaillait pas, une occupation très en vogue au Bout du Monde. Lucas se contentait, la plupart du temps, de choisir à l'heure, très matinale du déjeuner, ses vêtements en lin aux subtils dégradés de couleurs et de gagner un coin retiré du jardin avec sa guitare où il s'embarquait pour de longues heures avec Neil Young. À Paris, la tante suivit avec application les cours d'un dénommé Mystag, expert en magie et autres sorcelleries douces. Cet illusionniste affable, patient pédagogue, lui enseigna les trucages de bonimenteurs qui dessinaient des yeux ronds aux enfants et aux rêveurs. « Emma la Femme extralucide » fut engagée dans un sous-sol près de la place de la République où chaque soir, devant un public plus ou moins clairsemé, cette grande bourgeoise mue en bonimenteuse de tréteaux invitait chacun à gagner le monde du paranormal. Elle faisait parler les proches défunts des uns, révélait les dates de naissance ou dérobait à dix mètres les portefeuilles des autres, tout en lévitant au-dessus de la scène dans sa grande robe blanche de druidesse, surveillée par Lucas qu'elle présentait comme son assistant. Elle gagnait un peu sa vie mais ce n'était pas la raison. Elle aurait presque payé pour cela. Emma rentra, heureuse de son expérience concluante de magicienne professionnelle mais inquiète. Comment allait-elle faire pour continuer de payer sa part dans l'entretien du Bout du Monde et comment allait-elle trouver la vieille demeure ?

Son absence n'avait pas arrangé les choses. Bien au contraire. Dépassée, et consciente qu'un tour de magie ne changerait rien à l'affaire, la tante avait fini par abdiquer toute envie de réformer la petite société en décomposition. Elle ne paraissait plus beaucoup dans le grand salon enfumé. Mais si, par malheur, elle y passait, elle butait sur les corps endormis de *sapiens lugubris*, des guitares crevées, des lambeaux d'ouvrages de Ronald Laing et des cendriers remplis de mégots de joints et de seringues usagées. Un matin, alors qu'elle descendait à pas feutrés se faire son café, elle tomba sur le petit groupe de « jeunes » à quatre pattes. Kiwi, surnom donné à une très belle brune que l'héroïne détruisait à une vitesse folle, Kiwi parce que la nature l'avait gratifiée d'un rire automatique assez idiot, en toutes circonstances, d'où « kiwi beaucoup », Kiwi donc avait mobilisé la troupe de défoncés afin de retrouver une dent égarée, tombée *par la grâce de l'héro*. La bonne tante s'y mit aussi. On souleva même le très grand et très lourd tapis XVIIIe qui avait, depuis des lustres, perdu de sa splendeur, livré aux trous de cigarettes, aux bouteilles renversées, aux taches de sang. La dent ne fut pas retrouvée.

26.

Où il est question de la Bible d'Amiens,
de Proust nul en anglais,
et d'une tentative de lynchage.

La tante proustienne et magicienne trouva un nouveau prétexte pour se changer les idées et quitter un temps la demeure maléfique. Une conférence sur la traduction de la Bible d'Amiens de John Ruskin par son dieu. Elle repartit pour Paris, tout excitée. Lucas, le fils chéri, le fanatique de Neil Young, qui se faisait maintenant faire des vêtements dans les coupes et les coloris de Des Esseintes, l'accompagnait, comme toujours. Elle semblait si heureuse. Prévenu, Adrien les retrouva à la conférence qui se tenait à l'hôtel Napoléon. Le lieu lui rappela des souvenirs mitigés car le père de Kostia le suicidé avait longtemps dirigé l'établissement, puis s'était tiré à son tour une balle dans la tête après avoir avalé cul sec une bouteille de vodka. Ainsi allait l'existence de certains princes russes déchus, vodka, balalaïka, larmes, peine oh ma peine et bang bang ! La conférencière, une linguiste irlandaise aux cheveux courts d'un blanc de neige, expliqua à quel point la traduction de la Bible d'Amiens par Marcel Proust (et sa mère) était nulle. Le texte était, selon cette érudite enthousiaste au débit saccadé, truffé de contresens et d'erreurs. Mais le mieux est encore de l'écouter (Adrien avait pris des notes tout en redoutant la syncope prévisible de sa tante) : « La certitude que Proust ne comprenait pas l'anglais semble être confirmée par une lettre adressée peu avant sa mort, en 1922, à son premier traducteur, Scott Moncrieff, où l'écrivain félicite celui-ci pour sa traduction, tout en exprimant son regret de ne pas pouvoir l'apprécier à cause de sa "connaissance insuffisante en anglais". Et il donne la preuve de ses lacunes en suggérant à Scott Moncrieff, qui traduit *Du côté de chez Swann*, par "Swann's Way", d'ajouter la préposition *to* afin de lever l'ambiguïté, ce qui est risible. Sa traduction échoue principalement parce que Marcel Proust ne tient pas suffisamment compte de la nécessité d'adapter l'intention didactique, analogique et déictique de Ruskin à un lectorat sophistiqué, dont la plupart ignorent l'arrière-plan de référence. L'autre raison de cet échec s'avère être la méconnaissance de Proust de la langue anglaise, comme le témoigne le nombre étonnant de contresens et de faux sens qui émaillent le premier chapitre. Le mystère de l'accueil dithyrambique de la traduction par la critique ainsi que la réédition régulière d'un texte, somme toute compromettant pour tout le monde – auteur, traducteur et lecteur – reste à élucider. »

Telle était la conclusion insolente, terrifiante, criminelle, de cette kamikaze débarquée de la patrie de James Joyce sans bien mesurer les risques de son entreprise. Bien que le sens de certains mots lui échappât, « déictique », par exemple, qu'il trouvait savoureux en bouche et qu'il se répétait afin de ne pas l'oublier, Adrien comprit que cette soirée feutrée entre gens bien élevés allait ressembler dans quelques instants aux scènes de rues du pays adoptif de l'oncle Édouard. On ne couperait peut-être pas en morceaux l'impudente, mais sait-on jamais. Le silence se fit, lourd de menaces. Serrant très fort la main gauche de Lucas et la main droite de son neveu, comme si elle risquait de perdre connaissance à nouveau, vingt-trois ans après la naissance de celui-ci, la tante proustienne et magicienne était plus horrifiée par la présence criminelle de l'Irlandaise qu'elle ne l'aurait été par l'irruption de la chienne de Buchenwald. Ses voisins se reprenaient peu à peu et, en dépit d'une moyenne d'âge assez élevée, ne voulaient pas en rester là. Ces paroles *abjectes* méritaient châtiment. Scandalisés par les propos de cette *étrangère*, les groupies de Marcel se mirent à jacasser en tous sens. Les réactions à cette communication impie prirent une allure de procès en sorcellerie. L'hérétique avait de la chance d'être irlandaise car si elle avait été anglaise, elle aurait assurément fini comme Jeanne d'Arc, et le nom de l'établissement était là pour rappeler que l'on ne devait pas se moquer de la grandeur française. L'Irlandaise ne dut son salut qu'à la présence d'esprit du concierge appelé en renfort qui servit de rempart aux crachats et autres jets d'objets dangereux tels que cendriers, verres et même sacs à main. Cette femme, qu'Adrien trouvait sympathique par son obstination courageuse, fut évacuée par les cuisines. Escortée de son fils et de son neveu, la tante proustienne et magicienne revint à Saint-Tropez, dans un état second. Quelque chose était brisé. Même son roc était à présent moqué, humilié, méprisé. Elle fut pourtant accueillie avec une certaine considération, ce qui changeait de l'ordinaire. Les Huns du Bout du Monde compatissaient à son malheur mais ne pouvaient saisir l'étendue du désastre car aucun n'avait jamais dépassé l'incipit de *La Recherche* : « Longtemps je me suis couché de bonne heure. » Ils prenaient cette phrase pour le message subliminal d'un manuel pratique de développement personnel et cela les agaçait. Non, jamais, Proust ou pas, ils ne se coucheraient de bonne heure, que cela soit bien compris par l'occupante de la chambre du premier étage !

Les jours, les nuits, les semaines, les mois passaient avec leur routinière démence. Au retour de la plage, Adrien n'empruntait plus le grand salon que chaussé, et avec une extrême prudence. Il avançait sur un champ de seringues qui, sous ses pas, faisaient le même son agréable que le craquement des petits coquillages sur le sable. Sa mère qu'il croisait la plupart du temps à son réveil, en début d'après-midi, aimait *la compagnie des jeunes* avec lesquels, assise en tailleur sur la grande savonnerie du XVIIIe siècle, elle refaisait le monde et s'abîmait dans la contemplation des motifs du tapis avec sa bande centrale bleu et jaune, sa large banderole à fleurs de lys, son énigmatique lettre M entourée d'une couronne de feuilles de chêne autour de laquelle dansaient des arabesques et des ornements coloriés donnant le tournis lorsqu'on les fixait un peu trop longtemps. Ce magnifique vestige servait de banquette, de paillasson, de lit aussi aux plus défoncés. Seuls semblaient avoir été épargnés les coins, où vivaient en liberté des instruments de musique anciens et des rubans sur fond rouge, des faunes encadrés de feuilles d'ornement vert, des têtes de bélier supportant des corbeilles de fruits. Les objets de valeur disparaissaient sans que personne sache pourquoi, même si cette incompréhension masquait le mensonge. La dope. Un jour, un familier, un *artiste* local, davantage connu pour son amour des opiacés que pour son talent, débarqua avec une petite sculpture constituée de couverts en argent, compressés, tordus, déformés, écrasés. C'était une hideuse compression dans la manière de César que le junkie se proposait de vendre à un prix très excessif. Adrien et Lucas reconnurent aux poinçons armoriés l'argenterie de famille qui avait mystérieusement disparu. L'offre de vente tourna court. Sous l'influence conjuguée des narcotiques, de l'alcool et des ouvrages de grands exaltés, la Terre ne tournait plus tout à fait rond au Bout du Monde.

Ce même été, une amie d'enfance des deux sœurs, invitée quelques jours au Bout du Monde, y prit goût au point d'y revenir deux ou trois années, pendant de longs mois. C'était, soutenait l'odieuse rumeur, une ex-pensionnaire de Madame Claude, mais était-ce crédible ? On entrait chez Madame Claude pour se faire baiser jusqu'au moment où l'on hameçonnait un mari richissime, et non pas pour terminer la trentaine bien entamée, à se shooter sous les papillons, en faisant son marché sexuel auprès d'éphèbes désargentés. Ce n'était pas un plan de carrière convaincant, encore moins enthousiasmant. Quelques jours après son arrivée, cette défoncée un peu folle pénétra une nuit dans le lit d'Adrien alors qu'il dormait, seul sans Candice partie en vacances en Israël. Le garçon jouit vite, elle aussi. Il fut un peu choqué, ne comprenant pas trop ce qui lui arrivait, mais enfin cela n'avait pas été désagréable. Cette obsédée de chairs fraîches qui avait abusé de lui sans lui demander son avis le terrorisait un peu et, il devait le reconnaître, l'excitait aussi. Marie-Sophie revenait presque chaque nuit, en lui imposant son rythme et sa faim. Parfois il avait sommeil, il était épuisé mais il se pliait, par politesse et par crainte, à sa visiteuse du soir tour à tour câline et menaçante. De retour à Paris, elle voulut à nouveau poursuivre leurs coucheries mais elle ne comprenait pas que cela ne l'intéressait plus. Sa relation avec Candice était assez libre mais pas au point de la quitter pour cette intrigante créature. Marie-Sophie le harcelait au téléphone le week-end, pleurait, criait, suppliait, menaçait de se suicider, et pire, de lui faire la peau. Il avait peur. Il se confia à sa mère qui tomba des nues et, comme toujours, sur la moquette. Elle appela son amie qui jura de le laisser tranquille, ce qu'elle finit par faire. Mais Marie-Sophie n'avait pas renoncé à son vice, la tendre chair masculine pas encore avariée. Après Adrien, l'été suivant, ce fut le tour de l'un de ses cousins, si beau qu'on le surnommait le Petit Prince, car il avait interprété le personnage dans un film à la télévision. Puis d'autres encore, une multitude d'autres.

Étrangement, l'attraction progressive pour l'héroïne, concomitante à son attirance pour les jeunes junkies maison, ne réfrénait pas les appétits sexuels de cette invitée hors normes. Une année avait passé. Marie-Sophie était revenue avec les beaux jours, comme l'oiseau de mauvais augure, et ne quittait maintenant plus sa chambre au plafond de laquelle était suspendu un vaste foulard indien comme un dais de princesse des Mille et Une Nuits. De grosses bougies brûlaient sur un vaste plateau en cuivre circulaire cependant que l'encens et le patchouli parfumaient jusqu'à l'écœurement la pièce aux rideaux perpétuellement tirés afin de bouter l'envahisseur solaire hors des lieux. Vampirella ou Draculette – les deux surnoms que lui avaient donnés les allongés du rez-de-chaussée, avec une préférence pour le second –, n'accordait l'asile qu'à la nuit, sa sœur bien-aimée. D'une pâleur extraordinaire qui la rendait phosphorescente dans l'obscurité ainsi qu'une flamme bleue coiffée d'une opaline, Marie-Sophie effectuait à la même heure, chaque soir, vers 9 heures, la descente du grand escalier qu'elle prenait soin d'éteindre car ses yeux avaient perdu l'habitude de la lumière. Dans le grand salon, lui aussi plongé dans une semi-pénombre, Draculette s'avançait à pas feutrés, faisant vaguement sursauter l'assistance qui retombait vite dans le coma. La visiteuse du soir s'allongeait sur la savonnerie parmi les habitués, tendait son bras translucide parcouru de veinules bleues et attendait son bienheureux shoot. Elle restait ainsi sur cette *crête merveilleuse*, disait-elle, entre rêves, visions, vie et mort. Puis lorsque l'aube lavait la nuit à grandes eaux claires, ce succube se relevait, et choisissait l'un des garçons qu'elle prenait par la main pour le conduire dans son antre d'où elle ne ressortirait que pour picorer quelques miettes dans l'après-midi avant de replonger dans ses nuits et ses délires. L'héroïne lui coupait si bien l'appétit qu'elle en était venue à oublier de se nourrir, prétextant suivre les enseignements d'un sage hindou assurant qu'il était possible de survivre en respirant uniquement de l'air, considéré comme la nourriture céleste absolue. En réalité, Draculette se laissait mourir parce qu'elle sombrait dans la folie. Le sang des garrots nocturnes et le sperme de ses jeunes étalons immolés dans son lit ne l'intéressaient plus. Prenant la mesure de la situation, Emma et Caroline appelèrent un soir une ambulance qui emmena la momie à la figure sépulcrale aux urgences. Elle fut sauvée mais ne revint jamais au Bout du Monde. Adrien oublia de demander de ses nouvelles. Il apprit bien des années plus tard que l'ancienne call-girl alla expier ses péchés dans un couvent de Mayenne d'où elle ne revint jamais, à la manière des cocottes de la Belle Époque échangeant le vice contre la vertu et la perspective d'un strapontin au paradis.

De leur côté, Caroline et Emma, les deux sœurs résidentes, se voyaient, bien sûr, et passaient même du temps ensemble mais quelque chose avait changé. Elles évoluaient désormais dans deux univers parallèles. Oriane de Guermantes et Jeanne Hébuterne vivaient sur des planètes de plus en plus éloignées et pour tout dire, peu ressemblantes. Au second étage, dans une chambre qui lui avait été allouée comme atelier, la mère d'Adrien se concentrait devant son chevalet dans la réalisation hypothétique de toiles où les crânes côtoyaient des paysages désolés d'usines enfumées, et, où, parfois, apparaissait le visage esquissé dans les nuages du visage du petit frère disparu tel un ange proscrit. Des abstractions à l'équilibre maîtrisé, de petits formats, surgissaient, parfois beaux comme des vitraux de cathédrales. L'influence de ses deux maîtres, Paul Klee et Nicolas de Staël (qu'elle avait croisé très jeune) se faisait sentir mais, contrairement à tant de suiveurs sans histoire, sa mère ne trichait pas, ce n'était pas une imitatrice, une copieuse. Son chemin de croix personnel lui assurait une légitimité, éclatante. Ceux-ci racontaient une vie brûlée. De son côté, la tante proustienne et magicienne se réfugiait dans sa chambre au grand lit moelleux auquel il arrivait d'être soulevé et ballotté à cause du volume des enceintes situées juste en dessous. Elle ne quittait plus sa chère *Recherche*, lue et relue un nombre infini de fois et consultait l'œuvre à la manière d'un oracle capable de lui apporter des réponses et des solutions face au délitement général, à l'effondrement du royaume enfui. Mais, elle dut se rendre à l'évidence et ce fut une cruelle révélation, les mânes de Marcel et celles de la cohorte de ses personnages aimés ne pouvaient rien pour elle.

Sans doute cette tante était-elle effrayée par la photographie réaliste et quasi pornographique d'une grande bourgeoisie en train de pourrir comme un cadavre putrescent. « L'horreur est humaine », avait-elle l'habitude de répondre crânement lorsqu'on lui demandait comment elle pouvait supporter un tel délabrement car elle n'ignorait pas que l'ironie est le meilleur des antiseptiques. La tante se rassurait parfois en se persuadant que son écrivain chéri aurait aimé contempler le désastre et en aurait fait son miel, mais bien vite le voile de la réalité s'abattait sur ses rêves. Non, cela passait les bornes. Aucun explorateur sensible de l'âme humaine n'y aurait trouvé son compte. Il n'y avait rien à espérer, littérairement parlant, de bourgeois métamorphosés en barbares rendus analphabètes et idiots par l'abus inconsidéré de drogues. Elle tenta bien, par des suppliques étouffées dans le refuge de sa chambre, de combattre ce qu'elle nommait les *mauvaises vibrations*, une expression dans le goût de l'époque. Elle fit aussi tourner et soulever le guéridon en invoquant la miséricorde de feu la grand-mère. Ses adresses répétées restant sans réponse, elle se décida à faire venir un rasta affirmant être doué de dons exceptionnels de *positive vibrations* et une jeune illuminée aux compétences mystérieuses, de retour de Katmandou, avec des clochettes aux pieds, qui répandaient l'encens et le patchouli purificateurs dans les pièces en prononçant des imprécations fiévreuses. Aucun de ces visiteurs rémunérés ne parvint à fermer le mauvais œil, ce squatter funèbre et vorace à l'insolente prospérité.

La destruction demanderait pour certains un peu de patience. Les reclus les plus résistants s'éteindraient vers la cinquantaine, usés par une jeunesse extrême, amusante, délirante et au final pathétique. Ici, comme chez Adrien ou chez Lucas, à Paris, la bourgeoisie était devenue un poids mort. C'était le boulet attaché au pied du cadavre de marin coulé en pleine mer. Mais là, le boulet précédait la disparition. C'était à la fois la cause et la conséquence de cette débâcle des corps et des âmes. La chute était entraînée par le poids trop lourd à supporter, par l'impossibilité même d'envisager de le porter sur des épaules trop chétives pour cela. Cette dégringolade intérieure était communicative et plutôt même contagieuse.

Descendu au Bout du Monde avant de se carapater sans demander son reste, le père d'Adrien lui avait laissé avec quelques billets un ouvrage d'Ernst Jünger dans lequel il avait souligné ce passage, comme si celui-ci s'adressait à lui, et aux siens : « Il y a une frontière où la morale de l'action ne réside plus, frontière qu'elle commence à abandonner et à affaiblir. À l'intérieur de sa famille au sens large, je puis également suivre ce déclin, je n'ai pu que constater l'accroissement du nombre de ratés, d'existences oisives, de joueurs, d'excentriques et de beaux esprits. Il va de soi que je me suis défait de cela. Pourtant quelque chose accroche encore : je pense à cette couche où le gène demeure constant. Les ancêtres sont plus profondément présents qu'on ne pense. On ne peut effacer l'empreinte. Les vieilles familles : le moment venu soit elles tombent en décadence, soit elles exigent de se solidifier. Arbre (image) : une branche presque morte où l'on aperçoit un bourgeon. Le monde en définitive est une tombe où les époques s'engloutissent et d'où elles ressurgissent parmi les asphodèles. »

Adrien avait cru déceler çà et là des bourgeons prometteurs qui redonnaient un peu de couleur à la branche noircie par la stérilité et la vacuité. Venu passer quelques jours le dernier été, Adrien s'étonna de ne pas voir Rufus, le lièvre vert neurasthénique de l'idiot que celui-ci avait confié à la maisonnée, avant de partir en voyage. Qu'était-il devenu ? Depuis le départ de son maître plus personne ne s'était soucié de Rufus. D'animal domestique, il devint, par la force des choses, prédateur sauvage, et dut apprendre à survivre comme le naufragé sur une île déserte doit se débrouiller avec les moyens du bord. Il faisait les poubelles et survivait comme il pouvait, rôdeur famélique implorant la tribu ingrate puis, sans illusion sur son sort ni perspective d'avenir, Rufus se laissait mourir. Adrien s'inquiétait quand même. L'une de ses cousines, une gentille blonde abonnée aux méchants bruns, s'effondra dans ses bras. Entre deux longs sanglots il comprit. Voulant abréger ses souffrances en un geste de grande bonté, le petit neveu de Göring et Dimitri l'archer pédophile le condamnèrent à mort. Une seule flèche avait suffi à occire le malheureux Rufus. Adrien décida d'exécuter les tueurs de la même façon, avec le fusil harpon qui traînait dans le garage, mais les deux jeunes hommes étaient déjà repartis pour Paris.

Il arriva enfin ce qui était prévisible. Trop chère à entretenir, la propriété fut vendue un jour de février, quelques mois avant la disparition de la mère d'Adrien. Celui-ci fit un dernier tour de piste avant le déménagement. Le temps était maussade comme s'il voulait signifier que la partie était jouée. Même le soleil était fané. Quant au jardin qui avait connu la splendeur, ce n'était plus qu'un terrain vague aux hautes herbes sur lequel traînaient des bouts de plastique. Le piscine n'était plus qu'une mare boueuse. Une planche à voile démâtée écrasait ce qui avait été le rosier préféré de Granny. Était-ce celle d'Otto le Facho ?

Adrien traversa le grand salon, leva la tête vers les papillons qui suspendaient leurs vols, ces ailes multicolores que les allongés certifiaient avoir vues battre tant de fois. Il chercha à débusquer le Picabius Lepidopterus, ainsi que la famille avait surnommé l'œuvre invisible du peintre surréaliste. Il crut repérer l'intrus mais douta.

Après tout, il s'en foutait.

Hésitant, il finit par emprunter le grand escalier de bois sombre qui craquait sous ses pas d'une façon inquiétante au point qu'il prit peur et se retourna, mais rien. À l'étage, il passa lentement d'une chambre à l'autre, s'attardant sur celles de sa mère, de sa tante, de Draculette, et naturellement de sa grand-mère que personne ne voulut occuper *après*. Il tira les rideaux aux gros motifs fleuris rouges et verts et ouvrit la fenêtre. Il contempla le très antique catalpa aux airs d'éléphant assoupi, qui avait tout vu, tout entendu et qui aurait peut-être mérité aussi d'être abattu, par esprit de purification. Il fut épargné par les nouveaux maîtres des lieux dans un geste qui fut interprété comme un exemple admirable de mansuétude chrétienne. Les âmes errantes, maintenant mêlées, de la grand-mère pieuse à collier de perles et twin-set bleu ciel, et des freaks défoncés, semblaient avoir fait la paix là-haut ou en bas. Allez savoir. Il grimpa un autre étage et emprunta le long couloir qui menait au fond à la porte derrière laquelle un petit escalier permettait d'accéder au belvédère, ce refuge sacré de sa jeunesse morte, ce nid d'aigle qui avait renfermé des promesses d'ailleurs, jamais atteintes. Il resta longtemps debout et découvrit que cette mer pouvait être laide lorsque le bleu s'effaçait. Il pleura. Que faisait sa mère à cette heure ? Il crut la voir dans la forme d'un nuage. Il pensa à une fille, était-ce Kiwi ? qui lui avait dit, là : tu es beau mais je ne t'aime pas.

Tristesse de l'homme. Mais il était soudain beaucoup plus heureux. Il est écrit qu'une pensée chasse l'autre et que le bonheur, ou ce qui en tient compte, est d'avoir un coup d'avance. Ne jamais se retourner, poursuivre son chemin, se jeter dans le vide car il y a souvent, dans cette succession de vols planés, des assises inattendues, comme des colifichets accrochés aux manèges et qu'Adrien tentait d'attraper au même âge que le petit… Derrière ces nuages menaçants qui, peu à peu, recouvraient un ciel jaune et sale, le bleu de sa mémoire, les années belles et folles du Sud. L'enfance. Mais qu'importe. Bientôt, tout continue, en grandes offensives désordonnées, mêlant par flashs plus ou moins intenses la grande roue de ses souvenirs, cahin-caha, suspendus dans un vide hypnotique, il va donc poursuivre une histoire qui pourrait être la sienne.

Il est bien, maintenant. Lui qui aimait regarder en arrière, ne posséderait bientôt plus rien qui s'apparente au passé, ce temps si présent en lui. Il ne lui restera rien puisque le futur sera cinq lettres mortes. *Dum spiro, spero. Tant que je respire, j'espère.* Je suis vivant. Je vais mourir un jour. Il avait écrit cela, dans sa chambre où il répétait dum spiro, spero. *Dum spiro, spero. Dum spiro, spero.* Son grand-père lui avait dit un jour : contente-toi déjà de ce précepte latin et tu pourras t'estimer heureux de vivre, pour le reste, tu as toujours le temps de mourir. Tant qu'il y a de la vie, il y a de l'espoir (l'inverse, lui soutenait-il sans qu'il comprenne, enfant, pourquoi, est beaucoup moins évident). Le bonheur ?... il n'avait jamais couru après, juste le désir que son malheur soit supportable... c'est tout ce qu'il avait demandé à l'existence... un malheur agréable... La malle est vide. Il tâtonne dans son obscurité à la recherche de quelques fragments oubliés, restés au fond mais qui ne souhaitent peut-être pas être dérangés par une exposition à la lumière. Il distingue des mots mais à peine sont-ils là que ceux-ci s'évaporent dans l'éther. Des images, peut-être, toujours les mêmes, la douce plage d'Alger, un avion qui tombe le long de son index, le bateau en acajou qui glisse parmi les chevelures sombres jusqu'au ponton de l'actrice blonde, le Major Dundee un après-midi d'hiver, le petit squelette qui n'a plus la force de pleurer, la fuite à travers les bois, les coups, les coups, les coups, la grande ville dans laquelle s'égarer, le capitaine Nemo là-bas, les nuits où se retrouver peut-être, les petites amies nues qui ne disent rien, celles qui le sont moins et qui disent trop, le voici penché au bord du belvédère d'où il contemple la mer comme une terre promise. Il regarde la vie qui progresse en lui et se met à l'aimer comme une compagne protectrice. *Nous sommes désormais deux, là où j'étais jusqu'à présent multiple, comme encombré d'ombres dont il me faut maintenant me débarrasser.* Il peut même dire qu'il lui tient la main sur la route déserte sur laquelle il se sent bien seul. Aucune voiture ne s'arrêtera, aucun voyageur solitaire en sens inverse ne croisera son regard à la fois calme et inquiet. Aucun chant d'oiseau pour lui tenir compagnie et l'escorter jusqu'à la porte. Il lui restera les cris d'un enfant, les pleurs d'une mère, la force fuyante d'un père, les Babyloniens de sang, toujours si proches, l'amour des femmes, l'amour d'une femme, de deux femmes, de trois femmes, de mille femmes, des livres, tous ces livres, ces pages qui tournent sans cesse sous ses yeux, carrousel infini… Il y a là, Candice, Wilson, l'idiot, Lucas, Andronic, Marc-Antoine, les autres… des visions fugitives d'amis, disparus ou restés à quai encore pour quelque temps.

On est pleins des morts qui nous possèdent.

Qu'est-il au fond ? Une apparence d'homme mais pour le reste… un assemblage traversé de tous ces fantômes, plus il avance, plus il se sent constitué de multiples fluides invisibles. Babylone ! Babylone ! Le billet maudit, la main de Gimenez qui l'attrape au vol, le blanc et la poudre, le vertige et la chute, *Seigneur pourquoi m'as-tu abandonné* ? Babylone ! Babylone ! une silhouette qui s'éloigne vers l'Étoile, là où la terre rejoint le ciel, Babylone ! Babylone ! les morts, les morts, les morts, Babylone ! Babylone ! Les enfants et la résurrection… L'amour !… Quoi d'autre ?… L'écume des choses… La vapeur de consciences emportées… Les grands bateaux qu'il aperçoit, enfant, filer sur l'horizon d'une mer scintillante et vaste et qui semblent en équilibre sur un fil avant de tomber dans le vide de l'autre côté, des odeurs sucrées de jasmin et de citronniers, paroles flottantes, nuages abolis, livres jaunis, voix enfuies, airs oubliés. Les papillons du Bout du Monde s'envolent enfin vers le ciel bleu et les flocons argentés recouvrent peu à peu la croix blanche du petit cimetière. Babylone ! Babylone ! La terre est brève. La mer est là, immuable, dans ses humeurs changeantes. Il la contemple devant lui, vide, immense. À ses pieds. Il s'avance.

Il redescendit. Dans le grand salon livré aux spectres enfuis, les disques étaient toujours là, entassés pêle-mêle, comme des reliques oubliées. Une Californie à la fois rêvée et maléfique qui lui rappelait la fugue avec Candice. Les pochettes racontaient sa vie et les morts dont il distinguait les empreintes digitales mêlées. Adrien tomba sur *Band of Gypsys*. Jimi Hendrix, l'intrus au milieu de cette bande de la côté Ouest qui les avait tant fait rêver. Il plaça la face A du vinyle sur le plateau et mit la chaîne en marche. Le disque était rayé par endroits, ce qui l'obligeait à avancer le bras du saphir. Jimi Hendrix lui parut soudain sinistre, comme si ses solos accompagnés de la lourde basse de Billy Cox et la batterie enclume de Buddy Miles possédaient désormais une aura mortifère. L'héroïne infusait les sillons. Quelque chose de blanc s'échappa de la pochette. C'était une dent. La dent de Kiwi. Ce qui resterait ici de son passage sur terre, car naturellement cette beauté qui avait fait de la figuration sur la plage, à peu près nue, dans *L'Année des méduses*, était morte d'overdose avant trente ans. Elle aussi. Il mit *Harvest*, pensa à Lucas, où était-il celui-là ? « Out of the Week-End » entamait son déchirant solo d'harmonica.

Il s'allongea sur le grand tapis mité où les faunes et les béliers menaient leurs vies, enfin.

Le majestueux M central livrait enfin son énigme :

Maman.

Ou Merde ?

Il hésita et s'endormit.

Le Bout du Monde fut cédé avec son histoire extraordinaire, car la rumeur, vérités et mensonges mêlés, avait pris les devants, comme toujours dans ce genre d'épopée hors normes. La famille d'un banquier versaillais qui en avait pris possession, avait, dit-on, fait venir un prêtre exorciste afin de chasser l'envoûtement maléfique, du toit à la cave, car en inspectant le sous-sol, le nouveau maître des lieux y avait découvert un cadavre momifié en partie dévoré par les rats aux côtés duquel gisait une poupée gonflable. Ci-gît Jici avait laconiquement conclu Adrien, apprenant la nouvelle qui avait fait le tour de la famille. Tout était consommé, tout allait être consumé. Mais il fallait maintenant se retirer à Paris. Il ne restait alors rien d'autre que ça, l'appartement sous les toits, rue de Babylone, avec vue sur l'hôtel de Matignon, et complications prévisibles.

27.

Où le Démon imite Lee Harvey Oswald
en visant le Premier ministre
qui ne semble pas avoir été touché.

Un enfant avait été étranglé par son ravisseur à Troyes et cela n'arrangea pas l'atmosphère babylonienne. « La France a peur » avait mis en garde le présentateur du journal télévisé du soir, ce qui avait accentué un état de panique morbide dans chaque foyer, ou presque. Et si l'assassin s'évadait et venait frapper à leurs portes ? La mère d'Adrien y avait vu un parallèle avec ce qui lui était arrivé bien que nul étrangleur ne se soit introduit dans la chambre du petit cancéreux. Mais enfin chaque événement habillé des mots enfant et mort lui rappelait les temps sombres. Caroline pleurait devant l'écran quand retentit la sonnette de l'entrée. Elle s'agrippa à Adrien et hurla : « Non ! Pas lui ! » Il se dégagea et alla ouvrir peu rassuré. La France avait peur, et lui un peu tout de même. Ce n'était pas le tueur d'enfant de Troyes mais sa version familiale parisienne, légèrement, oh à peine *plus cool.* Le Démon était de retour. Il rentrait d'une captivité en Thaïlande, tiré de là par le père qui, une fois de plus, avait payé pour ses déplorables affaires de trafiquant. Amaigri et dans un premier temps abattu, ses yeux d'ordinaire d'un bleu métallique avaient pris une teinte presque grise, comme salie. La proximité sodomite dans sa geôle surpeuplée n'avait pas favorisé son épanouissement et lui avait fait regretter les chaudes-pisses attrapées avec les putes de Pattaya. L'import export d'héroïne était au final assez coûteux. Le Démon dormait beaucoup la journée depuis son retour. Inquiet, Adrien observait son grand frère reprendre du poil de la bête. Ce n'était pas bon signe. Il s'absentait maintenant à la nuit tombée pour revenir à l'aube. Un jour, il débarqua avec une guitare électrique à la caisse transparente qu'il assura avoir dérobée dans une loge, lors d'un concert des Rolling Stones. Comment y avait-il eu accès et comment avait-il pu repartir avec l'instrument ? Mystère. Il voulut la vendre à Adrien pour s'acheter de la poudre mais en exigeait un prix prohibitif. La guitare repartit.

Un soir de décembre, le Démon fit venir Adrien dans sa chambre et déploya avec précaution un tissu noir. Un revolver apparut, au bout duquel était fixé un silencieux. Adrien qui se crispait toujours lorsque la démence pointait le bout de son nez ne trouvait pas ça drôle mais, poli et prudent, il passa comme d'habitude à autre chose. Qu'avait en tête son grand frère ? Peut-être pas la chasse au lapin chez le grand-père pétainiste. À moins que… Les arbres du parc de Matignon maintenant chauves laissaient apparaître par la fenêtre du salon le jardin ordonné avec ses allées ratissées et ses massifs entretenus ou ce qu'il en restait en cette saison. Un dimanche, ivre d'alcool et de colère, le Démon surgit avec son arme devant Adrien, qui se projeta derrière le canapé. Sa mère était restée en tailleur sur le tapis de laine, éclusant son vin blanc dans son monde, alors qu'un disque tournait. C'était *Horses* de Patti Smith qu'elle écoutait en boucle, en doublant la chanteuse américaine de *horses horses* pas tout à fait dans le ton quand même. Le Démon se dirigea vers la fenêtre, se mit à vomir des mots orduriers à l'encontre de l'occupant de Matignon, un certain Raymond Barre, et tira. Le son mat du silencieux claqua, à peine perceptible. Tétanisé par la peur, Adrien était resté immobile, interdit devant ce palier supérieur franchi dans la folie. Il jeta un œil sur sa mère restée stoïque devant la situation de farce et de tragédie, toujours ce même cocktail familial, la dinguerie et la chaleur, l'exécration et la rigolade. Écrasant sa Kool dans le cendrier, elle détourna lentement la tête pour contempler son fils, comme si elle ne prenait pas vraiment au sérieux cette réincarnation de Lee Harvey Oswald. Avait-elle rêvé sous les effets de l'alcool ou était-ce le bruit d'un pétard, mais non, le grand frère pointait bien une arme, cette fois en direction de son cadet qu'il avait débusqué derrière le canapé mou. Ils restèrent longtemps face à face, un temps interminable qui était sans doute le fruit de l'imagination d'Adrien. L'imminence de la mort diffracte les secondes en une éternité figée, comme si le temps suspendu était emprisonné dans la glace. Le Démon finit par baisser le revolver, se pencha derrière le canapé en esquissant son rictus habituel de clown de film d'horreur, en le narguant, l'arme appuyée sur le dossier. Puis il partit s'enfermer dans sa chambre. Adrien s'attendait à voir la rue en état de siège et la police pulvériser la porte d'entrée mais, à son étonnement, il n'en fut rien. Ni le jour même ni les suivants. Le silencieux n'avait pas troublé le calme dominical du jardin du Premier ministre, pas plus que ne l'aurait troublé le craquement d'une branche. Le grand frère partait maintenant pour Marseille où, confia-t-il à Adrien, goguenard, sur le palier, il allait ramasser gros. Son frère tenta de le raisonner, une fois de plus. Et puis il devait arrêter la came… S'il voulait, il pourrait le conduire dans l'une des cliniques maternelles, il avait toutes les adresses, tous les contacts… les meilleurs ! Mais le Démon s'approcha et hurla : « Je ne suis pas camé ! Putain, arrête tes sermons, va te branler avec tes bouquins et ta guitare ! Je n'ai pas de problème de drogue, sauf quand je ne trouve pas ma dose ! » Il serrait maintenant le cou de son frère. L'envie de tuer quelqu'un, lui ou un autre… Le Démon était peut-être un disciple doué du dénommé Patrick Henry, de Troyes. En moins sinistre, quand même. Lui se réservait les adultes. Le Démon serrait toujours le cou d'Adrien qui se laissait faire. C'était si excitant, cet étranglement progressif, tu le feras ou tu ne le feras pas ? ! Victime ou bourreau… pour vivre enfin quelque chose qui dépasse le morne sur-place. Le Démon, d'une certaine façon, ne lui déplaisait pas complètement. Il était vivant. Faire le mal autour de soi plutôt que de ne rien faire du tout, c'est au moins exister. Il commençait de perdre connaissance. Le Démon desserra ses puissantes mains et laissa son frère glisser, glisser, lentement. Sur la moquette.

28.

Où le gangster entre en scène à Babylone,
mallette menottée au poignet,
Ray-Ban miroirs et boots à talonnettes.

Quelque temps plus tard, Caroline appela en urgence Adrien. Il accourut. Elle se tenait comme à son habitude, allongée sur le sol, la tête appuyée sur le canapé blanc et tenait un bout de papier à la main. « Regarde ! Lis ! Il ne manquait plus que ça ! Ils vont nous exproprier ! » C'était une lettre à en-tête des services du Premier ministre adressée au père où il était écrit à peu près ceci :

Cher Monsieur,

Dans le cadre de l'agrandissement nécessaire des services de Matignon nous aimerions prendre contact avec vous afin de racheter votre appartement.

Adrien prit une feuille de papier et leur répondit à peu près ceci :

Monsieur le Premier ministre,

Dans le cadre de l'agrandissement nécessaire de mon logement un peu exigu, j'aimerais prendre contact avec vous afin de vous racheter le vôtre.

Adrien lut la lettre à sa mère et alla la déposer à l'accueil de Matignon. On n'en parla plus. Cela la fit rire un temps au point qu'elle parut oublier ses fantômes. Là, au moins le fils avait marqué un point. Provisoire. Un après-midi, alors que Lucas confiait à Adrien sa nouvelle marotte, sa passion pour le Triton, la note du Diable si intrigante à l'oreille, le Démon surgit, escorté d'un petit homme replet coiffé, comme c'était l'usage dans la France des années 70, de cheveux mi-longs à l'épaisseur travaillée et séparés par une raie au milieu à la manière des chanteurs à minettes alors en vogue. Le front était masqué par deux paires de rideaux capillaires s'achevant au-dessus des sourcils en larges virgules, il portait des boots à talonnettes d'un noir brillant, un manteau en fourrure marron d'acteur de films X et, jour et nuit, des Ray-Ban miroirs lui assurant une supériorité de posture sur ses interlocuteurs complétaient le tableau saisissant. Lui seul avait ainsi le pouvoir de regarder, les autres devaient se contenter de buter passivement sur deux mini-murailles infranchissables sur lesquelles se reflétaient leurs visages peu rassurés.

Cet homme mutique, d'un commerce qu'Adrien ne trouvait pas très agréable, était l'un des grands mafieux marseillais, le dauphin d'une dynastie de gangsters qui avaient pour doctrine de tuer les rivaux avant de commencer à discuter avec eux. Ils mettaient en quelque sorte la charrue avant les bœufs et ce n'était pas sans avantage. Les morts alignés comme des cibles de stand de tir n'avaient plus voix au chapitre. Ils la fermaient une fois pour toutes et laissaient grandes ouvertes les portes de leur empire affaibli. La prise de la position ennemie était un jeu d'enfants. L'héritier qui faisait trembler la Cannebière était cet homme au pedigree impressionnant auquel la mère d'Adrien proposa un verre de blanc en signe de bienvenue, et qui le refusa avec une pointe de mépris ironique. C'était entendu, il ne buvait pas et ne se droguait pas. Les *affaires*, Adrien le comprit, imposaient une discipline prussienne de tous les instants à ce drôle d'intrus. La mère insistait, car l'alcoolique n'aime rien tant que trouver une bonne excuse pour ne pas boire seule et remettre ça sans culpabiliser. Adrien sut, au nouveau signe de refus où pointait l'exaspération, que lui non plus ne devait pas en faire trop auprès du visiteur, en dépit de sa bonne volonté d'accueil conduite par la prudence.

Mais l'associé de son frère avait une autre singularité, il était enchaîné à une mallette de cuir noir d'une façon si angoissante qu'Adrien se demandait si celle-ci ne menait pas la danse en menottant le malfrat. Adrien en avait conclu qu'elle devait contenir beaucoup d'argent. Ou autre chose. « Horses Horses » repartait pour un tour lorsque, sans se soucier des autres, le duo ouvrit la mallette remplie à ras bord de sachets d'héroïne. La mère d'Adrien, qui ne comprenait pas l'extraordinaire coïncidence avec le morceau de Patti Smith parce qu'elle voyait des chevaux galoper dans les plaines de l'Ouest là où un connaisseur de drogues dures lisait tout autre chose, continuait de psalmodier ses Horses Horses à la façon d'une chaman en transe. Elle dansait pieds nus, les yeux mi-clos, son verre à la main, une Kool dans l'autre, sans prêter attention à l'attaché-case. Peut-être après tout, l'inconnu en boots à talonnettes livrait-il de la farine ? En avait-elle besoin ? Avait-elle passé commande ? Elle ne s'en souvenait plus et alla vérifier dans la cuisine s'il lui en restait au cas où lui prendrait l'envie de faire un gâteau, là maintenant à 11 heures du soir. Il lui en restait. Mais alors que venait faire ce livreur de farine à minuit ? Elle revint, se ralluma une Kool, se reversa un verre de chablis et s'allongea sur la moquette en psalmodiant ces pénibles Horses Horses. À observer l'insolence, le sans-gêne et l'air dégagé du trafiquant de drogue, Adrien comprit qu'ils étaient ses otages. La confidence que lui avait faite sa tante proustienne et magicienne sur l'épisode Zemmour ne le rassurait pas. Le moindre bavardage à l'extérieur et ils seraient obligés de creuser tous ensemble, en cadence et pourquoi pas en fredonnant des maléfiques Horses Horses, un grand trou dans une carrière de banlieue lointaine avant d'être abattus d'une balle dans la tête en rang d'oignons et de basculer dedans. *Babylone Kaputt.* Le salon se transformait maintenant en séquence pour *Le Parrain*. La balance de la cuisine trouvait là une nouvelle utilité. Sous le regard vitreux du Buveur à six doigts de Jici, les deux associés ne chômaient pas : ils coupaient *la pure* avec un mélange de strychnine, de plâtre et d'aspirine, pour multiplier *les bénefs* comme disait si élégamment le Démon.

Adrien gagna sa chambre, assez intranquille. Où était passé le silencieux ? Et ce type était sans doute lui aussi armé. Il avait vu beaucoup de films noirs mais n'avait jamais pensé en vivre un ici, à l'ombre du palais de Raymond Barre, dans une version aussi angoissante. Du cinéma vérité rive Gauche, qui cette fois-ci ne nous embarquait pas dans des historiettes de minets agitant boulevard Saint-Germain le petit livre rouge de Mao d'un air énervé. En un sens, Adrien aurait apprécié ce radicalisme photogénique parfumé à la blanche et à l'accent marseillais, s'il n'avait pas entraîné des dégâts collatéraux. L'héroïne en quantité énorme fut vendue, mais un stock, dérobé, resta à demeure. Quelques mois plus tard, alors qu'il rendait visite à sa mère et tentait, une fois de plus, de la consoler sans arriver à rien, Adrien constata que celle-ci ne se sentait pas bien après avoir goûté *la farine*. Déjà pâle et maigre, elle l'était encore plus sous l'effet de l'héroïne pure, à moins qu'elle n'ait forcé sur la dose. Les yeux clos, délirante, elle semblait sur le point de succomber sans faire de bruit. Au fond, elle n'en faisait jamais beaucoup mais cette fois-ci le silence était inquiétant, anormal. Le silence *de mort* précédant la catastrophe. Sa mère était en train de faire une overdose. Adrien appela les pompiers. Ils l'emportèrent sur une civière. En l'accompagnant jusqu'au camion rouge, il entendit quelqu'un monter en marmonnant. Il reconnut la voix qui n'annonçait rien de bon. *I'm back !* lança-t-il, à la manière subliminale, terrorisante, du futur Terminator. Le Démon était de retour. Il s'arrêta, contempla un bref instant la gisante sur sa civière et laissa échapper, empli de la haine du revanchard, cette brève interrogation : « Ça n'a pas l'air d'aller ? ! » puis continua son chemin, esquissant, Adrien le vit bien, le geste de la main qui fait mine de trancher la gorge, appuyé par son fameux sourire de clown pour film d'horreur.

Las et usé de tout cela, Adrien supplia sa tante proustienne et magicienne de le rejoindre à l'hôpital. Emma arriva, tremblante, défaite, prit sa main qu'elle serra fort. Ils attendaient dans un couloir blanc à la lumière blafarde. Caroline était en réanimation et s'en sortirait. Le médecin de garde leur demanda de rentrer chez eux. Cela ne servait à rien de rester. Il rentra chez lui, évita les phalangistes, prit ses affaires, appela Candice et s'enfuit. C'était l'hiver, l'hiver parisien, gris, humide et tuméfié, l'hiver qui allait si bien à cette ville sale et brouillardeuse, aux odeurs de pots d'échappement, d'égouts et de pisses, aux trottoirs constellés de merdes de chiens. En sortant du métro et en empruntant une rue déserte, il croisa un homme en caban qui parlait seul dans le grand vide de la nuit. C'était Yves Saint Laurent. Le couturier s'arrêta à son niveau, et sans regarder Adrien, prononça une incantation mystérieuse qu'il ne comprit pas. Il se fit l'effet de deux épaves se rencognant sur un océan en furie puis s'éloignant jusqu'aux précipices qui les engloutiraient. L'homme continua son chemin en poursuivant son soliloque incompréhensible. Décidément… si même les rois du monde erraient… Candice l'hébergea un temps chez elle, avec son cafard, sa guitare et le sac de livres qu'il avait emporté. Là au moins, les personnages restaient à leurs places, confinés au fil des pages qu'il tournait sans se presser comme s'il bavardait un verre à la main avec de vieux amis.

Il avait une inclination inexplicable, presque tordue, pour les bons, les merveilleux livres qu'il se surprenait parfois à préférer au corps splendide de Candice, le corps tiède et brûlant de Candice, le corps excité et excitant de Candice qui ne pouvait trouver le sommeil sans qu'Adrien lui rende hommage. Julien Sorel qui lui avait soufflé ce qu'il pensait : « un bon livre est un événement en soi », mais aussi Anna Karenine, Fabrice del Dongo et quelques autres, patientaient, muets, et il les retrouvait ensuite, volubiles, avec un bonheur qui le faisait frissonner. Là, enfin, il vivait, heureux. Mais parfois, le désespoir le gagnait et il tombait, tombait, tombait. Candice évoquait la dépression et la nécessité de voir quelqu'un. Il se révoltait à cette idée… non pas lui aussi… quelqu'un devait tenir la barre, sauver les meubles ou ce qu'il en restait. Il se sentait investi d'une responsabilité à laquelle il se refusait de se dérober, celle de gardien de l'enfer. C'était une tâche immense, écrasante, injuste, et stupide quand il y penserait plus tard, une charge où peut-être entrait de l'orgueil, celui d'être de l'autre côté, *sain et sauf*. Une nuit, il allait si mal qu'il demanda à Candice de lui serrer le cou au moment de l'orgasme et de poursuivre ensuite. Elle l'aimait et obtempéra. Lui faire plaisir était sa façon de lui prouver son amour. Elle serra et continua de serrer. Il perdait peu à peu pied. Il se sentait bien. Son souffle faiblissait. Elle retira ses mains, effrayée. Elle ne voulait plus jouer. Adrien avait l'impression agréable de s'écraser dans le mur blanc mais la mort le fuyait. Il était condamné à vivre.

La mère fut une fois de plus emmenée en convalescence dans un établissement, plutôt satisfaite d'avoir l'un de ses enfants dans la chambre d'à côté. Car le Démon s'inscrivit aussi dans cette variété très onéreuse de Club Méditerranée. Il affirmait ne pas aller très bien lui non plus et il ne voyait pas pourquoi certains seraient plus privilégiés que d'autres. La clinique de Meudon prenait des airs de pension de famille, joyeuse et insouciante. Cependant, chaque fois qu'il s'y rendait, Adrien devait subir les regards à la fois compatissants et soupçonneux de certains membres du personnel soignant. Ne devaient-ils pas aussi le garder parmi eux ? Il y avait sûrement de l'atavisme et de la contagion dans cette tribu *dysfonctionnelle*, et aucune raison rationnelle pour qu'il soit épargné par la folie familiale. Le gentil fils serviable sentait bien, en gagnant la sortie, que la lourde porte hésitait à s'ouvrir. Il la franchissait d'ailleurs à regret car il se rendait à l'évidence : le mieux était de rester là, s'allonger dans un lit, avaler les comprimés qu'on lui tendrait et attendre. Quoi ? Rien. Seule la proximité de la tribu anxiogène l'empêchait de fléchir. Pourtant parfois bien que rarement il crut au miracle. Le mieux de la fin ? Le calme précédant la tempête ? Ces expressions désuètes venaient à l'esprit d'Adrien lorsque soudainement, sans que personne à Babylone en fournisse des raisons objectives, sa mère, leur mère, allait mieux. Était-ce la même femme ? Elle était à nouveau gaie, drôle même, pleine de réflexions censées, de fulgurances poétiques, d'enthousiasmes renouvelés pour la peinture, la sienne et celle des autres. Elle s'occupait de sa fille, appelait ses amies, allait déjeuner dehors, courait les expositions, les salles de cinéma. Elle avait recouvré sa grande beauté. La blondeur de ses cheveux redevenait éclatante, la peau de son visage se lissait à nouveau comme une mer tranquille. Ses yeux retrouvaient leurs bleus chauds et ensoleillés. Caroline désertait la moquette maudite pour le canapé et adoptait à nouveau la position verticale dont elle retrouvait les agréments en parcourant Paris, aidée de ses grandes jambes de Nordique. L'appartement de Babylone lui-même était méconnaissable, non pas qu'un ménage spécial ait changé les choses car la mère d'Adrien était maniaque de propreté, fût-elle au fond du gouffre, mais c'était, Adrien s'en rendait compte, le prolongement, la prothèse des humeurs maternelles. Par ce phénomène surnaturel difficile à comprendre, Babylone se relevait de la noirceur des jours endormis. Peut-être aussi Adrien le voyait autrement car ses yeux d'ordinaire crispés s'ouvraient à nouveau pour embrasser la tranquille et sereine beauté des lieux. Mais son âme vivait sous des latitudes trop tourmentées, dans des reliefs intérieurs trop accidentés pour que cela dure. Dans ce combat de chiens entre le soleil apaisant et la nuit arctique, la seconde reprenait vite le dessus. Le noir s'abattait encore une fois comme un voile de crêpe sur la blancheur envolée.

Et leur père ? Que devenait-il ? Ce père quelque peu dépassé et lassé par le comité d'accueil oscillant entre

Rosemary's Baby pour la partition maternelle, *Panique à Needle Park* pour l'ambiance intraveineuse à garrots et *La classe ouvrière va au paradis* pour la tendance Jici, avait fini par déserter le plus souvent possible Babylone dont il continuait pourtant à entretenir les munificences erratiques. Un jour, pourtant, il se réveilla ruiné. Comme pour marquer la gravité de la situation, il convoqua un matin du dernier mois de mars de la décennie sa femme et ses enfants dans la salle de réunion de son bureau. Il leur annonça une très mauvaise nouvelle : le deuxième choc pétrolier dû à la chute du Shah faisait couler son groupe. C'était la crise ! Quelle crise ? Les garçons et la mère ne comprenaient pas : crise de foie, songea Adrien qui était fragile de ce côté-là. Crise de nerfs, comprit la mère. Crise de manque, songea le Démon. Mais non. Le père reprit tout à zéro : le premier choc pétrolier entraînant quelques années plus tôt « le vacillement de l'économie mondiale, les faillites en cascade, le chômage de masse, conséquence directe de la réaction de l'OPEP à la dégringolade du dollar après la fin des accords de Bretton Woods »… « Ça ne vous dit rien, Bretton Woods ? Je vous explique… Les États-Unis avaient suspendu la convertibilité du dollar en or afin de permettre au dollar de flotter. » Le dollar flotter… Adrien voyait dériver sur l'Atlantique un immense billet vert aux allures de radeau sur lequel dansaient des Américains en tongs et bermudas affublés de casquettes de base-ball. Le père, tapant des poings sur sa belle table de conférence en noyer, haussa le ton : « Mais maintenant avec le deuxième choc pétrolier, fini la rigolade, la came, les journées de larves, le néant comme programme !... Vos copains clodos attifés comme le Che ont soutenu les barbus de Téhéran, eh bien, tenez-vous-le pour dit : si vous me preniez pour la Banque de France, le guichet est maintenant fermé ! Clos ! Closed ! Chiuso ! Alors plus un centime à partir d'aujourd'hui : démerdez-vous ! » Ils devaient maintenant envisager de se relever de la moquette, s'asseoir dans un fauteuil et pourquoi pas, qui sait, se tenir debout, car ce père le rappela ce jour-là, ses enfants possédaient non seulement des cerveaux mais des jambes en état de marche s'ils consentaient seulement à quitter leur état de nuisibles rampants. Rien ne changea, bien sûr.

Le père crut cependant trouver la solution pour sortir le Démon de ce qu'il appelait avec grandiloquence « L'enfer de la drogue ». Après avoir confié Caroline et Clara à Adrien, il s'envola avec le Démon vers un paradis, qui ne serait pas selon ses mots « artificiel », un paradis peuplé de palmiers et de plages à la blancheur aveuglante, de soleil à la bienfaisance hypnotique. Ils gagnèrent l'une de ces îles microscopiques transformées en refuges pour millionnaires. Là, le Démon goûta aux cocktails ambrés mais l'ivresse douce caressée par les palmes des cocotiers appelait vite le recours aux stupéfiants de Babylone qu'il n'était pas difficile de trouver sur cet îlot abordé par des yachts de contrebande et ceux, plus présentables, de célébrités américaines. Leur père l'ignorait, ou faisait semblant, le Démon s'en payait de belles tranches tout en s'envoyant en l'air avec des beautés partageant les mêmes goûts. Mais enfin, les journées avaient du bon sur ce confetti qui ne faisait que prolonger avec quelques degrés de plus la pâleur incertaine des ciels se brisant sur le velours noir des rideaux de Babylone. Adrien, de son côté, veillait avec assiduité sur sa mère et sa petite sœur. Matthieu avait averti : « Heureux les pauvres en esprit, car le royaume des cieux est à eux ! Heureux les affligés car ils seront consolés ! » C'est une des leçons qu'il avait retenues de sa prison enfantine. Il croyait toujours en une consolation qui ne venait pas, et ne viendrait jamais.

Quelques mois plus tard, son père qui avait fini par déserter tout à fait Babylone invita sa mère à aller voir *La Cage aux folles*, « pour la détendre », puis dîner dans le petit bistrot voisin où il avait jadis entraîné Adrien pour lui révéler sa liaison avec Ava Gardner. Ce bistrot était maudit, il sentait les confidences d'adultères, entre la poire et le fromage. Ils parlèrent de tout et de rien, avec un entrain et une chaleur fabriqués quand, subitement, sans qu'elle s'y attende le moins du monde, au point que son verre de chablis demeura figé près des lèvres dans un arrêt sur image loufoque, comme Adrien avec son tartare de saumon, elle apprit qu'elle était cocue. Il lui annonça être tombé amoureux d'une femme et que, si elle voulait bien ne pas en faire une histoire dramatique, il serait heureux de divorcer aussi vite que possible afin d'épouser dans la foulée sa nouvelle conquête. Sixtine avait vingt ans de moins que lui, et donc que Caroline, et portait le nom d'une vénérable dynastie française qui avait donné des ducs, des généraux, des ambassadeurs et des évêques. Sa mère – que pouvait-elle faire ? – accepta et doubla la dose quotidienne d'anxiolytiques ainsi que sa consommation d'alcool, ce qui faisait quand même beaucoup pour son pauvre organisme usé. Avaler la pilule était à ce prix.

La jeune mariée se prit d'affection pour la mère détrônée et répudiée, pour des raisons qui n'étaient jamais apparues très claires à Adrien. Cas de conscience ? Lien malsain de vainqueur à vaincue ? Geste généreux qui signait une grande éducation ? Bonne action à mettre au crédit de celle qui se sentait débitrice ? Peu après les noces, Sixtine invita Adrien et sa mère à passer un week-end dans sa gentilhommière du Perche afin, dit-elle, d'entourer de chaleur humaine la favorite précédente. Adrien se demandait ce qu'il faisait là, entre son père, sa mère et sa belle-mère dans cette cage aux fous. Cette mauvaise pièce de vaudeville risquait à tout moment de tourner au carnage, ce qui se passa dès le premier soir. L'alcool avait fait son effet et sa mère enhardie avait traité sa rivale d'immonde salope, de pute de bas étage, de chienne à particule. Éclatant en sanglots, la jeune mariée avait pris à témoin le père afin que celui-ci obtienne des excuses de son ex, là, tout de suite, sans préavis, faute de quoi elle foutrait tout le monde à la porte de sa gentilhommière et demanderait le divorce. La situation était, si l'on se plaçait du côté paternel, compliquée. Il tenta de raisonner la mère, fit intervenir Adrien qui ne se sentait pas les compétences et le cran d'un arbitre de ring. Il allait s'éclipser de la cuisine lorsque sa mère tomba inanimée dans les bras du père. Il fallut la porter à trois, la coucher et la border. Elle délirait maintenant et s'adressait à son ex-mari sous la tendre appellation de

Chéri, cependant que, pour se dédouaner de cette intimité non consentie et faire acte d'allégeance, celui-ci lançait des Chérie à l'adresse de sa nouvelle femme qui, rassurée, l'abreuvait à son tour d'enthousiastes Chéri. La ronde des *Chérischéries* épuisait Adrien qui s'éclipsa non sans avoir eu droit de la part de son père à un sonore « où vas-tu, chéri ? ». La suite du week-end de partage et d'amour fut une catastrophe de magnétude 9 sur l'échelle de Babylone qui accéléra la fin de la présence terrestre de la mère.

29.

Et puis l'assomption maternelle,
mystérieuse comme la présence d'Oreste
ce soir-là.

Le Démon, qui n'avait pas la même conception disciplinaire que son collègue de bureau marseillais, devenait de plus en plus fou, junkie perclus d'héroïne, et de Neo-Codion lorsqu'il ne trouvait pas de poudre. Extorquant l'argent de *la vieille* sous la menace. La battant le cas échéant, pour *lui faire cracher l'oseille.* Elle ne pouvait rien contre sa grande force physique qui la terrorisait, elle comme les frères. Le petit monstre de la rue Lauriston était devenu un bourreau. Cette artère de sinistre réputation agissait, par une transmutation invisible des fluides, cela était certain. Sa mère songeait maintenant à quitter la rue de Babylone pour un nouvel endroit qui lui apporterait enfin la paix et le retour à la vie. Cette vie qui lui échappait depuis Villejuif, depuis le sourire éteint de l'enfant. « Je suis en quarantaine depuis la trentaine », disait-elle en riant, lorsque ça n'allait pas trop mal. Chaque lieu passé était maudit, entaché de souffrances, de délires, de violences qu'elle devait fuir absolument. Mais c'était bien sûr un leurre. Il n'y avait aucune échappatoire, aucune issue de secours, aucune destination apaisante. Elle portait en elle une plume d'ange qui avait la lourdeur d'une grosse pierre, elle sentait le paradoxe mais elle n'y pouvait rien, ni personne. Toute sa trop courte existence Caroline aura vécu comme si elle cajolait sa déchéance vécue comme quelque chose d'inéluctable, de constitutif à la condition féminine. Encore jeune elle attendait la vieillesse en buvant de l'alcool comme le malade réclame de l'eau. C'était son élixir de courte vie. De plus, Adrien avait compris qu'elle ne cherchait à se détruire ainsi que pour l'entraîner dans son précipice. Elle le mangeait peu à peu afin qu'il retourne là où tout avait commencé, dans son ventre, et avant.

Adrien désertait, abandonnant sa petite sœur à sa mère, dans une cohabitation terrifiante, augmentée par les débarquements de plus en plus *out of control* du grand frère en manque. Un soir, alors âgée de huit ans, Clara reçut une seringue dans la joue, envoyée par erreur, à la suite d'une bagarre entre le Démon et l'un de ses *amis*. Parfois tout allait mieux mais Babylone était une contrée où le soleil ne brillait pas souvent. C'étaient d'interminables averses de tristesse et de désespoir. Adrien, lui, revivait avec Candice, son chat, son chien, et sa résilience téflon comme elle s'amusait à décrire son amant intermittent, souriant en toutes circonstances, même lorsqu'il lui racontait d'une voix monocorde et douce les derniers épisodes familiaux.

Sauve qui peut la vie. Courage, fuyons. Ce n'était pas seulement des titres de films de l'époque. Ce réflexe de survie culpabilisait Adrien. Il allait par devoir rendre visite à sa mère et en repartait nauséeux, cafardeux, et comme vidé de son sang, une pierre, une grosse pierre dans le ventre qui lui faisait si mal. Le besoin avide de fêtes et de nuits scintillantes ne s'expliquait pas autrement que par cette fuite hors de cette horreur. Un soir, pensant sa mère morte car elle s'était écroulée sur le sol, les yeux ouverts figés et ne semblait plus respirer, Clara avait appelé les pompiers. Bien que ne vivant plus là, son père colmatait les brèches, courait d'un incendie à l'autre, déposait de temps en temps sa femme dans une maison de repos pour personnes aisées et contribuait, selon lui, à « enrichir considérablement les cliniciens, les toxicologues, les psychiatres et les psychanalystes », cette dernière caste vouée aux gémonies car l'un de ces praticiens lui avait demandé de s'allonger alors qu'il venait, perdu, quémander des conseils sur la façon de sauver sa femme. « M'allonger ! Après tout ce que j'allonge comme fric pour ces charlatans ! » Il répétait cela avec un fatalisme teinté d'une pointe d'humour désespéré. Puis elle mourut.

Elle laissait de plus en plus souvent des messages désespérés, auxquels Adrien répondait autant qu'il le pouvait. Elle l'appelait au secours. Le Démon menaçait de la frapper. Et l'insultait en rabâchant les mêmes histoires. Le passé cassé, l'enfance volée par la naissance de l'autre, tout y passait à nouveau comme un mauvais disque rayé. Il voulait un chèque. Elle refusait. Puis elle cédait. Un jour, Adrien découvrit ce message sur le répondeur : « Appelle-moi, appelle-moi vite, il va me tuer ! » Il ne la rappelait pas toujours. Le lendemain, inquiète de la voir toujours dormir dans l'après-midi, la petite sœur livrée à elle-même avait appelé Emma au secours. Sa tante proustienne et magicienne la trouva, morte. Elle appela Adrien. « Mon petit Adrien, il te faut être courageux. » Ces mots avaient suffi. Le courage… Le courage ? Que cela au fond signifiait-il ? Que pouvait-on faire contre la crainte de sa propre mort, car c'était de cela qu'il s'agissait aussi. Pleurer la mort était un geste égoïste, c'était souffrir à sa propre échéance. Contraint par un corset qui se resserrait peu à peu sur votre existence comme un nœud coulant. Que pouvait-on y faire ? Rien d'autre que de patienter, si possible en profitant de ce que l'existence vous octroyait en maigres rétributions consolantes. Il fixa longuement une photo de Candice nue, qu'il avait accrochée sur l'un de ses murs, et se mit à pleurer. Tout était à la fois pathétique et ridicule dans cette situation, où de nouveau le grotesque se mêlait à la tragédie. Le soleil au néant. Rien n'était évident, non rien. Il pensait à sa mère et tout se mêla dans sa tête. Lui revint curieusement l'épisode de Candice enfilant les sous-vêtements de sa mère, un jour d'été qu'ils occupaient le lit parental. Il pensait à d'autres filles aimées un jour, deux, trois, une semaine, un mois… Il contemplait ces corps, tous ces corps qui recouvraient peu à peu ses pensées, comme une marée montante. Un drap de lit soyeux, il pensait : il faut si peu pour que tout bascule. Il comprenait les impulsions meurtrières. Il suffit d'un mot, et la jouissance était là, pour que l'apparente quiétude bascule dans l'horreur. Lorsque tout allait bien avec une fille, soudain l'envie de tout envoyer paître. Il se leva, et sortit de son terrier en évitant le regard des phalangistes noyés de fumées. C'était le mois de mai, le joli mois de mai, comme dit la chanson. Le pays allait voter et peut-être changer de couleur. Il se souvenait que la dernière fois qu'il avait vu sa mère, une semaine plus tôt, sur les Champs-Élysées, squelette emmitouflé dans un léger cardigan, autrefois beauté blonde, fille de Saint-Germain et de Saint-Tropez, encore si jeune, s'éloignant vers l'Étoile, quelle étoile ? la fixant en train de disparaître, point minuscule dans la foule, happé jusqu'à l'effacement complet, mort avant la mort. Comme un présage, ou plutôt une répétition de ce qui l'attendait. La marche ombreuse vers ce double d'Oreste, son fils qui allait abréger sa vie, elle qui n'avait jamais tué personne, à part elle-même. Oui, là-bas, cet arc de défaite, comme un point cardinal aux pouvoirs cachés de rosicruciens. La vie transmutée dans le mystère insondable…

Et maintenant elle gisait sur son lit, le visage tourné vers le jardin de Matignon dont la vue bucolique, si proche, avait parfois apaisé ses cafards et ses chutes. Cette fois, elle était bien morte. Avait-elle succombé, épuisée, à la suite de la visite du Démon, à une dose trop forte de somnifères ? L'avait-il poussée et serré un peu trop fort son cou comme il s'était *amusé* à le faire avec Adrien ? S'était-elle suicidée ? La vie, et ses enfants, pour des raisons diverses, l'avaient tuée, il fallait en convenir. Il la fixait ainsi, apaisée, et glaciale, si glaciale, qu'il n'avait pas pensé à cette hypothèse avant de baiser son front. La mère gelée. Quelle hache de mots enfin lâchés pourrait la fendre ? Caroline était déjà morte avant de mourir, il l'avait déjà vue tant de fois dans cette position allongée, les yeux clos, le rythme cardiaque comme invisible, que cela ne changeait bizarrement rien. Adrien n'était pas plus étonné que ça de trouver sa mère morte. Elle ne jouait plus, son grand rôle l'avait enfin avalée pour ne plus la quitter. À quoi pensait ce visage muet et endormi ? Le froid le saisit à son tour, la chambre chauffée le faisait grelotter. Du monde passait dans un ballet feutré de têtes basses et de chuchotements de circonstance. Il tourna la tête et observa à travers la fenêtre un grand orme qui dessinait dans la nuit une silhouette assez réconfortante. Lui aussi s'était mis au Valium. Notre-Dame-À-Nous, Notre-Dame-de-Babylone avait fini par déserter le monde dans la quarantaine et effectuer son assomption, loin de ce monde qui lui avait volé son enfant et rendu fou un autre. Oui, la Terre est brève. Adrien se jura de ne jamais revoir l'assassin présumé.

Quelques jours passèrent. Ils allaient et venaient. Chuchotaient en silence. Et bientôt ne surent que faire. Ils étaient en trop dans cette chambre que la disparue encore présente occupait d'un poids inimaginable. Pendant une veille solitaire où il restait assis, figé, les yeux dans le vide devant le paisible spectacle de ce néant aux mains jointes, la sonnerie de la porte d'entrée retentit. C'était Jean, un ami photographe de sa mère qui avait fréquenté un temps Babylone et qui, sous une apparente désinvolture, cachait une âme de vrai original. Il s'était fait une spécialité du sténopé. Ses appareils photo ne lui coûtaient pas cher : c'étaient de rudimentaires boîtes de conserve vides percées de deux trous et dans lesquelles il plaçait un film. Il les posait dans des endroits improbables et exposait le résultat dans une galerie reconnue. Cet artiste de peu faisait de l'or avec un cylindre de ferraille et des rouleaux de pellicule. Son œil ne comptait pas. Seul le hasard faisait bien ou moins bien les choses. Bien que d'une nature enjouée, Jean dégageait quelque chose de très sombre, sans doute à cause de son apparence physique : de grands yeux noirs, des cheveux tout aussi noirs et une peau foncée qu'il disait tenir d'origines paysannes bourguignonnes. « Là-bas, la terre est noire comme les sarments de vigne », avait-il confié un jour à Adrien, sur le ton de la confidence. « Je suis issu de cela, de cette terre et de générations de pauvres hères. » Jean apparut, sa tête chafouinée de tristesse, les mains embarrassées de fleurs et d'un sac dans lequel se dessinait une boîte de conserve. Il demanda à Adrien s'il acceptait qu'il photographie sa mère sur son lit de mort, ainsi que dit-il, et la comparaison était osée, Man Ray l'avait fait pour Marcel Proust. Était-ce une idée de sa tante ? Sans doute. Adrien n'était pas très chaud. Peut-être était-ce l'association des mots conserve et viande froide ? Il déclina. Jean resta debout un temps, murmura quelques banalités de circonstance puis repartit sur la pointe des pieds sans qu'Adrien s'en soit aperçu. Puis, accompagné du mafieux marseillais aux solaires miroir, le Démon surgit, titubant, sentant la vinasse et la bière, les médicaments qui le faisaient transpirer, jetant un regard mauvais aux membres de l'assemblée qui s'écartaient, peu rassurés. Il se rapprocha de sa mère, contempla le visage, s'en écarta, tourna autour du lit et se mit à marmonner puis à élever la voix : « Merde, putain, c'est pas vrai ! dis-moi que t'es pas clamsée, ma petite maman, non dis-moi ! Et toi l'enfoiré, qu'est-ce que t'as à me mater, pleurnichard à la con ! Bidon ! Y a des coups qui se perdent ! Me regarde pas comme ça ou la liste va s'allonger ! Allez, j'me casse, tu me fais vomir ! Non, mais merde, y en a un au moins qu'a croqué son orteil pour voir si elle est vraiment morte ? Non ? Personne ? Nada ? Que chi ? Elle a assez répété qu'elle était claustro, ma petite maman ! Elle m'a toujours dit qu'il fallait lui croquer l'orteil ou sinon la brûler. Merde, un peu de respect, putain ! Imagine qu'elle se réveille dans son cercueil sous la terre ! Bande de nazes, que vous êtes tous, toi comme les autres, j'vais vérifier ! » Le Démon s'agenouilla près des pieds maternels, dans un geste qui eut, quelques fractions de seconde, la beauté de l'Adoration. Adrien se jeta sur lui et le fit chuter. Ils restèrent immobiles ainsi, en pleurs, éructant, bavant, se donnant des coups, jusqu'à ce que l'idiot, l'ombre bénite au visage de boxeur, les sépare de ses bras fermes et musculeux. Le Démon et le mafieux quittèrent la chambre. Adrien entendit la porte d'entrée claquer. Étendu sur cette moquette qui en avait vu d'autres, il ferma les yeux pendant que l'idiot lui murmurait des paroles douces, ainsi qu'il l'avait fait, enfant, dans la cour de récréation.

Wilson passa et déposa près de la table de chevet une bouteille de vin qu'Adrien soupçonnait d'être hors d'âge et hors de prix. « Empruntée » dans une boutique comme le cashmere cinq fils d'un tendre bleu ciel qu'il étendit sur le corps maternel. Des gens allaient et venaient, membres de la famille, visages oubliés des belles années du Bout du Monde, visages plus suspects de Babylone alertés par le bouche-à-oreille, enfin le va-et-vient habituel et ennuyeux des visiteurs funèbres qui n'ont généralement rien à dire.

L'enterrement avait lieu le lundi. La veille, ce dimanche de mai, il va voter avant de se rendre à Babylone où la mère repose toujours sur le lit, entourée de fleurs qui dégagent maintenant quelque chose de lourd, d'étouffant, d'écœurant. Son père allume la télévision dans le salon. Il n'est pas content du résultat. Adrien, lui, approuve, même si la réjouissance n'est pas de circonstance. Le soir, il va faire un tour place de la Bastille mais la foule joyeuse le déprime, puis gagne avec Candice son bunker souterrain préféré. Le propriétaire des lieux qui porte le même prénom que lui s'avance avec deux coupes de champagne. Rosé. Il boit. Candice fait attention à lui, mais cette prévenance le gêne et le dégoûte, même. Il se reproche tant de choses. Il pleure sa mère et sur lui-même, minuit sonnera la date de sa naissance. Il pense à ce que sa mère lui a raconté tant de fois, la perte des eaux à la *surprise-partie* en dansant le twist avec son *gros ballon*, l'évanouissement de la tante proustienne et magicienne, l'accouchement *comme une lettre à la poste*, et maintenant il est là aussi, dans la musique, la danse, les clopes et l'alcool. La boucle est bouclée, en quelque sorte. Un fêtard s'avance pour le provoquer, pensant qu'il pleure le président battu. Adrien lève la tête et lui demande de dégager. L'autre s'éloigne en gueulant « Connard ! Les fachos à l'échafaud ! » Il pense : c'est drôle, j'ai voté pour le vainqueur que je n'aime pas, uniquement sur sa promesse d'abolir la peine de mort. Les fachos à l'échafaud… cela lui rappelle les chaussettes de l'archiduchesse sont-elles sèches ou archisèches répétés en boucle dans la DS enfumée et vitres fermées des parents lorsqu'ils se rendaient au Bout du Monde… Le mal de cœur et l'impression d'être conduits par deux spectres dont il distinguait à peine dans le brouillard tabagique la forme des têtes. Il fixe Candice et se met à répéter les chaussettes de l'archiduchesse sont-elles sèches ou archisèches les chaussettes de l'archiduchesse sont-elles sèches ou archisèches les chaussettes de l'archiduchesse sont-elles sèches ou archisèches mais il bute à la fin sur ce satané archisèches. Candice sourit, se lève et veut l'entraîner sur la piste, mais il n'y arrive pas. Trop bourré, trop déprimé. C'est son anniversaire mais il n'a pas envie de danser sur un cercueil. Le dj s'excite plus que les danseurs ce qui est toujours mauvais signe. Cela évoque à Adrien ces sinistres bouffons qui rient fort en racontant leurs histoires modérément drôles. On s'agite un peu entre les tables au son de « Born to Be Alive » de Patrick Hernandez. Born to be alive… quelle plaisanterie… puis c'est Grace Jones et sa « La Vie en rose ». Cette vie en rose qui commence. Il songe au tee-shirt Giscard à la barre avec lequel Jici voulait étouffer son père. Peut-être plus une très bonne idée de le porter. Penser à lui dire. Il boit encore et encore et se demande lequel des deux est le plus mort, sa mère ou lui ? Peut-être, se dit-il, tout ceci n'est qu'un leurre : la mort annoncée n'est que le miroir inversé de la réalité. Le mort est celui qui, debout, regarde le vivant, allongé, avec l'impression d'être de l'autre côté de la rive. Il est peut-être bien mort, dans ce trou qui soudain, à la réflexion, ressemble aux abysses de l'enfer. C'est ça, bien sûr… et voici que s'avancent, comme pour enchanter sa vision, Andronic, Francine et Marc-Antoine, phalènes aux teints d'ivoire, aux lèvres bleues, venues se brûler aux boules à facettes. Gênés et embarrassés de leurs mots de circonstance qu'Adrien entend à peine, ils l'étreignent. Les poitrines d'Andronic et de Francine sont trop dures au contact. Candice s'éloigne pour danser avec l'amie de Marc-Antoine. Adrien la regarde, la vie en mouvement, sa robe qui tourne et se soulève un peu, les robes symbolisent plus que tout autre chose, se dit-il, le mouvement solaire de la vie, attraction et séduction, et le reste… Il observe les danseurs pensant à sa mère là-bas, immobile, et ne voit pas trop la différence, ce sont seulement des morts agités. Elle aussi avait aimé danser et l'avait mis au monde ainsi, dans un salon de l'Ouest parisien. Il était né en dansant après tout. Il pense à sa mère veillée par son père. Que lui dit-il, là, seul en tête à tête avec elle, dans la semi-pénombre de la chambre ? Que lui dit-il à travers ses lèvres glacées, ses yeux clos, ses mains jointes ? Enfin le silence, et peut-être l'aveu de la plénitude enfin atteinte. Il est tard, si tard lorsqu'il s'en va avec Candice. Le centre de la ville est jonché de papiers, des clameurs trouent l'aube. Il est fatigué, si fatigué. Ils sont enlacés dans le lit de Candice. Il pense toujours à sa mère. Il se met en boule, en position fœtale. Il voudrait être dans son ventre mais comment être dans le ventre d'une morte ? Un papillon vient effleurer sa joue, mais non. Où est-il ?

Il n'a pas beaucoup dormi, sa bouche sent l'alcool. Il repasse chez lui, prend une douche, enfile une chemise blanche, un costume noir et passe une cravate tout aussi noire. Les phalangistes sont debout, immobiles, comme au garde-à-vous. L'étreignent virilement avant de lui glisser : « À tout à l'heure, à l'église ! » Lorsqu'il arrive, son père dort dans le fauteuil. Il s'avance et embrasse une dernière fois sa mère sur le front et s'assoit. Il la fixe pour ne pas oublier son visage enfin reposé. Ce visage rajeuni et comme transfiguré, comme si maintenant tout le poids de souffrances accumulées s'était évaporé à la manière d'un mauvais nuage sombre.

Plus tard, dans la matinée, il s'approche une dernière fois pendant que deux hommes en noir vissent le cercueil. Ça y est, il ne la verra plus. Il ne se souvient plus de la cérémonie. Il a écrit un texte, dur, trop dur, l'Église et la famille imposent en règle générale la banalité consensuelle, et il n'a pas le cran de le lire. Mais il se lance quand même, mû par une force extraordinaire, comme si sa propre mère le poussait dans la travée jusqu'au pupitre. Mais voici ses mots qu'il a toujours conservés sur une feuille pliée en quatre, dans son exemplaire de *Paris est une fête.*

« *Ma chère Maman,*

Comme c'est drôle, s'adresser à une absente, c'est un peu absurde, non ? Esprit, es-tu là ? aurait dit Granny. Quand on y pense ça fait un peu asile de fous, quand même. J'ai l'impression d'être l'un de ces malheureux qui parle tout seuls dans la rue, et que je retrouvais parfois dans l'une de ces maisons closes que tu affectionnais tant. Toi qui as beaucoup lu, tu connais sûrement l'incipit d'*Anna Karenine* : toutes les familles se ressemblent dans le bonheur, aucune dans le malheur. Est-ce si vrai au fond ? Il y a des bonheurs différents auxquels j'aurais bien voulu goûter, alors qu'il me semble que dans notre cas, dans le cas de la famille au sens élargi, le malheur soit la chose la mieux partagée du monde. Mais te voilà aujourd'hui, là devant nous, allongée comme tu le fus si souvent dans ta vie de brûlures et de souffrances mais cependant, froide et apaisée, enfin débarrassée de cette abominable douleur qui s'était agrippée à toi, encore si jeune, pour ne plus jamais te quitter. Cette sangsue de mal-être, ce dégoût en toute chose qui t'avait peu à peu emmurée vivante. Je te contemplais plus tôt sur ton lit recouvert de fleurs, puis dans ton cercueil je te devine maintenant sous le bois protecteur, corps qui n'est plus qu'un objet non identifié. Car qu'est-il sans cette âme effacée à jamais, ou alors, peut-être, qui sait, je lève la tête et cherche la réponse, élevée au mystère de l'impénétrable. Je doute car je déteste les certitudes qui ne font qu'ajouter de l'incertitude.

Ta vie, celle que j'ai commencé de côtoyer à la fin de l'adolescence lorsque les portes de la pension se sont refermées derrière moi, me paraissait bizarre car si tu aimais l'époque, légère, insouciante et excessive, tu en rejetais le rire comme si tu tentais de remonter pour d'évidentes raisons le fleuve du temps à contre-courant et bien sûr, cela ne pouvait qu'entraîner le sur-place et la débâcle dans l'effort surhumain. La déconnade chez toi était tragique. Tes amis babas cool avaient eux-mêmes perdu à ton contact cette étincelle de folie douce. C'était bien la peine d'avoir les cheveux longs et de s'envoyer en l'air avec de la drogue. Je pense souvent à *More*, ce film que tu avais beaucoup aimé et qui peignait si bien l'ambiance babylonienne… More… et il fallait bien sûr lire Mort. Je me faisais la réflexion que je ne t'avais pas vue rire souvent depuis mon enfance, enfin celle qu'il m'arrivait de partager avec toi quand *la maison de corrections* ne me privait pas de ta tendresse.

J'écarte les lourds rideaux sombres que tu tirais lorsque le soir tombait, comme pour ajouter de la nuit à la nuit, et je vois soudain une plage d'Algérie, ma petite main dans la tienne, avançant dans le sable jusqu'à cette mer que je voyais pour la première fois, ta main tiède et rassurante qui semblait me guider vers des rives éblouissantes. Il y avait ensuite Paris des belles années, puis la découverte par tes enfants du Bout du Monde, la maison de tes parents, les grands-parents, où tu semblais si heureuse, au soleil, pieds nus, tes longs cheveux blonds et ta guitare, tes tableaux, les copains italiens et autres, puisque c'était le temps des copains italiens et autres, des rires, là oui, des rires, des nuits à danser dans les caves de Saint-Tropez, à se tromper aussi. Vous étiez jeunes, si jeunes, si beaux… Convoités l'un et l'autre et pas si farouches parce que n'est-ce pas, les tentations sont faites pour être tentées.

Quand je te vois, dans ces jours anciens, je pense aux journées à la plage avec un livre, tes copines nues ou presque car c'était la mode, et nous barbotant dans l'eau claire coiffée d'algues brunes. Mais au large, d'abord invisible, s'approchant peu à peu comme le vaisseau fantôme, l'île des morts vogue vers le petit garçon qui joue dans le sable et qui ne voit rien, le regard voilé par le bonheur simple d'être là à faire des pâtés. Il y eut la souffrance et l'agonie de cet enfant, le martyre de la chair de ta chair, et puis, lorsque tout fut fini, ce cri monstrueux qui signa ton adieu à la vie. Tu te contentas de faire de la figuration les années qu'il te restait à vivre. Je t'en voulais de toutes ces soirées aux allures de veillées funèbres et parfois même il m'arrivait de penser à mes histoires de filles, comme antidote au malheur ambiant et cela me faisait du bien. C'était horrible sans doute de penser à ça, et peut-être dégueulasse pour certains aujourd'hui, là devant moi, dans ce lieu, de me dévoiler aussi crûment, aussi bêtement, mais c'est ainsi. On ne s'en sort que par la mise à distance de sa propre souffrance. Par tous les moyens possibles.

Je te dois pourtant cette chose essentielle : sans ce chaos et cette vie dantesque, dans ce cafard imposé, cette dépression fixée sur le ciel de Babylone comme un nids de tarentules au-dessus de nos têtes, je me prends parfois à penser que ma jeunesse, mon existence auraient manqué de quelque chose. Ton chagrin, tes excès, ta douleur, je m'en rends compte aujourd'hui là devant ton corps enfin en paix m'ont aidé à vivre, à en aimer les désastres comme les minuscules échardes de bonheur et m'ont fait ainsi, particulier, un peu spécial, et je m'en réjouis car tout chez moi, depuis, rigoureusement tout, est une manière oblique d'envisager la vie et les autres.

Mère, pourquoi m'as-tu abandonné ? Je te hais et je t'aime. Je t'aime et je te hais. Je te pleure et d'autres te pleurent, et c'est ainsi que nous nous consumons dans la ronde infinie de nos lamentations successives, jusqu'à la fin des temps. En guise d'adieu, ces vers qui ont sûrement été écrits pour toi. De qui est-ce, me demanderas-tu ? J'avais noté ces mots mais impossible de me souvenir. J'imagine que tu ne m'en voudras pas trop.

Noir est le manteau de la nuit
Mais la mort ne peut effrayer
Celui qui, hors des doutes,
Attend sans espoir.

Noire fut ton attente sans espoir, noire fut ta vie de sanglots, noire fut souvent la nôtre. Noir, ce jour où ta douleur s'est éteinte au passage du Démon. Peut-être, après tout, avait-il cru se dévouer pour les autres ? Noir est ce destin où, quoi que nous fassions, nous continuerons de t'accompagner par-delà les jours et les ans jusqu'à nos propres fins. C'est ainsi. »

Il regagne sa place au premier rang et sent la gêne et l'approbation mêlées. Il s'en fout. Ite missa est, vraiment. Puis tout le reste, convoi et mise en terre, s'évanouit ainsi qu'un brouillard dans la lande, derrière de grands pins noirs. Peu de temps après, alors qu'il était dans le métro, Adrien aperçut une femme qui ressemblait à sa mère et qui l'effraya. C'était le même visage triste aux cheveux blonds fanés, les longs doigts des mains jaunis par l'usage immodéré du tabac. La même maigreur, la même allure un peu voûtée, les mêmes vêtements qu'elle aimait porter, un gros cardigan en laine épaisse de couleur pâle, et un jean évasé vers le bas. Et cette paire de tennis roses qui donnaient à l'ensemble une touche de fantaisie enfantine. Oui, c'était sa mère… C'était bien sa mère, perdue dans ses pensées, crevée de chagrins, accablée sous le poids d'une descente qu'elle s'était entêtée de vouloir regrimper mais dont elle reculait la montée jour après jour jusqu'à ce précipice auquel elle tendait les bras tout en le craignant, effrayée devant ce qui l'attendait. Un mystère…

La femme leva sa tête et le fixa à son tour. Il crut voir dans la pupille d'un bleu délavé de larmes une supplication. Était-elle revenue sur terre pour l'inviter à la suivre ? La rame se rapprochait d'une station. Une coccinelle se posa alors sur le plat de sa main gauche. Que signifiait cette apparition ? Minuscule beauté rouge et noir, immobile et comme protectrice… À moins que… Elle se leva et se rapprocha de lui, il sentit une main sur son épaule. Il ouvrit la portière et s'échappa d'un pas rapide parmi la foule silencieuse. Il ne se retourna pas. Adrien s'enferma quelque temps chez Candice et, habité d'un chagrin qu'il ne savait pas partager, décida de retourner vivre chez lui. Les phalangistes et l'idiot veillaient sur lui. Marc-Antoine manifestait à chaque passage une certaine inquiétude face à la présence d'anciens tueurs aux regards soupçonneux. Il soutenait beaucoup Adrien qui, parfois, se demandait si sa mère était vraiment morte. Marc-Antoine invoquait l'esprit d'Allan Kardec qui lui répondait : « Oui elle est morte, mais non elle est bien vivante. » Traduction : « Là où elle est. » Adrien se persuadait que cette parole venue d'outre-tombe le rassurait mais au fond de lui-même demeurait perplexe. Un jour de juin, il emmena son ami rendre visite à son fameux mage enterré au Père-Lachaise et devant lequel Adrien se recueillit afin d'entrer *pour de bon* en communication avec sa mère en touchant le buste du médium. Cela ne donna rien, même si Marc-Antoine était persuadé du contraire. « Caroline est là, près de toi, je la vois qui passe à travers ton corps ! Ne bouge pas ! » Adrien se mit à frissonner de terreur et lui demanda d'arrêter.

« Oui, oui, elle est là ! hurlait son ami pris dans une transe. Elle semble heureuse. Attends ! Oui… c'est ça… elle… »

Adrien était déjà loin, courant par les allées où il lui semblait n'entendre qu'une immense clameur : ELLE EST LÀ !

Quelques jours plus tard, son père lui demanda de venir à Babylone afin de trier les affaires maternelles et de choisir ce qu'il voudrait. Il prit des tableaux et une vierge espagnole en bois que sa mère avait trimballée dans tous ses déménagements et qui, l'assurait-elle, pleurait des larmes de sang à chaque date anniversaire de la disparition du petit frère. Hasard ou coïncidence heureuse, Adrien n'avait jamais été présent lors de ces nuits particulières où des bougies rouges plantées dans de hauts chandeliers placés de chaque côté de la madone en éclairaient la face tranquille et souriante cependant que résonnait le lugubre « Avec le temps » de Léo Ferré. Mais aux dires des rares témoins, rien ne se passait jamais, bien que Caroline fut persuadée du contraire en fixant intensément le totem catholique. Elle voyait du sang là où sans doute, la cire s'écoulait.

En triant avec son père et le Démon les affaires de sa mère, il tomba sur une pile de lettres qui racontaient avec une poignée de mots, toujours les mêmes ou presque, son enfance emmurée.

Mon chèr papa,
Ma chère maman,

Je pense beaucoup à vous et vous souhaite un bon Noël. À qui je dois envoyée des cartes ? Il fait doux. J'espère qu'il fait beau à Paris. Je mange bien. Quand je vais vous voir ? Je vous embrasse très fort.
Adrien

Mon cher garçon,

Merci de ton gentil mot. Je suis au Luxembourg, un pays que tu aimeras sûrement visiter un jour. Je t'y emmènerai.
Gros baisers,
Papa

Mon chèr papa,
Ma chère maman,

C'est le jour de mon aniversaire. Je travaille bien en classe. J'ai beaucoup de petits amis. On m'a donné un kaki pour mon aniversaire mais je n'ai pas beaucoup aimé ça.

J'espère que vous allezs bien car moi, je vais bien. Quand je vais vous voir ? Je vous embrasse de tout mon cœur.
Adrien

Mon cher garçon,

Merci de ton mot qui nous a fait tant plaisir. Nous te souhaitons à nouveau un très bon anniversaire. Je pars tout de suite pour Milan et maman est venue m'accompagner à l'aéroport. Vite, vite, j'espère te retrouver, toi et ton frère ! Je vous embrasse. Papa

Mon chèr papa,
Ma chère maman,

Je pense beaucoup à vous. Je te remercie de la carte que tu m'as envoyée de l'aréoport. Je vais très bien et il fait très beau. Je commence à bien travailler en classe. Quand je vais vous voir ? Bientôt s'est Paque. Je vous embrasse très fort. Adrien

Mon cher papa,
Ma chère maman,

J'espère que vous allez bien car moi je vais bien. Je remercie papa de sa lettre et toi tu ne m'en as pas envoyé car tu as trop de travaille sa fait rien. Quand je vais vous voir ? C'est bientôt les grandes vacances. Je vous embrasse bien bien fort. Adrien

Chers parents

Je pense beaucoup à vous je vais très bien. Il ne fait pas très beau mais je n'ai pas froid. Vendredi on fait la composition de dictée questions. J'ai hâte de vous voir. J'espère que mon petit frère va mieux. Je le dessine pour vous quand il aura 3 ou 4 ans. Je vous embrasse beaucoup. Adrien

Chers parents

J'espère que Sébastien va mieux et que vous prenez de belles photos sur lui. La sortie vendredi est à 16 h 30 mn. Bientôt Pâque. Je mange bien. 100 000 baisers. À bientôt. Adrien

Chers Parents,

N'oubliez pas de remercier Monsieur Béranger. Il a fait dire des prières à l'intention de mon petit frère. J'espère que votre moral se hausse un peu. Pour moi cela va un peu mieux mais je crois que c'est la plus grosse peine de ma vie et je vois maintenant ce que c'est que la vraie peine. Là au moins quand j'ai pleuré Monsieur Béranger n'a rien dit. Je vous embrasse très fort, votre Adrien. Et à samedi 1 h ! Adrien

30.

*Où Adrien tente d'oublier l'inoubliable
dans des bras accueillants
mais parfois c'est trop.*

Commença pour Adrien une vie excessive. Il lui fallait toujours plus de chairs, plus de sexes dans des endroits sombres où les corps se mêlaient aux râles. Accompagné de Candice, il s'enfonçait dans les femmes, parfois vulgaires, et, qui sait, peut-être trouverait-il enfin la clé qui ouvrirait une porte. Qu'y aurait-il derrière ? Sa mère ? Il l'ignorait, cela le hantait, mais tout cela finit par être sans importance. Il ne s'amusait plus. Il retrouva l'air libre, respira un bon coup, découvrit le jour qu'il avait fini par oublier, blême et bleu, gris et solaire. Il marchait dans la ville au bras de Candice, ils souriaient. Le jour les intimidait un peu. Candice restait dans sa vie, comme il restait dans la sienne. Ils ne se quitteraient jamais et s'étaient juré d'être enterrés ensemble, mais ils aimaient par-dessus tout cette chose sublime parce que sans prix : la liberté. Candice était la sœur idéale. Amie, amante, salope et stable. Adrien choisissait rarement ses histoires. Il lui semblait que toujours, elles venaient vers lui et le prenaient, le temps que cela devait durer. Il se faisait par moments l'impression d'un homme facile et cela le dégoûtait vaguement, mais la grande indifférence au monde qui l'habitait, ajoutée à son obsession démente pour le sexe qui grignotait ses pensées à la manière d'une tumeur bienfaisante, le faisait vite tourner la page. Il oubliait sa honte et passait à une autre fille.

Accablé de dettes, le père avait décidé de vendre Babylone à l'État. Le marché conclu, il ne lui resta pas grand-chose. Largué comme Adrien n'avait jamais vu ce roc, son père lui demanda s'il ne pouvait mettre ses dernières économies dans le capital de C. Stars Productions. Avant de se récuser aussitôt, après avoir avalé une lampée de whisky sour : un homme comme lui ne pourrait jamais se compromettre avec Alban Ceray. Non c'était impossible ! « Tu comprends j'ai aimé des femmes… beaucoup de femmes… mais uniquement des femmes du monde… des actrices… des stars même… si tu savais !… je ne t'ai pas donné tous les noms !… mais je n'ai jamais traîné avec des shampouineuses… je t'ai parlé d'Ava Gardner, elle, parmi d'autres du même niveau… beaucoup d'autres !… Mais, là… bosser pour Josiane la turlute et traîner avec des putes décolorées se prenant pour Marilyn… c'est au-dessus de mes forces, non merci ! Non, finalement, très mauvaise idée !… et pourtant tu sais que j'adore Candice, ne le prends pas mal ! » En faisant cet aveu, Adrien comprit qu'il ne l'aimait pas. Son fils méritait mieux. Ils continuèrent de parler des femmes. C'était, avec les livres, un sujet inépuisable chez son père. Il n'aimait que les femmes plus jeunes, exception faite de celle qui avait été sa femme lorsqu'ils avaient été si jeunes et que la question ne se posait pas.

— Vois-tu, Adrien, je sens bien que j'accroche moins le regard des jeunes femmes. C'est terrible, passé la quarantaine, tu peux être beau et pas trop con, tu n'en restes pas moins tout aussi invisible qu'un laideron en face d'une fille de vingt-cinq ans. C'est curieux car j'ai toujours l'esprit d'un jeune mec mais le corps, le visage marque mon âge comme un sceau d'infamie. Et pourtant mes yeux ont toujours vingt-cinq ans. C'est injuste, si injuste.

Il alluma une cigarette, plissa ses yeux comme si ce geste le réconfortait en lui assurant une prestance de séducteur viril et glamour. Adrien était hanté par ces paroles au point qu'il avait décidé une fois pour toutes de faire son marché dans le self-service infini mais limité dans le temps que représentait alors le sexe à ses yeux. Candice avait accepté sa liberté qu'elle ne se privait pas d'appliquer à elle-même. C. Stars Productions avait en quelque sorte participé à son apprentissage précoce de ce côté-là. Surgirent, au détour d'une phrase de son père très en verve, les noms propres familiers et les anecdotes parfois extraordinaires qui s'y rattachaient. Le ciel s'ouvrit, constellé de myriades d'étoiles scintillantes comme des promesses de rêves et d'échappées hors du temps tel que nous le connaissons. Les noms de proches et de moins proches souvent liés à un fabuleux passé se faisaient la courte échelle pour tisser une toile infinie, sans cesse recommencée avec des ajouts inédits et des détails parfois différents qui faisaient soupçonner Adrien que son père inventait. Mais non, c'était un fait avéré, ce père connaissait « la terre entière, sa vie, son œuvre », Adrien en avait souvent la preuve lorsqu'il sortait avec lui, ou le retrouvait attablé à sa tour de contrôle préférée, à Saint-Germain, entouré d'amis à chaque fois différents, parfois célèbres et qui semblaient l'adorer. Son père possédait une chaleur de compagnonnage, un don pour la conversation, qui aimantait. Qu'allait-il devenir ? Adrien comprit qu'ils allaient peu à peu inverser les rôles. Le Démon évaporé et trop irresponsable, Clara, la petite sœur fragile qui devrait apprendre à se construire sans mère, ne restait que lui, comme bouée de sauvetage du roc. Autant dire qu'il risquait d'y laisser des plumes et d'y être englouti à son tour.

Le père continuait de hanter le terrier de sa génération, où l'attendait, chaque nuit ou presque, une bouteille de scotch à son nom. Là, au moins, on lui fichait la paix, et il pouvait rire avec ses vieux camarades, un exercice physique jugé excellent par le corps médical, et si peu pratiqué à Babylone. La nuit était le terrain de jeux idéal pour ce modèle de cadre supérieur qui recherchait avant tout *la détente*. Là, il retrouvait souvent un compagnon de la nuit plus âgé que lui, un aristocrate amputé d'un bras qui s'exprimait comme un voyou des bas-fonds de Paris et qui avait manqué de tuer un Américain à la chasse chez le grand-père pétainiste d'Adrien, un ancien GI que le manchot disait avoir confondu avec un faisan ou un lièvre. Enfin, quelque chose qui remuait. Né dans un château de Mayenne, ce curieux personnage était devenu un ami des parents d'Adrien à l'époque de leur jeunesse germanopratine à cols roulés noirs et Gauloises bleues. Il passait parfois quelques jours l'été au Bout du Monde et des soirées d'hiver à Babylone quand son père imprimait sa présence passagère. Jean-Robert de Puymasson était un ancien de la division Charlemagne. Il aimait raconter à Adrien comment il avait été parmi les derniers défenseurs de Berlin. Mythomanie ? Réalité ? Qu'il ait été et soit resté nazi était un fait indiscutable. Pour le reste… Mais les voici avec Adrien, Candice, Delphine, la nouvelle amie passagère de son père, dans cette boîte que le Waffen SS avait surnommée le bunker des minets, en jouant sur la sonorité ambiguë. *Le bunker déminé…* Les deux hommes trinquaient ce soir-là. Jean-Robert de Puymasson avait un projet. Il allait investir une partie de ses économies dans la production d'un film de « farfelus » comme il appelait les cinéastes rive Gauche. « Mon vieux, que veux-tu, confiait-il à son père, mi-accablé mi-résigné, ces branquignols qui auraient perdu leurs couilles gelées à Stalingrad après avoir chié dans leurs frocs devant les popovs, se font des petites frayeurs de seringués, de fadas de la schnouf, en croyant avoir inventé le courage !… Quand ils ne se cament pas, ces minus habens se branlent avec leur Karl Marx de mes deux et l'autre enfoiré de Sartre qui faisait jouer ses pièces en 43 devant mes petits camarades teutons. Mais bon… faut être de son temps… du nouveau temps… puisque l'ancien, le bon vieux temps, il est kaputt comme tu sais… »

Maurice Ronet passa près d'eux, serra la main solitaire de Puymasson et s'éloigna un verre à la main, vers une table où discutait un groupe de gens qu'Adrien ne connaissait pas. Puymasson poursuivit. « Alors j'ai décidé de pactiser avec les poux à cheveux longs… le cinéma, cette industrie de juifs !… Bon… Faut croire qu'ils ont une conception élastique de la morale parce que les zozos du Flore ont pas hésité longtemps avant d'accepter l'argent du Collabo comme ils me surnomment… Je m'en balance… Et puis ça m'amuse, y a du plaisir de fin gourmet à financer un truc de gauchistes ! » Jean-Robert de Puymasson leva son verre de son bras vaillant comme s'il trinquait avec quelques fantômes disparus dans les décombres de la Chancellerie. L'autre bras, invisible, se tendait dans un salut qui ne souffrait aucune équivoque mais, ça, personne ne pouvait le deviner à moins de posséder les dons de la tante proustienne et magicienne. Jean-Robert était le double exact de Jici. En plus amusant. Delphine, la dernière conquête de son père, riait en effet beaucoup. Candice, un peu moins.

Si Adrien avait été un temps abonné aux Anne passagères, son père, lui, l'était aux prénoms se terminant en *ine*. Après Caroline, la mère d'Adrien, il y aurait une Sixtine, sa seconde femme qui ne dura pas, puis une Alexandrine, une Delphine donc, puis au fil des ans une Amandine, une Valentine, une Marine, une Christine… Adrien en oubliait sûrement mais le fait est là, curieux, et même comique. Ces trois lettres, i, n, e formaient la sacro-sainte trinité de la vie sentimentale paternelle, les trois points à partir desquels se dessinait sa carte amoureuse. Certaines étaient amusantes, d'autres moins, certaines étaient intelligentes, d'autres moins, certaines étaient folles, d'autres moins, mais toutes aimaient boire. C'était leur seul point commun avec la blondeur et une origine sociale dans l'ensemble plutôt élevée. D'où provenait cet enchaînement de malédictions féminines éthyliques alors que lui-même buvait raisonnablement, son père se le demandait lorsque la crise de l'une lui rappelait celles de sa femme ou d'une autre de ses maîtresses.

Il semblait à celui-là, lorsque l'accablement le prenait les nuits de cuite de l'une ou l'autre, qu'un esprit malfaisant avait jeté un sort sur ses liaisons. Un djinn animé d'un esprit de vengeance maléfique (mais pour quelle raison ?) s'échappait des bouteilles de blanc et répandait dans la maison l'ivresse et la tristesse qui sont des mots qui vont très bien ensemble. Mais changer de compagne n'y faisait rien : la malédiction se transmettait de l'une à l'autre avec une régularité de métronome. Il avait fini par s'y faire. À tout prendre plutôt qu'être tristement assommé de la solitude du quadragénaire vieillissant, il aimait mieux être mal accompagné. C'était un pari risqué mais qu'il assumait. Il n'avait aucun mal à trouver une remplaçante. Celle-ci arrivait avec ses valises, ses espoirs et ses bouteilles, à peine l'autre repartie, en claquant la porte. Enfin, celle qui n'avait pas été réduite en miettes par la précédente.

Le Démon avait disparu de la vie d'Adrien, soudain plus apaisée, mais se rappela à ses bons souvenirs quelques mois plus tard. Une femme dont il n'avait jamais entendu parler l'appela. Son frère avait fait un

AVC et allait y passer. La rupture d'anévrisme devenait une habitude familiale. Tant qu'il ne se réveillait pas en éructant les *enculéputainsalope* de la grand-mère tout irait bien, enfin presque, songea Adrien qui alla le voir à l'hôpital. Il découvrit un squelette enveloppé de chairs blêmes pendouillantes ainsi qu'un linceul putride, vieilli, la bouche ouverte comme autrefois son grand-père, mais il n'était pas encore mort. Il s'accrochait et survécut, ce qui conforta Adrien dans l'idée, en songeant aux overdoses non fatales de certains de ses proches, que la famille possédait des gènes aussi résistants que des boucliers pare-balles. Des résistants asymptomatiques, selon un professeur de médecine qui évoquait parfois devant ses élèves les cas médicaux fascinants que constituaient les rescapés de Babylone. Le Démon qui ne voyait plus que d'un œil, le gauche, était paralysé du côté droit et aphasique. La théorie du cadet se vérifiait une fois de plus, le mal était plus endurant que le bien.

Il y a quelque chose de simplet et de stupide chez les gens de bien, qui rend leur existence beaucoup moins cinématographique et attrayante que les gens de mal. Son frère avait misé sur le noir et avait gagné la partie, lui le survivant surgissant du néant tel un diable à ressort de sa petite boîte de farces et attrapes. Il était d'une certaine façon beaucoup plus romanesque que le cadet déprimé et déprimant. Il commença de gagner au Loto et aux courses. Son AVC avait été sa planche de salut et son passeport pour la richesse. Et ça continuait ainsi. Il gagnait, gagnait, gagnait. L'argent s'entassait dans des enveloppes kraft et dans un gros sac en cuir qu'il emmenait partout car, avait fini par comprendre Adrien à ce que son grand frère tentait de lui expliquer depuis des heures, ce dernier n'avait pas confiance dans les banques pour la bonne raison qu'elles étaient trop vulnérables : il en avait braqué une, autrefois, ce qu'Adrien ignorait. Lui aussi, après l'oncle… Ces grands bourgeois se révélaient être aussi forts que le gang des postiches ou autre Mesrine !… C'étaient des cadors dans leur genre, ces enfants du 16e !… Ils méritaient le respect des Baumettes !…

Ele ne son pa sur, avait griffonné l'aphasique sur un bout de papier. Il parlait des banques. Pris en charge par l'Assurance Maladie, la Ville de Paris et bénéficiant de diverses aides sociales, le Démon était devenu par la grâce de son accident cérébral dû à des décennies d'abus, un homme riche, le plus riche de la tribu. Ses chevaux gagnaient souvent, ses combinaisons au Loto lui rapportaient sans cesse des petites sommes qui, additionnées, finissaient par former *un magot* conséquent. C'était une justice inversée : le méchant, le salaud emportait *in fine* la mise, ce qui plaisait beaucoup à Adrien. Ce lecteur boulimique savait depuis toujours que les meilleurs livres sont ceux où la morale n'est pas sauve du tout. Où, bien au contraire, le mal triomphe. Il détestait les pensums affligeants de moralité sucrée. Ces prêches à messages. Il aurait donné une phrase de Sade pour tous ces emplâtres pathétiques qui lui tombaient des mains aux premières pages. La littérature était le mal sinon elle n'était rien du tout. Il pensait à ces pauvres arbres, bien plus libres, sauvages et audacieux, abattus pour servir de bavoirs à des bréviaires consternants.

La tante proustienne et magicienne qui était la marraine du Démon aimait beaucoup cette histoire du filleul enrichi par l'accident cérébral. Elle lui rendait parfois visite et tentait de le distraire en lui faisant des tours de cartes. Il riait comme un enfant, en dévoilant une bouche grise. L'AVC l'avait rendu au point de départ, le petit garçon marrant et malin de la rue Lauriston, la boucle était bouclée. Parfois Adrien se mettait en tête d'établir le dialogue. C'était difficile, mais enfin il tentait. C'était un jeune homme bon et patient que le socle de la religion du pardon avait maintenu fermement.

« Comment vas-tu aujourd'hui ?

— Jbniuisti klonuyihj !!!

— Ah oui ? Ah ce point ?

— Bijomlakuklyum !

— Non ?… C'est pas vrai, tu penses vraiment que… ?

— Chlamoukoul ! Bijomlakukluym !

— Je vois… Ne t'en fais pas… ça va aller mieux, d'ailleurs je commence à entrevoir une légère amélioration depuis la dernière fois que je suis venu te voir !

— Stapumtokjou !!! Vllllachalopa !

— Fils de pute ? Espèce de salaud ? »

Le borgne, écumant d'une mousse grisâtre d'entre ses lèvres, fit signe que c'était ça. Et pourtant Adrien ne se foutait pas complètement de sa gueule mais avec lui, on ne savait jamais à quoi s'en tenir. Sa gentillesse et son absence au monde cachaient, en règle générale, un profond mépris et sûrement une part de saloperie tue. Ses yeux portant au loin, sans jamais fixer son interlocuteur trahissaient sa vérité, celle de fuir sans cesse le présent et de se téléporter vers des vies parallèles modelées à sa guise, trempées dans des eaux lointaines aux teintes indéfinissables.

Au bout d'un certain temps, Adrien se demanda pourquoi il faisait preuve de tant de mansuétude en continuant de rendre visite au légume enrichi, un altruisme constitutif à une éducation difficile à effacer d'un trait. Il était maintenant traversé de drôles d'idées, comme par exemple la mise à mort du Démon. Il avait envie de l'étrangler ou mieux encore, de l'étouffer sous son oreiller. Ou de faire les deux en même temps, pour plus de sûreté. Cela le prenait, ses mains s'approchaient du visage immobile aux yeux clos, effleuraient le coton de l'oreiller, tiraient légèrement dessus mais le frère sursautait et ouvrait son œil valide. Adrien faisait alors mine d'épousseter le tissu blanc, à la manière d'un garde-malade attentionné. Un jour, il fixa longuement ce visage endormi qui lui ressemblait, réussit à se saisir de l'oreiller, l'approcha au-dessus de la bouche ouverte, et le reposa. *L'œil était dans la tombe et regardait Caïn.* Le Démon avait tué leur mère mais Adrien qui conservait un fond de croyance ne souhaitait pas qu'il la retrouve. Lui imposer sa présence eût été ajouter un crime à un autre. Il pensa alors à autre chose. Emporter la valise remplie de billets, en mémoire de la mère martyre que l'alité avait plumée tant de fois. Donnant donnant. Un jour, alors que le soleil s'éteignait lentement dans les nuages gris, le visage pâle du paralysé semblait comme apaisé, l'âme gagnée par ce que l'on appelle *le sommeil du juste.* Adrien, le frère si charitable, se leva, et sur la pointe des pieds, se saisit de la valise et dévala l'escalier, satisfait, même si courir ne servait à rien. Il venait de réussir son premier braquage familial, une tradition inaugurée, on s'en souvient, avec succès par l'oncle Édouard. Il s'engouffra, heureux, dans la bouche du métro en agrippant la poignée de la valise au point d'en avoir mal aux doigts.

Il était enfin riche, ou presque. Il appela Candice et prit deux billets pour Los Angeles, la ville qu'il avait rêvé, adolescent, de découvrir avec sa mère. Ils descendirent dans un hôtel où ils avaient l'impression de survoler la cité de leur lit. Ils burent, parlèrent. Burent. Parlèrent. L'aube les surprit devant la piscine de l'hôtel où flottaient de gros canards jaunes. En bas, la ville constellée de millions de lumières apparaissait peu à peu comme si une immense plaque tectonique s'avançait vers eux. Ils rencontrèrent une fille au bar de l'hôtel qui leur proposa de les emmener en voiture au nord de la Californie dans un rassemblement de vagabonds des rails où elle se rendait chaque année. De là, s'ils le souhaitaient, ils grimperaient dans un train de marchandises. Ils firent leurs sacs, et partirent avec Jessica, la fille.

Ils roulent toute la journée et arrivent dans une petite ville où ils garent la voiture, achètent de la nourriture et s'enfoncent dans la nuit. Le vent souffle. Ils marchent quelques kilomètres à pied le long d'une voie ferrée et gagnent un sous-bois de sapins agrippés les uns aux autres comme des danseurs ivres. Ils entendent maintenant des clameurs, et aperçoivent la lumière d'un feu de camp entre les frondaisons. C'est une assemblée d'une trentaine de routards, dont certains très jeunes, des adolescents fugueurs, dansent autour du feu, comme s'ils effectuaient une danse du scalp. D'autres plus âgés, plus taciturnes, se contentent de boire, assis en tailleur ou déjà ivres, allongés sur leur sac de couchage. Des chiens en laisse somnolent. Candice passe ses mains dans les cheveux d'Adrien, en signe d'appartenance peut-être, ses yeux noirs brillent. Elle est heureuse. Un type joue de la guitare pendant qu'une fille chante à son côté. Adrien se met à boire ce qu'on lui tend. Un jeune garçon très excité s'enfonce dans le cul une canule reliée à une gourde remplie de vin et explique au Français que c'est la meilleure façon d'être bourré à la vitesse de la lumière. Une bagarre éclate. Deux corps roulent près du feu. Un couteau jaillit, dans l'éclat des flammes, mais les deux hommes sont séparés par un géant qu'Adrien évite par la suite d'approcher. Ses regards ne sont pas amicaux. Il est tard maintenant et les voix s'éteignent peu à peu, avalées par l'obscurité et le froid qui les saisit maintenant que le feu se meurt. Candice et Adrien partagent le même sac de couchage qu'ils sont obligés d'ouvrir. Ils ont froid mais se réchauffent par la proximité de leurs corps. Ils ne s'embrassent pas et restent ainsi, se chuchotant des mots qu'ils ne comprennent pas toujours. Deux corps rapprochés dans la pénombre. Ils s'endorment. Au-dessus d'eux les étoiles jouent à cache-cache avec les cimes mouvantes des grands fantômes noirs.

Au réveil, il se dirige vers le contrebas, et découvre une petite berge sablonneuse où un groupe de garçons et de filles se lavent, nus, dans la rivière. En face de lui, sur l'autre rive, un homme en chapeau melon l'observe pisser dans un bosquet. Jessica plonge pour rejoindre l'homme. Adrien et Candice se déshabillent. L'eau est glaciale mais le soleil les réchauffe. Les voici avec l'inconnu au chapeau melon qui demande ce que les Français font là. La fille explique et fait les présentations. Adrien comprend aux explications de l'homme au chapeau melon que ces derniers hommes libres n'aiment pas être dérangés par des questions. *En être ou pas.* Puis cet homme, qui taille avec un couteau une petite figurine en bois, lève lentement les yeux vers le ciel de plus en plus aveuglant et lui montre un aigle tournoyant loin loin au-dessus de leurs têtes : « L'esprit de la montagne ! dit-il. Là pour nous protéger ! » Adrien fixe le rapace et pense aux papillons du grand salon du Bout du Monde. C'est là, pense-t-il, que mon chemin doit s'achever. Il fait maintenant une drôle de tête et se sent glisser dans le lit de la rivière. La faim ? La soif ? Ou tout simplement le vertige d'avoir touché enfin au but ? *Assez connu. Les arrêts de la vie. – Ô rumeurs et Visions !* Candice comprend et le retient. Il veut dire quelque chose mais rien ne sort de sa bouche desséchée. Il se baisse, rassemble ses paumes en offrande et boit. Les voici maintenant, arrivés devant un trou d'eau d'où, au fond, le long d'une paroi raide comme une muraille, jaillit une cascade. Ils s'amusent à passer dessus, elle se protégeant la poitrine, lui le sexe car l'eau les frappe comme des balles de mitraillette. Ils ne parlent pas beaucoup et ne s'embrassent toujours pas. Il comprend qu'ils n'en passeront peut-être pas par là et c'est un soulagement. Cette incessante, cette épuisante valse des corps nouveaux. La recherche de sa mère ? De l'utérus séminal ? *Il se sépare.* Son âme se détache de lui comme une vieille peau de serpent. Ils errent ainsi longtemps et regagnent le campement, se nourrissent un peu et dansent longtemps autour du feu. Le voici en transe. Il est en Dieu. Où était sa mère maintenant ? Dans le battement de l'aigle enfui ? Dans les étincelles du feu de bois ? Dans l'eau claire qui murmure un peu plus loin que la cascade ? Dans le sourire de Candice ? La douleur s'éloigne, pour la première fois de lui, comme s'il n'y avait plus de place pour deux. Un chant nocturne s'élève de la pénombre. Un vieux folklore de guingois aux accords approximatifs et à la voix chevrotante. Il pense : que suis-je venu faire ici ? Que la vie est belle ! Là maintenant. Il voudrait mourir à cet instant pour ne pas laisser s'enfuir ce moment où la vie lui a semblé si présente.

Le lendemain matin, ils sont une dizaine, accroupis dans le fossé à attendre le passage du train de marchandises dans lequel ils vont sauter en faisant attention à bien prendre leur élan pour ne pas être broyés sous les roues. Le voici qui s'avance, dans un bruit effrayant, long et lent, presque infini. Il songe : c'est ainsi que les mauvais garçons et les Indiens attaquaient les trains. Ils courent, sautent, manquent de perdre l'équilibre et se retrouvent dans le wagon vide tirés par des bras puissants. Le sol en métal sur lequel ils se posent est brûlant. Le bruit assourdissant du convoi étouffe le son des voix. Jessica lui lance : « Regarde ! Regarde comme le paysage qui défile ressemble à un écran de cinéma !… Mais ce que tu vois est vrai, et gratuit ! » Tout est trop grand pour ses yeux. Trop beau. Une montagne orpheline surgit au milieu de la plaine. Ils filent ainsi vers le nord pendant plusieurs jours. Les nuits sont froides et le sol métallique empêche de dormir. Ils se quittent dans une zone de triage où il faut courir vite pour ne pas se faire arrêter. Adrien et Candice se tiennent la main et gagnent, fatigués, la grande ville où rien ne les attend d'autre que l'attente. C'est un jour triste. Jessica sourit en s'éloignant. Ils repensent à cette semaine et promènent ces mystères en eux, comme une plaie à vif bienfaisante, un bonheur douloureux. Ils rentrent le lendemain.

Leur histoire reprit un temps. Ils se quittaient mais se retrouvaient. C'était un feu mal éteint qui ne s'éteindrait jamais.

31.

Où le père d'Adrien investit
dans le foncier funéraire.
Au grand étonnement d'Adrien.

Il ne voyait plus beaucoup sa sœur qui tentait de « se reconstruire » loin de tout ça. Dans les bras de son premier amour. Quant à ce père… Lui manquait-il ? Il n'aurait su le dire. Manquait-il à celui-ci ? Il n'en était pas persuadé. Mais ainsi allait la vie, où chacun est, l'âge avançant, davantage préoccupé de sa propre survie, comme s'il était suspendu d'une main dans le vide. Adrien ne pouvait pas dire qu'il s'ennuyait. Vivre était tout ce qu'il y avait à faire puisque le suicide était la marque évidente d'une trop haute considération de l'existence. Ne pas se tuer était mépriser distraitement et sans en faire toute une histoire cette compagne collante mais finalement supportable. La vie. Sa vie. Et après ? Son père l'appela un après-midi pour lui faire part de l'achat d'un terrain. Adrien ne comprenait pas : son père était ruiné, la fin des Trente Glorieuses ayant été le coup d'envoi d'une lente et inexorable dégringolade. De quel terrain voulait-il parler ?

« Écoute, j'ai acheté un… un terrain…

— Un terrain ? Mais je croyais que tu étais fauché. Où ? À Saint-Tropez ?

— Non… pas vraiment à Saint-Tropez… c'est en fait un terrain de 20 mètres carrés à côté de la tombe dans laquelle sont enterrés ton petit frère et ta mère. Là au moins, on ne pourra pas nous exproprier ni vous ni moi ! C'est à nous à perpétuité ! On sera à l'aise au début et avec les nouvelles générations, on se tiendra chaud l'hiver !… Tu ne dis rien ?…

— C'est une bonne idée, enfin si ça te fait plaisir. »

Adrien avait dit ça de sa voix douce, au ton neutre, qui n'engageait que celui qui voulait bien se persuader que le jeune homme écoutait. Adrien écoutait toujours d'une oreille. Ou à peine.

« Mais oui !… C'est formidable ! poursuivait son père. Décidément, Adrien, je ne te comprendrai jamais ! Tu manques tellement d'enthousiasme !… On dirait que tout te passe au-dessus de la tête, que tu te fous de tout !! Réveille-toi un peu ! La vie n'attend pas. Au moins là, on ne pourra pas nous exproprier, puisqu'on se fera la courte échelle jusqu'à la fin des temps. »

Ils parlèrent d'autres choses. Adrien et sa voix si douce avaient toujours été experts en diversion pour noyer le poisson. Il raccrocha, un peu sonné. C'était quand même bizarre, cette histoire de projet immobilier dans un cimetière. Ce projet foncier dans l'au-delà.

Ils se virent quelques jours plus tard. Son père lui montra le plan du terrain. Rêvait de rosiers grimpants le long du mur, d'un saule pleureur comme dans le poème de

Musset. Son père avait l'œil humide, et se mit à fondre en larmes. Adrien ne savait pas quoi faire. Il le prit dans ses bras et le serra longuement. Il sentait Pour un Homme, le parfum qu'il mettait depuis son adolescence et qui signait son apparition dans une pièce. De quoi parle-t-on entre hommes lorsque l'on veut chasser le chagrin ? Sans doute de bêtises. Mais là, ce fut sérieux : de femmes et de vins. Ils se quittèrent, comme toujours, dans des adieux qui duraient des heures, sur le trottoir, alors que le restaurant s'éteignait, ce restaurant qui avait vu passer les fantômes d'Ava Gardner et de sa mère. Et définitivement peut-être ceux d'autres femmes aimées par son père.

« Tu sais, papa, suggéra Adrien, cette idée de terrain mortuaire est quand même étrange. Je ne suis pas certain que ce soit la meilleure idée de ta vie. J'aurais préféré que tu te préoccupes de moi d'une façon, disons, plus vivante… »

Il le regarda s'éloigner. Son père ne rajeunissait pas, contrairement à ses compagnes. Il avait l'air heureux et soucieux, comme toujours, comme si un état n'allait pas sans l'autre.

Son cousin Lucas avait fini lui aussi par sombrer dans l'héroïne. Il rendait visite à Adrien lorsque les phalangistes étaient de sortie car ils n'aimaient pas les drogués. Les échanges étaient difficiles car cette drogue clôt les lèvres, les yeux et rend le raisonnement hasardeux. L'héroïne prend possession du corps et de l'âme au point de donner l'impression à l'observateur que le cobaye rejoue à chaque shoot la répétition de son agonie. Un junkie est le témoin plus ou moins enthousiaste, plus ou moins consentant, de sa propre mort annoncée. Sa seule réussite théâtrale tient à sa partition, jouée avec plus ou moins de conviction. C'est l'unique trait positif qu'Adrien trouvait aux défoncés : être au plus près du simulacre de la fin. Cela l'intriguait et même le passionnait : ces instants où la vie frôle le néant.

32.

Où il est enfin prouvé à Adrien qu'être journaliste, c'est mieux que travailler. Enfin presque.

Ses nuits étaient toujours occupées par le sexe avec Candice, intense et chronophage, joyeux et frénétique, mais Adrien pensait à d'autres et se disait qu'inévitablement il penserait à Candice dans ceux d'autres, s'il partait la retrouver, ce qui le troublait et le rassurait. Puis son existence changea. Un emploi dans la presse, le premier, se présentait. Était-ce pur hasard ou quelque chose se libérait en lui, guidé par l'esprit de sa mère, là-haut, quelque part ? L'esprit bienfaisant enfin apaisé ? Il était temps car il n'avait pas d'argent. Il avait même souvent un peu faim. Son père avait largué les amarres en fermant tous les robinets, ce qui était la meilleure chose à faire. Il allait enfin devenir *journaliste*, puisque n'est-ce pas, *c'était mieux que travailler*. Une nuit, une quadragénaire rencontrée près de sa colonne favorite, une femme élégante et curieuse avec laquelle il avait beaucoup parlé sans chercher à *se vendre*, le quitta avec des mots que ce garçon flegmatique, jugé parfois dilettante, trouva encourageants : « Tu m'intéresses, passe me voir demain au journal. » C'était une époque où, pour quelqu'un de légèrement malin, les meilleures offres d'emploi se trouvaient dix mètres sous terre, au son de « Sex Machine », avec un verre de gin fizz à la main comme curriculum vitae. Pour ce qui l'intéressait, les écoles ne servaient à rien. La culture, le don pour l'écriture, la sociabilité, la rapidité d'esprit, et l'humour étaient, à ce que lui expliquaient des anciens, les seuls diplômes requis. Il nota l'adresse et lui promit de passer à 11 heures comme elle le lui demandait.

Il dormit mal, blotti contre Candice, se retournant dans son lit comme un animal pris au piège, la scrutant comme s'il voulait déchiffrer quelque chose à la source de ses yeux, mais quoi ? On s'aperçoit que tout est achevé lorsqu'il n'y a plus rien à voir au fond des yeux aimés, que de la gélatine humidifiée, la même que l'on distingue au fond des yeux de son chien. Ou de son cheval. Décidément, une page était bien tournée. L'adolescence prolongée s'éloignait peut-être enfin. Il était encore si jeune. Avait-il vécu mille vies, comme il lui semblait parfois le croire à l'écoute de proches à l'enfance et à la jeunesse sans histoires ? Sans doute était-ce un peu exagéré mais quand même, c'était un ancien combattant de guerres qui ne disaient pas leurs noms mais qui possédaient aussi leur puissance de destruction. Il rêva qu'il était à bord d'un avion, avec Candice, l'idiot, Wilson et sa mère. Soudain, une porte de l'appareil s'ouvre et sa mère, un verre de chablis d'une main, une Kool de l'autre, crie Go. Il saute, sursaute et se réveilla, en sueur, sur la moquette qui lui rappela tout ce qu'il n'avait plus envie de se rappeler, il resta là, immobile, nu. Il était bien. Un avion passa. Il ferma les yeux. Bon réflexe. Puis il se leva enfin, se fit un café, prit une douche brûlante, se rasa, enfila une chemise blanche et un costume sombre, prit une cravate et la reposa. Il se fit l'effet d'un type qui va à un mariage, ou à un enterrement. Ne s'était-il pas habillé ainsi à celui de sa mère ? Et à tant d'autres ? N'était-ce pas trop ? Comment s'habillait-on dans la presse ? Il n'en avait aucune idée. Son visage était marqué de cernes, les premières se dit-il, et cela lui plut car il se trouvait un visage trop enfantin. Ses cheveux lui semblaient trop longs pour faire sérieux, puisque la mode était maintenant aux cheveux très courts. Il avait mal au cœur. Le trac, sans doute. Une peur, monstrueuse, incontrôlable, l'envahit. Saurait-il écrire ? Ou serait-il un imposteur de plus ? Devenir journaliste, était-ce la meilleure chose qui pouvait lui arriver ? Sans doute pas, mais pas la pire. Il attendait, dans le salon, en regardant le ciel s'éclaircir peu à peu et prendre une teinte rose pâle et tendre. Depuis combien de temps n'avait-il pas assisté à cette levée de couleurs ? À Paris, personne, pas plus lui que les autres, ne regardait le ciel, cette alternance de teintes, du plus sombre au plus bleu qui coiffait leurs pesantes conditions humaines. Le belvédère du Bout du Monde et son horizon infini étaient si loin. C'était le printemps, une tiédeur douce l'enveloppait peu à peu. Le jeune homme usé par tant de souffrances allait-il enfin se détacher de lui-même ? Dans l'ombre légère de la pièce, son visage apparaissait, figé dans une position d'attente comme s'il posait. Il pensa – pourquoi ? – au lièvre vert neurasthénique de l'idiot dont il avait eu la garde il y a des siècles ou presque. Serait-il lui aussi à jamais ce lièvre vert neurasthénique et insomniaque voué à manger sa carotte en contemplant la pleine lune ? Candice dormait toujours. Il se rapprocha du lit et contempla son petit museau émerger des draps. Cette vision, calme et rassurante, lui fit du bien. Ce n'était peut-être pas encore le moment de se séparer. Paris était maintenant tout à fait réveillé. On entendait la rumeur grandissante des voitures, comme un comateux revient à la vie. Il attendit encore ainsi, penché à la fenêtre contemplant le clocher de l'église toute proche. Ce bon géant qui le rassurait et semblait le protéger de son ombre à la manière d'une cape de gentilhomme. Dans la rue, il croisa Vincent et Éric, deux proches qu'il ne voyait plus trop, avec lesquels il avait fondé un courant politique nommé Drauche et dont le slogan était « En arrière comme demain ». Ils étaient allés conspuer le pape à son passage place de l'Hôtel-de-Ville. C'était bête, mais c'était aussi leur jeunesse. Les deux garçons avaient passé la nuit en boîte et faisaient maintenant la soudure au café cognac en éclusant les cafés du quartier. Ils étaient d'une pâleur effrayante et possédaient le débit à la fois rapide et haché des gens bourrés et défoncés. Leurs yeux brillaient, leur haleine de tabac froid et d'alcool imposait une distance raisonnable. Adrien était gêné de les croiser dans son accoutrement de salarié. Ils s'en aperçurent et le chambrèrent. À cet instant, il comprit que quelque chose en lui avait changé, définitivement, et qu'il n'y aurait plus de retour en arrière. On ne s'agrippe pas à ses fantômes parce que ceux-ci sont par nature constitués de chimères et de vent. Il s'éloigna vite et s'engouffra dans le métro. Un monde nouveau pour lui, à cette heure matinale. Il lui fallait maintenant apprendre à vivre autrement. À vivre tout simplement. Il arriva sur les Champs-Élysées, cette avenue qui lui rappelait, côté soleil, les premières années heureuses avec Candice et, côté ombre, sa mère, Caroline, s'éloignant vers l'Étoile. Vers son étoile morte. Adrien avançait lentement sous le feuillage frais des arbres, comme s'il voulait savourer quelque chose qui s'ouvrait devant lui, une beauté à laquelle il n'avait pas jusqu'alors prêté attention parce qu'on ne lui en avait pas donné le temps ni la possibilité. Il s'arrêta devant l'immeuble, respira un bon coup et franchit une porte de verre et de fer forgé. Il monta. La fille de la réception, une sœur jumelle de Kim Wilde, lui sourit. Que la vie est douce, parfois. Il fait beau ce matin-là.

Composition et mise en pages
Nord Compo à Villeneuve-d'Ascq

Cet ouvrage a été imprimé
par CPI Brodard & Taupin
pour le compte des éditions Grasset
à La Flèche (Sarthe)
en novembre 2021

PAPIER À BASE DE
FIBRES CERTIFIÉES

Grasset s'engage pour
l'environnement en réduisant
l'empreinte carbone de ses livres.
Celle de cet exemplaire est de :
850 g éq. CO_2
Rendez-vous sur
www.grasset-durable.fr

N° d'édition : 22262 – N° d'impression : 3046232
Dépôt légal : janvier 2022
Imprimé en France